dtv

Das Nilpferd ist zugegebenermaßen plump, aber auch pfiffig, gemütlich und gebildet, mitunter sogar niedlich und neugierig. Und es hat überall seine unübersehbaren Spuren hinterlassen: in der Malerei und in der Musik, in der Poesie und in der Politik, in der Werbung und in der Welt des Films. Sollten Sie am Ende der Lektüre das Nilpferd, wie ein Münchner Boulevardblatt behauptete, noch immer für einen »lebenden Rasenmäher« halten, ist Ihnen nicht mehr zu helfen. Sollten Sie es, wie es die Berliner ›Tageszeitung‹ tat, als »Versöhnung von absoluter Schwere und ätherischer Leichtigkeit« begreifen, besteht Grund zur Hoffnung.

Holger Jenrich, geboren 1959, hat Publizistik, Anglistik und Soziologie studiert und anschließend promoviert. Er leitet die Redaktion einer Fachzeitschrift in Hannover und schreibt in seiner Freizeit Sachbücher, u. a. zu Themen des Fußballs und der Populärkultur. Dem Nilpferd ist er seit frühester Kindheit freundschaftlich verbunden.

Das Nilpferd-Buch

Von Holger Jenrich

Mit 19 Schwarzweiß-Abbildungen

Deutscher Taschenbuch Verlag

Für Birgit und Pascal –
obwohl ihre Sympathie doch eher den Muscheln
beziehungsweise Kröten gehört

Originalausgabe
Juli 2002

www.dtv.de

Umschlagkonzept: Balk & Brumshagen
Umschlaggestaltung: Catherine Collin unter Verwendung einer Illustration
von Jacques Boisnard
Gesetzt aus der Bembo 10/11,75˙ von Linotype
Gesamtherstellung: Druckerei C. H. Beck, Nördlingen
Gedruckt auf säurefreiem, chlorfrei gebleichtem Papier
Printed in Germany · ISBN 3-423-20532-6

Inhalt

Vorwort

Mal ehrlich: Hätten Sie gewusst, dass die Amphitheater-Besucher im antiken Rom im Vorprogramm von Gladiatoren-Duellen oft kämpfende Nilpferde zu sehen bekamen? Dass sich das Metropolitan Museum of Art in New York eines blauen Nilpferds als inoffiziellem Maskottchen bedient? Dass das erste Nilpferd, das seit den Tagen der alten Römer in Europa zu sehen war, auf den Namen »Obaysch« hörte und im Jahr 1850 als die ultimative Attraktion des Londoner Tierparks galt?

Hand aufs Herz: Hätten Sie gewusst, dass der Leipziger Zoo am 26. April 1934 die Geburt des ersten Nilpferdbabys seiner Geschichte bejubeln durfte? Dass die Rock-'n'-Roll-Abteilung des 1. Tanzclubs Ludwigsburg unter der Bezeichnung »Rockin' Hippos« firmiert? Dass Mitglieder der Hilfsorganisation »Lachen helfen« die Kinder des bürgerkriegszerrütteten bosnischen Ortes Fojinca vor wenigen Jahren mit 1000 Stoff-Nilpferden überraschten?

Und einmal rundheraus gefragt: Hätten Sie gewusst, dass nicht nur die Post in Angola oder Burundi, sondern auch die in der DDR einmal eine Briefmarke mit Nilpferd-Abbildung herausgegeben hat? Dass der auf Nilpferde abonnierte Blutegel mit dem hübschen Namen »Placobdelloides jaegerskioeldi« der weltweit einzige Vertreter seiner Art ist, der sich auf einen einzigen Säuger spezialisiert hat? Und dass sich selbst der britische Philosoph und Nobelpreisträger Bertrand Russell (1872–1970) einst Gedanken über den Hippopotamus gemacht hat: »Es gibt keinen Grund, sich über so etwas wie mangelnde Leibesfülle Sorgen zu machen. Wir zollen einem fetten Mann nicht notwendigerweise mehr Achtung als einem dünnen Mann. Sir Isaac Newton war erheblich schmächtiger als ein Nilpferd, aber wir schätzen ihn aus diesem Grunde nicht geringer.«?

Das Nilpferd ist, wie diese Beispiele zeigen, mehr als nur ein besserer Abfallkorb, in den Zoobesucher Altgebäck umweltgerecht entsorgen können. Es ist plump und pfiffig, gemütlich und gebildet, niedlich und neugierig zugleich. Und hat überall seine unübersehbaren Spuren hinterlassen: in der Malerei und der Musik, in der Poesie und der Politik, in der Werbung und der Welt des Films.

Auf diese Spurensuche möchte ich Sie einladen. Sollten Sie am Ende das Nilpferd, wie es ein Münchner Boulevardblatt tat, noch immer für einen »lebenden Rasenmäher« halten, ist Ihnen nicht mehr zu helfen. Sollten Sie es, wie es die Berliner ›Tageszeitung‹ tat, als »Versöhnung von absoluter Schwere und ätherischer Leichtigkeit« begreifen, besteht Grund zur Hoffnung.

Und sollten Sie sich gar nach Ende der Lektüre mit dem Gedanken tragen, ein leibhaftiges Nilpferd für den heimischen Garten anzuschaffen, dann seien Sie so gut, der Mailorder Ihres Vertrauens die Verpackungsvorschläge der US-Bundespost ans Herz zu legen. Weil dieser an der Unversehrtheit ihrer Päckchen und Pakete liegt, empfiehlt sie für den möglichst reibungslosen Transport eines ausgewachsenen Hippos folgendes Prozedere:

»Das benötigen Sie:
- ein 4000 Liter fassendes Behältnis
- 4000 Liter Wasser
- einen Kran
- besänftigende Musik
- ein Pfund Beruhigungsmittel (für das Nilpferd)
- zwei Aspirin (für Sie)

So packen Sie:

- Füllen Sie das Behältnis mit dem Wasser. Fangen Sie gestern damit an.
- Fügen Sie die Beruhigungsmittel hinzu. Nehmen Sie zwei Aspirin.
- Moment, warten Sie! Packen Sie erst das Nilpferd in das Behältnis. Schalten Sie die besänftigende Musik ein. Lassen Sie die Winde und den Kran ihre Arbeit tun.
- Jetzt erholen Sie sich mit einem heißen Bad, bevor der Gabelstapler kommt.«

Holger Jenrich, im Frühjahr 2002

Das Nilpferd und seine Welt

Sie sind ein Anhänger des Adolf Freiherr von Knigge? Sie sind ein Verfechter von Anstand und Sitte? Sie sind Vertrauenslehrer an der örtlichen Benimmschule? Dann sollten Sie die Finger von diesem Buch lassen. Wer sich nämlich mit dem Nilpferd beschäftigen möchte, muss sich auf allerhand Unanständiges gefasst machen. Auf hemmungslose Völlerei etwa. Auf ausgeprägten Machismo. Auf rüden Sex. Und auf jede Menge Lügen.

Das fängt schon mit dem Namen an, den sich die europäischen Kolonialherren zur Zeit des Sklavenhandels ausgedacht hatten. Er entpuppt sich bei näherem Hinsehen gleich als doppelte Fehlleistung. Zum einen waren die Tiere seinerzeit in so gut wie jedem stehenden oder fließenden Gewässer Afrikas zu Hause. Zum anderen ging ausgerechnet im Nil schon zu Beginn des 19. Jahrhunderts kein einziges Exemplar dieser Gattung mehr auf Tauchstation – der Mensch hatte es in Afrikas imposantestem Strom längst ausgerottet. Auch die Ersatzbezeichnung »Flusspferd« trifft den Kern der Sache nicht wirklich – die Tiere schnorcheln nicht minder gern in Tümpeln und Seen herum. Da jedoch das Copyright für »Seepferd« bereits anderweitig vergeben ist, will ich's in diesem Buch bei »Nilpferd« belassen.

Wobei »Nilschwein« der Sache erheblich näher käme. Die alten Ägypter hatten die Tiere tatsächlich so genannt und damit in ziemlich eindeutiger Manier auf die wahren Verwandtschaftsverhältnisse hingewiesen. Zeitgenössische Forscher aus Japan lehnen sich sogar noch weiter aus dem Fenster und legen eine Bezeichnung wie etwa »Moby Nil« nahe – laut Norihiro Okada vom Tokyo Institute of Technology in Kanagawa lassen neueste Erkenntnisse über das Erbgut der Tiere auf einen gemeinsamen evolutionären Ursprung von Wal und Nilpferd schließen.

Die dem Griechischen wie dem Lateinischen zugeneigte klassische Wissenschaft jedoch hat den dickbäuchigen Viechern ihren eigentlich missverständlichen Namen verpasst: »Hippopotamus amphibius«. *Hippos* heißt auf Griechisch »Pferd«, *potamos* bedeutet »Fluss«, *amphi* meint »rundherum, auf beiden Seiten« und *bios* »lebend« – die beiden letzteren Vokabeln ein Hinweis darauf, dass das Tier sowohl im Wasser als auch auf dem Lande zu leben in der Lage ist. Wie und warum die Forscher dereinst zu diesem Namen griffen, darüber lässt sich allenfalls spekulieren. Möglicherweise geht er auf eine besondere Leidenschaft der Hippo-Jungen zurück: Sie lassen sich bei längeren Badeaufenthalten gern auf Mutters Rücken huckepack durch die Fluten schaukeln.

Ansonsten braucht es eine gehörige Portion Fantasie, um angesichts dieser massigen Gestalten an ein elegantes Reittier auch nur zu denken. Nilpferde wiehern bekanntlich nicht, können keine Doppeloxer überspringen und sind bei Dressur-Weltmeisterschaften wie olympischen Militarywettbewerben eines Titels oder einer Medaille in höchstem Maße unverdächtig. Es genügt allein schon ein Blick auf Beißerchen und Beine, um die Vermutung, bei einem Edelwallach aus dem Gestüt Schlenderhan und einem Nilpferdbullen aus dem ugandischen Lake Edward handele es sich womöglich um Schwippschwager dreiundzwanzigsten Grades, ins Reich der Fabel zu verweisen. Pferde sind Unpaarhufer, deren Fuß uns als ein Huf erscheint – Nilpferde hingegen Paarhufer, deren Fuß in Zehen aufgeteilt ist. Und ein solides Pferdegebiss, das nicht zuletzt durch die britische Königsfamilie weltweites Renommee erfahren hat, unterscheidet sich in wohl jeder Beziehung von der lückenhaften Stumpenlandschaft, derer man beim Anblick eines gähnenden Nilpferdes ansichtig werden muss.

Diese dentale Katastrophe, die Gebiss zu nennen sich Zahnärzte wohl schämen würden, wäre den Nilpferden beinahe zum Verhängnis geworden. In Jahrhunderten, da Überkronungen und Amalgamfüllungen noch nicht erfunden waren, galten die bis zu 60 Zentimeter langen und bis zu sechs Pfund schweren Eckzähne im Hippo-Unterkiefer als ideales Material, um aus ihnen künstlichen Ersatz für kariöse Menschenzähne zu schnitzen. Im Gegensatz zu Elefanten-Elfenbein vergilbt Nilpferd-Elfenbein nämlich nicht. So begaben sich denn die Volksstämme Afrikas nicht zuletzt aus zahnhygienischen Gründen auf die Jagd nach fetter Beute. Um ein paar Kilo Elfenbein zu ergattern, töteten sie Tiere von bis zu dreieinhalb Tonnen Gewicht. Die älteste Gebissprothese, die Wissenschaftler jemals ausbuddelten, wurde vor mehr als 400 Jahren einem wackelzahnigen afrikanischen Krieger eingesetzt: vier kunstvoll am Stück gearbeitete und mit Golddraht am Oberkiefer befestigte Schneidezähne aus Nilpferd-Elfenbein. Erst seit Dr. Best und seine bohrenden Kollegen die Lücken in menschlichen Zahnreihen mit preiswerteren Kunststoff-Imitaten zu schließen wissen, können Nilpferde ihren Widersachern wieder sorgenfrei die Zähne zeigen.

Das nämlich ist die eigentliche Bestimmung der gewaltigen Hippo-Hauer: Nebenbuhler erschrecken, Feinde in die Flucht schlagen, den dicken Max markieren. Wenn Nilpferde ihre große Klappe in einem Winkel von bis zu 150 Grad aufreißen, ihr bis zu 115 Dezibel starkes Brüllen ertönen lassen und ihre dolchartigen, nachwachsenden Eckzähne präsentieren, dann ist das weniger Müdigkeit oder Heißhunger nach steinharten Brötchen von vergangener Woche geschuldet als vielmehr einer unstillbaren Lust nach Macht und Stärke. Ganz nach der Devise »Ich hab' den Längsten!« pflegen sich die maskulinen Mitglieder einer Nilpferdherde bisweilen offenen Maules ge-

genüberzustehen – in der Regel geht es dabei (wie könnte es anders sein) um Frauen. Mal belassen es die Bullen bei martialisch anmutenden, letztendlich jedoch harmlosen Schaukämpfen – mal gehen sie ordentlich zur Sache. Dann hebt ein oft stundenlanges Brüllen und Stechen an, bei dem der Schwächere am Ende nicht nur seiner Herzensdame, sondern auch seines Lebens verlustig gehen kann. Denn so plump Nilpferde auf den ersten Blick wirken mögen, so artistisch können sie mit ihren natürlichen Waffen umgehen. Der Fechtkunst kundige Nilpferdbullen wissen ihre Eckzähne so zu führen, dass sie ihren Kontrahenten die dicke Lederschwarte mühelos aufschlitzen können. Reicht das nicht aus, rammen sie ihrem Gegenüber den gebogenen Zahn, der vom Obergebiss stets messerscharf geschliffen wird, auch gern einmal direkt ins Herz. Entsprechend lädiert sieht oft der Körper eines Nilpferdbullen aus. Und entsprechend respektvoll begegnen im Wasser etwa die Krokodile und an Land die Löwen oder Leoparden den säbelzahnigen Kolossen.

Damit es auch morgen noch kraftvoll zubeißen kann, legt das Nilpferd allergrößten Wert auf die regelmäßige Pflege seiner Kampf- bzw. Kauwerkzeuge. Da sich im Tierreich Mundddusche und Zahnbürste bekanntlich nicht durchgesetzt haben, favorisiert es zu diesem Zweck die biologische Methode. Offenen Maules liegt es auf dem Grund eines Sees oder Flusses und lässt sich von dessen fischigen Bewohnern die Reste der Mahlzeit aus seinen insgesamt 40 Zähnen saugen. Für die geschuppten Nilpferdfreunde eine bequeme und gefahrlose Art der Nahrungsaufnahme – bei ihrer Dienstleistung gefressen zu werden, müssen sie nämlich nicht befürchten. Schließlich zählen Nilpferde – wie hierzulande etwa Kühe oder Kaninchen – zur Fraktion der Pflanzenfresser. Im Gegensatz zu den Karnivoren (so nennt man Fleischfresser wie etwa Krokodile oder Löwen) oder den Omnivoren (so nennt man Allesfresser wie etwa den Menschen oder das Schwein) tun sich die so genannten Herbivoren ausschließlich an Grünzeug gütlich. Wenn das Nilpferd ein regelrechter Heißhunger überkommt, macht es sich – sehr zum Leidwesen der afrikanischen Bauern – schon mal über Zuckerrohr oder Getreide her. Ansonsten gibt sich der übergewichtige Vegetarier mit einer äußerst eingeschränkten Speisekarte zufrieden – er frisst eigentlich nur Gras. Das allerdings stundenlang und in ungeheuren Mengen. Ein ausgewachsenes Exemplar kann beim nächtlichen Essenfassen in 6 Stunden bis zu 100 Kilo Gras verputzen – der Durchschnitt liegt nach Auskunft der ›Los Angeles Times‹ bei etwa 68 Kilo. Eine Nilpferdherde – mal eine Lebensgemeinschaft von 10 bis 15 Tieren, mal eine regelrechte Kommune von rund 100 Exemplaren – weidet so in nur einer Nacht etliche Tonnen Gras. Der Dickhäuter, nach dem Elefanten und vor dem Nashorn das zweitgrößte landlebende Tier der Erde, geht dabei ähnlich wie ein Schaf zu Werke. Er pflückt die Grashalme mit seinen Lippen und reißt dabei, da er eher der Liga der Grobmotoriker als der der Filigrantechniker zuzurechnen ist, viele Pflanzen mitsamt ihren Wurzeln heraus. Wo Nilpferde ihren Appetit stillen, da wächst halt kein Gras mehr …

Wer derart rekordverdächtig ganze Landstriche wegzuspachteln versteht, der erweist sich auch in der Disziplin des Verdauens und Ausscheidens als Leistungsträger. Nilpferde gelten als ausgezeichnete Futterverwerter. Obwohl sie über die stolze Zahl von 14 Mägen verfügen, können sie die pflanzliche Nahrung nicht so gut verdauen wie etwa Rinder und andere Wiederkäuer. In ihrem extrem langen Darm von gut 50 bis 60 Metern (der Darm eines Elefanten ist gerade einmal halb so lang …) wird der Nahrung deshalb entzogen, was auch nur irgendwie verwertbar erscheint. Was nicht zu gebrauchen ist, scheidet das Nilpferd kurzerhand aus. Gigantische Kothaufen pflastern – kaum zu übersehen und noch weniger zu überriechen – Hippos Wege.

Die sind im Übrigen keineswegs unergründlich. Nilpferde sind vielmehr Gewohnheitstiere: einmal eingeschlagene Wege benutzen sie wieder und wieder. Ganze Nilpferdgenerationen haben so der afrikanischen Landschaft ihren Stempel – oder, um beim Sprachgebrauch der Biologen zu bleiben, ihr »Siegel« – aufgedrückt. Diese tiefen Abdrücke ihrer kolossalen Stampfer erinnern vage an ein riesiges Blatt ohne Stiel – dafür aber mit vier Zipfeln an einer Seite. Eine derartige Dauernutzung ist selbst für das ungeübte Auge nicht zu übersehen. Nilpferdstraßen – in der Fachsprache »Wechsel« genannt – sehen in etwa wie Schützengräben mit Schlaglöchern aus.

Tagsüber ist auf diesen Trampelpfaden tote Hose. Nilpferde sind Nachttiere und machen sich mit ihren kurzen, walzenartigen Beinen in der Regel erst bei völliger Dunkelheit auf den Weg. Wenn sie sich allerdings erst einmal zu derartiger Leibesertüchtigung bequemt haben, dann frönen sie ihr stundenlang bis zum Anbruch der Morgendämmerung. Gemäß ihrer eher kontemplativen Grundeinstellung ohne lästige Begleitung. Und mit für ihre Fettleibigkeit bewundernswerter Kondition. Bis zu zehn Kilometer legen einzelne Nilpferde schon mal zurück, um zu besonders schmackhaften Weidegründen zu gelangen.

In Ermangelung anderer Beschäftigungsmöglichkeiten vertreiben sich vor allem die Herren der Schöpfung auf ihren Spaziergängen unterm Mondlicht die Zeit mit der hohen Kunst der Kotschleuderei. Mit ihrem kurzen Schwanz, den sie wie einen Propeller mit hoher Geschwindigkeit links- wie rechtsherum rotieren lassen können, verteilen sie allnächtlich ihre braune Masse flächendeckend in der Savanne. Das Zeug erfüllt dabei mehr als nur einen Zweck. Es dient zum einen der Markierung der Nilpferdreviere und zum anderen dem Hausbau der Termiten. Auf besonders eindrückliche Weise bewahrheitet sich so unseres Ex-Kanzlers sprichwörtliche Weisheit, dass am Ende nur wichtig ist, was hinten rauskommt.

Weitaus größere Bedeutung erwächst dem Nilpferdexkrement jedoch, wenn die Viecher – satt, zufrieden und vollgefressenen Bauches – im Anschluss an ihren Landgang einen neuerlichen Stuhlgang einlegen. Nach der Nachtschicht und einer ordentlichen Mütze Schlaf dienen ihnen tagsüber die Seen und Flüsse als Bio-Toilette. Was optisch, geschmacklich und olfaktorisch einer mittelschweren Katastrophe gleichkommt, ist in Wirklichkeit die Grundlage eines ausgeklügelten Ökosystems. Der Hippo-Kot nämlich düngt die afrikanische Wasserwelt auf vortreffliche Weise und setzt, indem er das Wasser mit zahlreichen Nährstoffen anreichert, eine einzigartige Nahrungskette in Gang. Dank der Düngung gedeihen in den Lebensräumen der Nilpferde winzige Wasserpflanzen. Von den Wasserpflanzen ernähren sich Insekten und Schnecken. Diese wiederum sind Leib- und Magengericht kleiner Fische, die irgendwann von größeren Artgenossen verspeist werden. Die großen Fische nun landen entweder im Bauch hungriger Vögel, im Netz zufriedener Fischer oder im Schlund gieriger Otter. Die Otter sind die bevorzugte Beute der verfressenen Krokodile. Und die müssen sich bei allem Jagdeifer am Ende vorsehen, dass sie nicht als Handtäschchen an der Schulter einer politisch inkorrekten Schickeria-Dame enden.

Der »König der Flüsse«, wie das Nilpferd in Afrika voller Respekt genannt wird, verbringt mehr als drei Viertel seines Lebens im Wasser – er tut dort, wenn nichts Unvorhergesehenes dazwischenkommt, in der Regel seinen ersten und seinen letzten Atemzug. Nur zum nächtlichen Schlemmermahl wagt er sich hinaus aus dem Wasser. Derartige Zurückhaltung hat ihren Grund. Die Haut der Tiere ist mit rund sieben Zentimetern Stärke zwar derart dick und fest, dass die Sklaventreiber vergangener Tage aus ihr die berüchtigten Nilpferdpeitschen herstellten – nach rund sechsjähriger Gerbzeit steinhart gewordene Striemen –, zugleich aber ist die Hippo-Haut empfindlich wie ein Kinderpopo. Weil in Äquatornähe die Sonnenstrahlen nahezu senkrecht auf die Erde prallen und die Temperaturen locker 40 Grad und mehr erreichen, ist das

Nilpferd nur im Wasser vor Austrocknung geschützt. Bleibt ein Tier – aus welchem Grund auch immer – einmal zu lange der Sonne ausgesetzt, reagiert sein Körper auf ungewöhnliche Weise: Er »blutet« aus allen Poren. Zumindest sieht es für den Betrachter so aus. Tausende von Drüsen, die in die Haut des Hippos eingebettet sind, sondern im Falle eines Falles ohne Unterlass Schweißtropfen ab. Diese rote, zähflüssige Masse sieht zwar höchst unappetitlich aus, rettet das Nilpferd aber vor einem möglichen Hitzschlag. Sie bietet im Wasser Schutz vor Auskühlung und speichert an Land die Hitze – im Prinzip funktioniert die Haut der Kraftprotze also wie ein Taucheranzug. Und richtig: Abzutauchen und sich um die Welt da draußen einen feuchten Kehricht zu scheren ist des Nilpferds liebstes Hobby. Hunderte von Malen am Tag wird man des immer gleichen Rituals ansichtig. Die bis zu viereinhalb Meter langen und anderthalb Meter hohen Fleischberge prusten lautstark herum, spritzen ein paar Fontänen in die Luft, verschließen mit speziellen Muskeln die Nasenlöcher und mit regelrechten Klappen die Ohren – und sind plötzlich verschwunden. Gut fünf Minuten können Nilpferde ohne Luft zu holen unter Wasser verbringen. Die Luft in den vollgepumpten Lungen gibt ihnen unter Wasser Auftrieb. Dieser Auftrieb sorgt dafür, dass sich das gewaltige Gewicht der Tiere auf einen Bruchteil dessen verringert, was sie an Land wiegen.

Entsprechend lebendig geht es auf dem Grund eines Flusses oder eines Sees zu, wenn ein Nilpferd baden geht. Von Trägheit oder Bewegungsarmut keine Spur: Vor einem ausgesuchten Publikum aus staunenden Wirbel- und enthusiasmierten Weichtieren geben die Hippos bisweilen zirkusreife Vorstellungen. Mal drehen sie – auf den Hinterbeinen stehend – graziöse Pirouetten. Mal hopsen sie durch die Unterwasserwelt wie Astronauten in der Schwerelosigkeit. Mal flanieren sie auf ihren eher uneleganten Füßen, die mit vier Zehen und kleinen Schwimmhäuten dazwischen versehen sind, lässig durch die Menge vornehmlich schuppiger Claqueure. Am liebsten aber gleiten sie majestätisch durch die grüne Stille – die sympathischsten Unterseeboote der Welt.

Das Nilpferd ist ein wahres Wunderwerk der Natur: Untergetaucht kann es atmen, riechen, sehen, hören und – sprechen. Amerikanische Forscher haben mithilfe eines so genannten »Hydrophons« – also eines Unterwasser-Mikrophons – herausgefunden, dass sich die gewaltigen Tiere selbst beim Tauchgang zu verständigen wissen. Und zwar nicht nur mit denjenigen Artgenossen, die mit ihnen in etlichen Metern Tiefe herumalbern. Sondern genauso mit denjenigen, die ihren Kopf über Wasser haben.

Eigentlich ein Ding der Unmöglichkeit. Da Schallwellen nicht ins Wasser eindringen können, sondern reflektiert werden, dürften die da unten die da oben nach allen physikalischen Regeln gar nicht hören. Und doch gelingt es ihnen. Das Grunzen und Schnauben der »Aufgetauchten« – ihre Nase ist dabei über, ihr Maul unter dem Wasserspiegel – wird offenbar von der Nasenhöhle über die Fettschicht am Hals zu den Kollegen auf dem Gewässergrund übertragen. Gleichzeitig wird dieser Ruf über Wasser durch die vibrierenden Nasenlöcher ausgestoßen.

Der umgekehrte Weg funktioniert ebenso gut. Wenn die »Untergetauchten« so manches lustige Geräusch absondern, kriegen die Kollegen an der Wasseroberfläche (fast) alles mit. Sie hören, wiewohl Nase, Augen und vor allem die Ohren frosch- beziehungsweise krokodilähnlich in einer Linie aus dem Wasser ragen, im Prinzip »stereo« – sie verstehen ganz offensichtlich, was über und was unter Wasser vor sich geht. Wissenschaftler glauben, dass die Schallwellen aus der Tiefe eines Gewässers über die massiven Knochen des Unterkiefers direkt ins Innenohr der an der Oberfläche faulenzenden Hippos geleitet werden. Allein die Klick- und Knacklaute, die Nilpferde unter Wasser von sich zu geben pflegen, sind für diejenigen Artgenossen, die neugierig aus dem Wasser lugen, nicht zu hören. Sie dienen dazu, so vermutet die Forschung, auf dem oft stockfinstren Grund eines Sees oder Flusses die anderen Mitglieder einer Herde zu orten. Erzeugt werden diese kuriosen Klänge, indem die Unterwasser-Schnorchler die Luft zwischen Mund-, Nasen- und Rachenhöhle hin- und herdrücken.

Mitunter indes hören die Hippos statt dieser Knarzer und Knacker einen vibrierenden, nasalen Laut. Damit wird ihnen überdeutlich zur Kenntnis gegeben, dass sich zwei Mitglieder einer Herde gerade den Freuden körperlicher Liebe hingeben. Stets ist es die Nilpferddame, die mittels eindeutiger akustischer Signale ihr Schäferstündchen ausplaudert. Ob das Gestöhn allerdings aufgrund der Lust oder eher aufgrund der Last zustande kommt, sei einmal dahingestellt. Nilpferdsex, so viel nämlich steht fest, ist absolute Schwerstarbeit. Vor allem für das Weibchen. Das hat – schließlich ist im Reich der Nilpferde ganzjährig Damenwahl – schon die Initiative ergriffen und sich aus dem Bullensortiment einen Kandidaten ausgeguckt, den sie mit ihrem Maul so lange neckisch ins Hinterteil zwickt, bis er den Verführungskünsten nicht mehr zu widerstehen vermag. Dann bietet sie ihrem Romeo ihr opulentes Hinterteil dar – und der wuchtet, ohne Rücksicht auf Verluste, mehrere Tonnen Kampfgewicht auf den Rücken seiner Partnerin.

In dieser Position darf Lady Hippo dann bis zu einer Stunde verweilen – Quickies sind im Lotterleben der Hippos unbekannt. Wie bei der ungeheuren Leibesfülle des Lovers nicht anders zu erwarten, erlebt die Beglückte die Paarung komplett unter Wasser. Um keinen Sexitus zu erleiden, stemmt sie sich alle paar Minuten vom Boden hoch und hebt ihre Nasenlöcher für Sekunden ins Freie. Dabei pumpt sie sich die Lungen voll Sauerstoff und hält, derweil der Gatte oben mit freiem Blick und freier Nase fleißig weiterrackert, anschließend unter Wasser wieder fein die Luft an. Ein wüstes Spektakel – und gleichzeitig eine von führenden Sexualwissenschaftlern als weltweit einzigartig eingestufte Variante des Geschlechtsverkehrs. Ist's jedoch zum Höhepunkt gekommen, unterscheiden sich koitierende Nilpferde in nichts von menschlichen Intim-Akrobaten. Der Bulle rollt erschöpft von der Dame und lässt sich zum Dösen ins Wasser plumpsen – das Liebesspiel macht halt auch Nilpferde rechtschaffen müde.

Hippos können sich das ganze Jahr über paaren – wenngleich eifrige Statistiker errechnet haben, dass die Dickhäuter es besonders gern im Februar und August treiben. Wie auch immer: den Erfolg einer derartigen Übung gibt es stets acht bis neun Monate oder 225 bis 257 Tage später zu bestaunen. Nilpferdjunge werden unter Wasser geboren. Im Gegensatz zu Papi und Mami, die gemeinsam rund 6000 Kilo mit sich herumschleppen, sind sie regelrechte Leichtgewichte: die etwa 1,30 Meter großen Babys bringen gerade mal 30 bis 40 Kilo auf die Waage. Sind sie dem Bauch der Mutter entschlüpft, schießen sie – umgeben von einem Schwall aus Blut und Fruchtwasser und dabei die Nabelschnur wie eine Reißleine zerfetzend – wie ein Sektkorken an die Wasseroberfläche, um das erste Mal in ihrem Leben Luft zu schnappen. Viel mehr hat ein Nilpferdkalb erstmal auch nicht zu tun: Das Wasser gibt dem Körper des Mini-Klopses dermaßen Auftrieb, dass er sein Gewicht gar nicht selber tragen muss.

Der Nilpferdnachwuchs kann es sich in den ersten Lebensmonaten leisten, sich voll und ganz auf die Fürsorge seiner Mutter zu verlassen. Die nämlich lässt ihr Kleines für Monate nicht mehr aus den Augen. Sie säugt es, auf dem Grund des Gewässers auf der Seite liegend, mit ihrer gehaltvollen Milch. Sie schützt es mit ihrem Körper vor möglichen Gefahren – wenn es nötig ist, etwa angesichts ausgehungerter Löwen, auch schon mal dadurch, dass sie ihr Junges im Maul in sicherere Gefilde transportiert. Sie fährt es auf ihrem Rücken durch die neue Welt spazieren. Und sie isoliert sich mit dem Knirps komplett von der Gruppe – in den ersten Wochen werden keine anderen Hippos auch nur in der Nähe geduldet. Mit etwa zwei Monaten beginnen die jungen Nilpferde Gras zu fressen statt Muttermilch zu schlürfen – prompt nehmen sie infolge dieser Mastkur täglich um rund fünf Kilo zu. Mit etwa zwölf Monaten sind sie groß genug, sich von der Mutter zu trennen, die sich darob nicht beleidigt, sondern gleich wieder fortpflanzungswillig zeigt und ein Jahr später das nächste Kind zur Welt bringen wird. Mit rund vier Jahren sind die einstigen Miniatur-Kolosse schließlich ausgewachsen und geschlechtsreif. Je nach den Umständen ihrer Existenz haben sie dann noch eine reichliche Spanne Lebenszeit vor sich – bei günstigen Bedingungen können sie rund 50 Jahre alt werden.

Aufgrund der fast schon fanatischen Fürsorglichkeit und des in der Regel großen Kindersegens von Madame Hippo stellten die alten Ägypter die Göttin Tauret als weibliches Nilpferd oder als ein Schwert schwingendes Nilpferd mit Löwenhaupt dar. Tauret verehrten sie als Göttin der Fruchtbarkeit, der Geburt und der Mutterschaft. Eine durchaus sinnvolle Wahl, wenngleich das Nilpferd als Gott der Faulheit ein nicht minder prächtiges Bild abgegeben hätte. Einen nicht unbeträchtlichen Teil seines Daseins dümpelt und döst es nämlich im ufernahen Wasser herum. Da kann es mal eben kurz niedersinken, wenn die Außentemperaturen zu warm zu werden drohen oder sich irgendwelche Gefahren ankündigen.

Diese Gefahren sind in den seltensten Fällen im Tierreich zu finden. An Land haben es zwar bisweilen Löwen oder Leoparden, im Wasser mitunter Krokodile auf die »halbstarken« Jungtiere abgesehen – aber an ausgewachsene Exemplare trauen sie sich nicht heran. Im Großen und Ganzen herrscht in Afrikas Gewässern eine friedliche Koexistenz. Elefanten und Nilpferde gehen respektvoll jedem Konflikt aus dem Weg. Giraffen und Zebras, Gnus und Antilopen sind mit den Hippos regelrecht befreundet. Und mancher Vogel lebt mit ihnen sogar in Symbiose. Für den Fisch- und Insektenreichtum, der bekanntlich auf die generöse Kotverteilung der Nilpferde zurückgeht, bedanken sich die großen Kuhreiher, die emsigen Ibisse und die kleinen Madenhacker auf ihre Weise. Erstere picken den wie lebende Inseln ruhig dahintreibenden Fettsäcken lästige Schmarotzer von der Haut. Zweitere befreien die Hippos, die sich zu diesem Zweck auf den Rücken drehen und dabei eine gute Minute alle viere von sich strecken müssen, von Blutegeln in der Bauchfalte. Und Letztere holen Parasiten aus den Wunden, die sich die Tiere bei ihren Machtspielchen und Rivalitätskämpfen zuziehen.

Hauptfeinde des Nilpferdes sind, wie könnte es anders sein, die Menschen. Mal haben sie's auf Elfenbein abgesehen – jedes Klavier hat schließlich 50 weiße Tasten. Mal verfolgen sie die Dickhäuter, wenn diese durch Überweidung ganze Landstriche zu zerstören drohen – vor Jahrzehnten wurden etwa am Edwardsee in Uganda auf Empfehlung von Ökologen rund 7000 Tiere aus diesem Grunde abgeschossen. Mal ist es aber auch profaner Hunger, der den Menschen Jagd auf das Nilpferd machen lässt. Lange galt sein extrem fettarmes Fleisch (Fettgehalt: kümmerliche drei Prozent) als wenig schmackhaft und wurde auf dem Markt zu Spottpreisen angeboten. Als es jedoch 1979 als Folge des Kriegs zwischen der Armee des ugandischen Despoten Idi Amin und tansanischen Truppen zu einer großen Hungersnot unter der Bevölkerung kam, wurden die Hippos fast über Nacht zu einer begehrten Ware. Es entwickelte sich eine ungezähmte Gier nach Nilpferdfleisch – in regelrechten Massakern wurden Tausende von Tieren abgeschlachtet, bis das Nilpferd fast vom Aussterben bedroht war.

Es blieb glücklicherweise beim »fast«. Südlich der Sahara scheint der Bestand an Nilpferden derzeit halbwegs gesichert. Anderswo jedoch sind die Tiere nur noch gegen Eintritt in Zoos oder gelegentlich in Zirkussen zu begucken. Dabei tobten sie in früheren Zeiten keineswegs nur in ihrer afrikanischen Heimat herum. Zwar wussten sich schon die Urväter der Nilpferde den forschenden Blicken wissbegieriger Paläontologen durch fortgesetztes Abtauchen geschickt zu entziehen. Und doch darf als gesichert gelten, dass die erdgeschichtlich ältesten überlieferten Tiere dieser Art vor knapp zehn Millionen Jahren (»Ober-Miozän«) in Südeuropa lebten – vor allem im heutigen Italien oder Spanien. Anschließend verteilten sich die Kolosse über weite Teile der Welt.

Ob China oder die Schweiz, ob England, Madagaskar oder gar Germanien: Nilpferde waren echte Kosmopoliten. Vor rund 700 000 Jahren – also im »Alt-Pleistozän« genannten älteren Eiszeitalter – tummelten sie sich im Maintal und am Oberrhein. Vor etwa 70 000 Jahren – also in der jüngeren Eiszeit, die da »Jung-Pleistozän« heißt – war wohl eher Großbritannien ihr Zuhause. Noch während der Eisenzeit vor gut 2000 Jahren waren sie in Palästina heimisch. Bevor sie sich, von den Klimaveränderungen entnervt, endgültig nach Afrika zurückzogen, hinterließen sie fleißig Spuren ihrer Wanderlust. Etwa 370 Fundstellen sind allein in Europa bekannt. 1668 buddelte man im englischen Canterbury, 1724 im französischen Montpellier Nilpferdfossilien aus. 1841 gelang in der Nähe von Wiesbaden der erste Nachweis in Deutschland. In jüngster Zeit mehren sich fossile Hippo-Funde in Ost- und Südosteuropa. Eines der reichsten Vorkommen in ganz Europa ist in den achtziger Jahren übrigens in der damals noch existenten DDR entdeckt worden. Ausgerechnet im Bezirk Suhl übrigens – das hätte man bei dem Namen ja auch nicht anders erwarten dürfen ...

Dass die Tiere schon 2500 v. Chr. im heutigen Syrien verschwanden, vor etwa 200 Jahren im Nildelta und im 20. Jahrhundert in immer breiteren Teilen des afrikanischen Kontinents, liegt jedoch weniger an den Unbilden des Wetters als an der Mordlust des Menschen. Da nimmt es nicht wunder, dass das Nilpferd bisweilen zum ungefragten Rollentausch neigt und statt des Opfers auch mal den Aggressor gibt. Dies kann passieren, wenn der Mensch unüberlegt in den Lebensraum der Tiere eindringt und sie reizt, provoziert, in den Herden Angst, Furcht, Panik schürt. Dann erweisen sich die so träge und unbeholfen erscheinenden Schwergewichte als erstaunlich behände und wendig. Wenn nötig, bringen es die so plump wirkenden Gestalten an Land auf eine Geschwindigkeit von 50 Kilometern pro Stunde. Dabei achten sie jedoch nicht auf links und rechts, sondern trampeln gnadenlos alles nieder, was ihnen in die Quere kommt. Macht der Mensch den schreckhaften Monstren ihr Revier auf dem Wasserwege streitig, dann sorgen sie mit ihren bulligen Körpern einfach für hohen Seegang und mächtige Kollisionen. Tausende von Booten sind bei Begegnungen mit aufgebrachten Hippos bereits gekentert, Tausende von Menschen haben das rettende Ufer nicht mehr erreicht. In Afrika – und das ist alles andere als ein Gruselmärchen aus der Werkstatt fantasiebegabter Stammeshäuptlinge – werden den Nilpferden inzwischen mehr Todesfälle zugeschrieben als Löwen, Büffeln und Elefanten zusammen.

Bleibt nach alldem am Ende die Frage, was wir von diesem Tier denn nun eigentlich zu halten haben. Ist das Nilpferd, wie 1992 das ›Zeit-Magazin‹ schrieb, nichts als ein »rosa Müllschlucker«? Ein »Vieh, das von vorn aussieht wie ein Heißluftballon auf einer Sammlung Schaumgummizehen«? Ein schmuddeliges Etwas, »um die Schnauze meist grauenhaft schlecht rasiert, mit Poren von der Größe, in der Kolibris ihre Swimmingpools anlegen«? Oder ist es – mit weitem Abstand vor Lassie und Fury, Flipper und Skippy, dem Buschkänguru – schlichtweg das sympathischste Tier zwischen Köln, Kapstadt und Kalkutta? Einen Pokal für fortgesetzten Vegetarismus hat es jedenfalls zu Recht verdient. An der goldenen Ehrennadel der Zahnärztekammer gibt es nichts zu deuteln. Auch der Orden für notorische Gemütlichkeit geht schwer in Ordnung. Doch wer das Nilpferd ungeachtet seiner vandalistischen Neigungen weiterhin für den Friedensnobelpreis vorschlägt, der ist fernab jeder Realität. Oder Mitglied im Club der Nilpferdfreunde ...

CdN

Club der Nilpferdfreunde e.V.
Jakob-Kaiser-Str. 6
51375 Leverkusen

Das Nilpferd und der Verein

Die Deutschen seien zwar nicht nett zu den Menschen, dafür aber reizend zu den Tieren, hat vor Jahrzehnten schon der spanische Philosoph José Ortega y Gasset bemerkt. Die mickrigen Mitgliederzahlen des Kinderschutzbundes und die immense Popularität der Tierschutzvereine geben ihm Recht: Die Liebe zum Tier ist hierzulande ungebrochen. Dem Bundesadler und dem Berliner Bären macht mittlerweile allerdings ein echter Außenseiter die Favoritenrolle streitig – das Nilpferd. Den klobigen Kolossen aus den afrikanischen Sumpf- und Savannengebieten huldigen bereits dermaßen viele »Hippopotamologen«, dass sie sich zum »Club der Nilpferdfreunde« (CdN) zusammengeschlossen haben.

Hartmut Klopsch etwa ist einer von ihnen. Der bildende Künstler aus dem sächsischen Leipzig sammelt zwar nicht – wie Hunderte seiner Vereinskameraden – mit deutscher Gründlichkeit Miniatur-Dickhäuter aus Keramik, Glas oder Metall. Stattdessen modelliert er, seit er vor etlichen Jahren für einen geplanten Ringelnatz-Brunnen auf dem Wurzener Marktplatz ein außergewöhnliches Fabeltier schuf, in schöner Regelmäßigkeit geflügelte Hippos: »Mindestens einmal im Jahr mache ich irgendeinen Nilpferd-Pegasus.« Die politischen Gründe, die er dafür einst reklamierte, sind seit der Wende allerdings perdu: »Früher gab's eigentlich kein besseres Synonym für das DDR-Künstlertum als mein merkwürdiges Nilpferd: schwerfällig und gleichzeitig fliegend.«

Irmgard Mertl hingegen ist ihren Lieblingstieren auf erheblich leidenschaftlichere Weise zugetan. Die Sekretärin aus Nürnberg ist derart verliebt in die gemütlichen Schwergewichte, dass sie ihre Wohnung mit über tausend Hippos aus Plastik und Plüsch, aus Glas und Stein teilt. Die »unheimliche Ausdrucksfähigkeit« der als plump verschrienen Dickhäuter habe sie seit jeher beeindruckt: »Die sind graziös und elegant, das glauben die meisten einfach nicht.« Irmgard Mertl allerdings weiß, wovon sie spricht – sie war über Jahre Patentante eines ausgewachsenen Nilpferdbullen namens Nero. »Nero wog dreieinhalb Tonnen«, berichtet sie, »und war in einem Wanderzirkus untergebracht. Ich war die Einzige, die auf ihm reiten durfte.« Nero hat übrigens eine Zahnoperation nicht überlebt – und Irmgard Mertl bleibt seither nur noch die Erinnerung an eine »wundervolle« Zeit: »Ich habe einen echten Freund verloren.«

Freunde hinzugewonnen hat dagegen Marianne Maier aus dem badischen Wehr. Die Büroangestellte opfert ihre Freizeit fast komplett der Hege und Pflege des Nilpferd-Pärchens Wilhelm und Helvetia im Basler Zoo. Seit geraumer Zeit ist sie ehrenamtliche Helferin in der dortigen Nilpferdanlage. An den Wochenenden oder nach Feierabend geht sie dem Nilpferdpfleger sachkundig und engagiert zur Hand. »Es macht mir großen Spaß«, sagt sie, »und vor allem bin ich dabei meinen Lieblingen ganz nah.« Ihr besonderer Liebling heißt übrigens Wamburi, ein kurz vor Weihnachten 1999 geborenes Nilpferdjunges. »Es ist schon ein besonderes Erlebnis zu sehen und mitzuerleben, wie so ein Tierchen wächst und gedeiht«, meint Marianne Maier. Für eigene Kinder hat sie bei den ständigen Pendeltouren in die Schweiz verständlicherweise keine Zeit.

Hartmut Klopsch, Irmgard Mertl und Marianne Maier sind nur drei von rund 250 Nilpferdianern, die voller Stolz dem am 8. Januar 1985 in Bonn gegründeten und nunmehr in Leverkusen beheimateten »Club der Nilpferdfreunde« angehören. Für den Verein die Werbetrommel zu rühren, ist übrigens so überflüssig wie unerwünscht. Zum einen hat sich die Existenz der verrückten Vereinigung unter Fans und Liebhabern längst herumgesprochen. Zum anderen drohte der Verein zeitweise aus allen Nähten zu platzen. An die 400 Mitglieder aus Deutschland und Dänemark, aus Schweden und der Schweiz, aus Costa Rica und dem Senegal zahlten Anfang der neunziger Jahre einen jährlichen Obolus zwischen 20 und 50 Mark in die Vereinskasse. Auf einer Vollversammlung im Bonner Stadtteil Ramersdorf griff der Club daraufhin zu einer ungewöhnlichen Maßnahme – statt mit stolzgeschwellter Brust den Zulauf an Interessenten zu registrieren, beschlossen die Mitglieder 1991 mit überwältigender Mehrheit einen Aufnahmestopp. »Wenn es so weitergeht mit der Mitgliederentwicklung«, weissagte seinerzeit der damalige Chef-Hippopotamologe Erich Dederichs, »dann sind wir bald ein ganz normaler Verein.«

Genau das ist der Zusammenschluss nilpferdsüchtiger Zeitgenossen beileibe nicht geworden. Zwar gibt es einen ordentlichen Vorstand mit Vorsitzendem und Kassenwärtin, zwar gibt es gesellige Abende und eine Satzung, die den Zweck des Clubs dahingehend definiert, »Nil- und Flusspferde zu sammeln oder auf andere Weise deren Ansehen zu mehren und Schaden von ihnen abzuwenden«. Doch mit deutscher Gemütlichkeit und bierernster Vereinsmeierei hat der »Club der Nilpferdfreunde« – dem in Frankreich mit der »Association de l'Hippopotame«, in der Schweiz mit dem »Verein der Freunde des Flusspferds« und in den Vereinigten Staaten mit »Hippolotofus – The International Hippo Society« in den vergangenen Jahren dem gleichen Zwecke nacheifernde Brüder- bzw. Schwester-Organisationen erwachsen sind – so viel zu tun wie sein Wappentier mit der Fleischfresserei.

Der Verein ist vielmehr ein einziger Spaß und seine Belegschaft angenehm unkonventionell. Die Regularien einer Jahreshauptversammlung etwa pflegen die Mitglieder – so zum Beispiel geschehen im Jahr 2000 anlässlich des 15. Geburtstags des Clubs in der Kölner »Comedia Colonia« – in der bundesdeutschen Rekordzeit von knapp 21 Minuten abzuspulen, was sich im Protokoll unter dem Tagesordnungspunkt »Kassenbericht« dann wie folgt liest: »Der kurzzeitig aufkommende Verdacht, die Schatzmeisterin Elisabeth Preiß sei mit der Kasse flüchtig, erhärtet sich nicht. Sie tritt vor und verliest den Kassenbericht.«

Einer bis heute nicht dementierten Statistik aus den Anfangsjahren zufolge ist das typische CdN-Mitglied überwiegend weiblich, 35 bis 40 Jahre alt und der Form sowie dem Wesen des Nilpferds bereits seit frühester Jugend verfallen. Es dekoriert seine Wohnung mit Hunderten und bisweilen Tausenden, mindestens aber 35 Hippos, denen gern selbst gestickte, selbst gehäkelte oder selbst modellierte Nachkommen hinzugefügt werden. Das gemeine CdN-Mitglied erschließt sich gern akademische Berufe, durchsetzt nicht minder häufig den Beamtenapparat und macht sich bevorzugt in den Vorzimmern der Macht wie den Wartezimmern von Arztpraxen und Krankenhäusern breit. Nur auf der Hauptversammlung pflegt der weiblich dominierte Club bisher stets einen Mann an die Vereinsspitze zu wählen.

Außerhalb dieser jährlichen Zusammenkünfte kaufen die Mitglieder palettenweise Überraschungseier, weil sich gelegentlich handbemalte Hartplastik-Hippos darin verbergen. Sie greifen im Bücherregal nach Werken wie ›Flora, das Flusspferd‹ oder zu wissenschaftlichen Abhandlungen wie ›Das Nilpferd in der Vorstellungswelt der alten Ägypter‹. Oder sie führen im unregelmäßig erscheinenden Mitgliederorgan ›Nilpferd-Nachrichten‹ allerhand krude Debatten über mehr oder minder abseitige, wiewohl das Nilpferd in höchstem Maße tangierende Angelegenheiten.

So etwa über den Vorschlag, zur lückenlosen Erfassung des Wappentiers ein »Statistisches Nilpferdamt« ins Leben zu rufen und als dessen Präsidenten das dienstälteste Nilpferd in Deutschland zu bestimmen, welches sich mit allem ihm zustehenden Gewicht für die Durchführung einer Nilpferdzählung im Sinne des Nilpferdzählungsgesetzes (NPZG) einzusetzen habe. Oder über die Unverfrorenheit einer Ärztekammer, die einem Nilpferde sammelnden Mediziner unterstellte, durch Öffentlichmachen seiner »Hippopotamanie« in einem Stadtmagazin die »Seriosität und Vertrauenswürdigkeit der Ärzteschaft insgesamt infrage« zu stellen.

Einige der in den vergangenen 15 Jahren ausgetragenen Scharmützel sind wahrhafte Kleinode hintersinniger Komik. Etwa der Streit über Sinn und Zweck eines geschlechtsneutralen Vereinsnamens. In Zeiten, da in allen möglichen und unmöglichen Printmedien der Republik aus Lesern und Leserinnen emanzipatorisch »LeserInnen« wurden, mochte sich eine feministisch engagierte CdN-Aktivistin aus Bochum nicht länger mit der maskulinen Form »Nilpferdfreunde« zufrieden geben. Unterstützung erfuhr die streitbare Hippopotamologin von einem frauenfreundlichen Hippo-Anhänger aus dem schweizerischen Säriswil. »Club der Nilhengst-Freundinnen/Club der Nilstutenfreunde« lautete umständlich sein erster, »Club der Nilpony-Freundchen« sein zweiter und ebenso wenig ernst gemeinter Vorschlag.

Auch das satireverdächtige Duell zwischen dem ersten Vereinsvorsitzenden Erich Dederichs und dem Bonner Amtsgericht anlässlich der Clubgründung 1985 spricht Bände. Die Justizbeamten wollten der Eintragung ins Vereinsregister nicht zustimmen, so lange nicht mindestens ein Vereinsmitglied ein leibhaftiges Nilpferd vorzuweisen hätte. »Die Pflege von lebenden Nil- bzw. Flusspferden durch Privatleute ist innerhalb der Bundesrepublik kaum möglich«, hieß es in einem Schreiben des Amtsgerichts vom 21. Januar 1985, »wenn der Zweck des Vereins dennoch so beibehalten werden soll, muss dem Registergericht nachgewiesen werden, dass der Verein beziehungsweise eines seiner Mitglieder im Besitz zumindest eines Nil- bzw. Flusspferdes ist.« Dem Club wurde »zur Behebung des Mangels« eine Frist von vier Wochen gesetzt. Doch das

Problem erledigte sich wesentlich schneller. Dederichs, seinerzeit stellvertretender Referatsleiter im Bundespresseamt und heute Pressesprecher des Deutschen Brauerbundes, ließ einfach seine vielfältigen Kontakte spielen. Zur Überraschung der Bürokraten und zur Freude aller Mitstreiter gewann er kurzerhand Zirkuschef Gerd Siemoneit-Barum nebst Hippo-Dame Katharina Karla als CdN-Ehrenmitglieder. Der behördlichen Auflage war Genüge getan, die Amtsstube überlistet.

Schräg, unorthodox und oft hinreißend komisch – der Einfallsreichtum der Mitglieder ist es, der den »Club der Nilpferdfreunde« inmitten der deutschen Vereinslandschaft zu etwas ganz Besonderem macht. So sollte, wer einen Antrag auf Aufnahme in den Verein stellt, dies Begehr tunlichst mit einer individuellen Begründung garnieren. Mal bekommt die Aufnahmekommission von einem Kandidaten zu hören, er sei »Rundling und durch nichts zu erschüttern«. Andere weisen die Vereinsspitze untertänigst darauf hin, sie seien »absolut sattelfest in Geschäftsordnungsfragen, Antragsformulierungen, Auszählungsmodalitäten von der einfachen Mehrheitswahl bis zum d'hondtschen System – kurz in allen existenziellen Vereinsangelegenheiten«. Manche wiederum dichten, was das Zeug hält – Jamben, Trochäen und sogar Limericks: »Ein Nilpferd reist inkogniteaux/von Assuan bis nach Bordeaux./ So weit tut es laufen,/um heimlich zu saufen,/doch das immerhin mit Niveau.«

Doch nicht nur zu dichten, auch zu ehren und zu preisen wissen die organisierten Nilpferdfreunde ganz vorzüglich. Seit 1990 zeichnet der CdN alljährlich einen verdienten Hippopotamologen mit dem »Hippo-Diplomaticus-Orden« 1. Klasse am schwarz-rot-goldenen Bande aus. Seit die Flusspferdfanatiker im November 1993 mit dem Finanzbeamten Ulrich Kalcher einen würdigen Nachfolger für den beruflich überlasteten wie amtsmüden Dederichs als Oberhäuptling inthronisierten, sind neue Ehrungen hinzugekommen. Nachdem Osterholz-

Scharmbeck noch unter dem alten Vorsitzenden als »nilpferdfreundliche Stadt« prämiert wurde, gibt es unter dem neuen Boss nun Lobpreisungen für das »nilpferdfreundlichste Hotel«, den »nilpferdfreundlichsten Oberbürgermeister« oder das »nilpferdfreundlichste Theater«. Geld bringt all das zwar nicht, dafür aber jede Menge warmer Worte aus dem Munde des alles andere als mundfaulen Clubchefs.

Natürlich leidet Ulrich Kalcher, der innerhalb der Familie mit Ehefrau Christel (Milchkännchen) und den Söhnen Bastian (Pinguine) und Simon (Krebse) um den inoffiziellen Titel des Sammelkönigs wetteifert, wie fast jeder im Club der Nilpferdfreunde unter so chronischer wie charmanter Andersartigkeit. Sie alle, die sich zu besonderen Anlässen die vereinseigene Krawatte um den Hals binden oder auf so genannten Nilpferdtauschbörsen um veritable Exemplare aus Makramee oder Tropenholz feilschen, fallen unter die Kategorie »ganz normal verrückt«. Wie etwa Vereinsgründer Erich Dederichs, der besonders stolz darauf ist, die heimische Menagerie um ein Nilpferd aus »gehärtetem Fangoschlamm« ergänzt zu haben. Wie Jörg Janke, ein Lehrer aus dem westfälischen Lüdinghausen, der bei jeder Gelegenheit auf der Wandergitarre – »Hippo Hippo Hurra« – laut und lästig Nilpferdlieder zu schrammeln versteht. Oder Dr. Norbert Wieczorek, der den putzigen Dickhäutern sogar seinen Einzug in den Deutschen Bundestag verdankt. Der Rüsselsheimer Sozialdemokrat weiß schließlich, wie er im Wahlkampf einen guten Eindruck und beim Wahlvolk reichlich Punkte machen kann. »Bei Hausbesuchen«, meint der erfahrene Parlamentarier, »verteile ich gern Plätzchen in Nilpferdform. Und Visitenkarten mit Nilpferdemblem.« Helfen tut's ganz offensichtlich. Für seine Partei sitzt der Hesse, im März 2000 zum stellvertretenden Vorsitzenden der sozialdemokratischen Bundestagsfraktion aufgestiegen, seit 1980 mit nur wenigen Monaten Unterbrechung im Parlament – offenbar nicht ohne fraktionsübergreifend Spuren hinterlassen zu haben …

Das Nilpferd und die Politik

Dr. Norbert Wieczorek macht aus seiner Leidenschaft kein Hehl. Während andere Vertreter des hohen parlamentarischen Hauses sich hüten, ihre privaten Passionen der Öffentlichkeit zu offenbaren und ihre Leidenschaft etwa für Zierfische, Karettschildkröten oder Schäferhunde allenfalls in der hermetischen Abgeschiedenheit der eigenen vier Wände ausleben, turtelt der sozialdemokratische Bundestagsabgeordnete vor aller Augen mit seinen rundlichen Lieblingstieren. Wer den gestandenen Polit-Strategen in seinem Rüsselsheimer Wahlkreis erlebt, wird früher oder später Nilpferden begegnen – und sei es nur in Form von Plätzchen, Aufklebern oder Visitenkarten. Und wer Wieczoreks Wohnung betritt, wird eines veritablen Mini-Zoos gewahr. Mit mehr als 100 Nilpferden aus allen nur erdenklichen Materialien teilt er seine Privatgemächer.

Seit sich der SPD-Mann vor etlichen Jahren als unheilbarer Nilpferdnarr outete, ist – so scheint's jedenfalls – das Eis, wenn nicht gebrochen, so doch ein wenig brüchig geworden. Quer durch die Parteien, quer durch die Institutionen, quer durch die Gremien kokettieren Politikerinnen und Politiker plötzlich mit ihrem Hang zum Hippo. Nicht als die ersten, übrigens. Bereits im 16. Jahrhundert meinte der Denker Joachim Camerarius hinsichtlich der Staatsethik, der Staat solle aus sich heraus das Böse ausmerzen, so wie das Nilpferd sich im scharfen Schilf den Leib zum Aderlass öffne. Zeitgleich wies sein philosophierender Kollege Adriaan de Jonge alias Hadrianus Junius auf die staatstragende Bedeutung des Nilpferds hin: Auf seinem Rücken trage es das Zepter der Gerechtigkeit und den Reiher, der das Böse in Gestalt einer Schlange aus dem höchst irdischen Morast hole, auf dass die Übermütigen gezähmt, die Ruchlosen unterworfen und die Übeltäter vernichtet werden mögen. Der radikale englische Philosoph und Staatstheoretiker Thomas Hobbes dagegen benutzte Mitte des 17. Jahrhunderts in seiner Schrift »Behemoth or the long parliament« das Nilpferd noch als verzerrtes Sinnbild für den von ihm verabscheuten Parlamentarismus. 350 Jahre später mag man fast glauben, der Dickhäuter sei zum Polit-Maskottchen schlechthin avanciert. Er verfügt schließlich über all das, was Politiker in ihrem Geschäft auf jeden Fall benötigen: eine große Klappe, ein dickes Fell und die bewundernswerte Fähigkeit, in null Komma nichts abtauchen zu können, wenn's einmal brenzlig wird.

Beispiele gefällig? Schon im Dezember 1985, als die Nilpferdbewegung in der Bundesrepublik noch ein eher bescheidenes Pflänzchen war, hatte die FDP ein Auge auf die Kolosse und ihre menschlichen Freunde geworfen. Wolfgang Stützer, Berliner Büroleiter der liberalen Friedrich-Naumann-Stiftung, diente sich dem Club der Nilpferdfreunde an, im Jahr 1987 die Jahreshauptversammlung des Vereins nebst integrierter »Internationaler Nilpferd-Tauschbörse« (INT) in Berlin statt, wie eigentlich vorgesehen, in Bonn ausrichten zu wollen – ein schöneres Geschenk zur bevorstehenden 750-Jahr-Feier könne man Berlin nicht machen. »Lassen Sie mich im Interesse des einen Deutschlands und Berlins fragen«, schrieb Stützer vier Jahre vor der Wende dem CdN-Vorstand, »warum solche großen Ereignisse nur in der rheinischen Provinz, der Bundeshauptstadt, nicht aber in der Metropole Berlin?« Der Freidemokrat unterbreitete der Bonner Flusspferd-Vertretung geradezu sensationelle Angebote: »Christos Reichstagsidee verblasst vor dem Gedanken, den Reichstag durch eine Ständige Ausstellung über Vergangenheit, Gegenwart und Zukunft des Hippopotamus zu seiner alten Bedeutung zurückzuführen. Jährlich ca. 1 000 000 Besucher – und damit potenzielle Hippopotamusianer! – sind der Ausstellung und damit auch latent Ihrem Club sicher. Bedenken Sie: der CdN als Massenbewegung, die Bürgerinitiative par excellence.«

Wiewohl der Friedrich-Naumann-Vorständler eine Förderung durch den Senat in Aussicht stellte und CdN-Boss Dederichs »angesichts der Schwergewichtigkeit der Materie ein persönliches Gespräch« anzuberaumen versprach, fand besagte Mitgliederversammlung der Nilpferdfreunde 1987 im »Hopfen-und-Malz-Saal« des Kölner Restaurants »Alt Köln« statt und nicht, wie von den Naumännern gewünscht, in Berlin. Ursache dafür mag der wenig sensible Umgang der blau-gelben Mutterpartei mit den geliebten Wappentieren des Clubs gewesen sein. Just zu der Zeit nämlich, da die Berliner Naumann-Stiftung um die Zuneigung der Bonner Nilpferdianer buhlte, machten ihr die Parteifreunde aus Hamburg einen gehörigen Strich durch die Rechnung. Die hanseatische FDP fühlte sich seinerzeit nämlich bemüßigt, im Bürgerschaftswahlkampf mit dem Plakatbild zweier Nilpferde vor einer angeblich drohenden großen Koalition von SPD und CDU zu warnen. »Obwohl doch Ihre Partei zurzeit darum kämpft, wieder in der Hamburger Bürgerschaft vertreten zu sein«, protestierte der CdN in geharnischten Worten beim seinerzeitigen Hamburger FDP-Landesvorsitzenden Ingo von Münch, »tut sie doch einiges, um die zahlreichen hippopotamologischen Sympathisanten in Hamburg kräftigst zu verärgern.« Besonders in verbale Rage brachte die Nilpferdlobby die Behauptung der Liberalen, das geliebte Vereinstier zeichne sich durch Unbeweglichkeit und Trägheit aus: »Unsere hippopotamologischen Forschungen und unsere wissenschaftlichen Symposien haben eindeutig bewiesen, dass das Nilpferd progressiv, multifunktional, sehr beweglich, sympathisch und liebenswert ist.«

Die zarten Bande, die Berliner FDP-Funktionäre zu den Bonner Nilpferdanhängern zu knüpfen suchten, wurden durch das Ungeschick ihrer Hamburger Parteifreunde jäh gekappt. Ein »nilpferdfeindliches Weltbild« hatten CdNler in den Reihen der hanseatischen Liberalen ausgemacht – daran änderte auch eine zerknirschte Entschuldigung der solcherart Abgestraften nichts mehr. »Wir stimmen vollkommen mit Ihrer Analyse über die Eigenschaften eines Nilpferds überein«, zeigte sich die Hamburger FDP in ihrer Antwort ein wenig kleinlaut, »Sie werden jedoch zugeben, dass auch das multifunktionalste und beweglichste Nilpferd einmal Zeiten hat, in denen es sich zur Ruhe legt, und dann einen behäbig müden, aber auch satten und zufriedenen Eindruck macht. So sollen die beiden Nilpferde die beiden großen Parteien in Hamburg symbolisieren, die sich genau in diesem Zustand befinden.«

Da die hanseatischen Freidemokraten perfiderweise im gleichen Schreiben betonten, mit den umstrittenen Plakaten doch eigentlich »einen wesentlichen Beitrag dazu geleistet [zu] haben, das Nilpferd noch mehr ins Bewusstsein der Öffentlichkeit zu rücken«, wurde ihnen prompt die gerechte Strafe zuteil. Die in Hamburg wahlberechtigten CdN-Mitglieder machten einfach hinter anderen Parteien statt hinter der FDP ihr staatsbürgerliches Kreuz – folgerichtig gab es eine Bürgerschaft ohne Beteiligung der seinerzeit so genannten Pünktchen-Partei.

Angesichts derartiger Pleiten mühten sich die anderen Parteien in der Folgezeit um ein weniger ungeschicktes Verhalten im Umgang mit möglicherweise wahlentscheidenden Hippopotamologen. Mathilde Berghofer-Weichner, doppelbenamte CSU-Justizministerin in Bayern, stieg 1988 nach dem Tod von Franz Josef Strauß überraschend zur Stellvertreterin des frisch gekürten neuen Ministerpräsidenten Max Streibl auf. Nach ihrer Wahl diktierte sie den nach verwertbarem News-Futter gierenden Journalisten in die Blocks, in ihrem Büro stehe ein Nilpferd aus Granit. Erstens nämlich sei der Hippo, dem eher bescheidenen Bestand innerhalb Bavariens zum Trotz, unangefochten ihr Lieblingstier. Und zweitens bestehe zwischen ihr und dem favorisierten Tier eine Art Seelenverwandtschaft:

»Es hat eine dicke Haut und lässt sich nicht aus der Ruhe bringen – wie ich!«

Gut sechs Jahre später, im Oktober 1994, bemühten sich auch die Grünen um Pluspunkte im Lager der nilpferdfreundlichen Wahlberechtigten wie der eigenen flusspferd-fixierten Mitglieder. »Ich bin ja ein altes Nilpferd und auch nicht besonders filigran«, hatte Joschka Fischer damals bei seiner Kandidatur für den Posten des Sprechers der neuen Bundestagsfraktion ein wenig mit seiner ehedem noch imposanten Leibesfülle und dem damit verbundenen Gemütlichkeitsfaktor kokettiert. Ein geschickter Schachzug, wie sich nach Auszählung der gültigen Stimmen herausstellte. Mit 48 Ja-Stimmen, zwei Enthaltungen und keiner einzigen Gegenstimme wurde der heutige Bundesaußenminister von der Fraktion zum grünen Oberhäuptling ausgerufen – Lohn für sein rückhaltloses Bekenntnis zum Hippopotamus.

Gutwillige Menschen werden Äußerungen wie oben beschriebene als pure Nilpferdfreundlichkeit anerkennen, böswillige mögen sie als schnöden Opportunismus gering schätzen. Dass indes das Nilpferd von unseren Volksvertretern verehrt und geschätzt wird wie kein anderes Tier, dass das Hippo im rechten wie im linken politischen Lager so etwas wie Kultstatus genießt, dass es schon seit längerem eines zwingend notwendigen Wechsels vom abgehalfterten Bundesadler zum aller Ehren werten Bundesnilpferd bedarf – all das wurde bereits am 11. Februar 1985 nachhaltig unter Beweis gestellt. An jenem Tag – für Animal-Historiker, die alles ganz genau dokumentieren wollen, sei gesagt: es war ein Montag – hatte der erst kurz zuvor aus der Taufe gehobene Club der Nilpferdfreunde in den bundeshauptstädtischen Räumlichkeiten der Hamburger Landesvertretung nicht nur zu einer Ausstellung hübscher Hippo-Exponate aus Halbedelstein und Billigplüsch, sondern zugleich zu einem hochkarätigen Symposium mit dem schönen Titel »Das Nilpferd und seine Stellung in der Gesellschaft« geladen. Und weil zu Beginn einer Woche seit jeher tote Hose herrscht, Gaststätten gern einen Ruhetag einlegen, die Bundesliga-Kicker ihre Blessuren pflegen und selbst im Fernsehen nix Gescheites kommt, war die Schar der Gäste, die mit ein paar wohlgesetzten Worten respektive ihrer Anwesenheit die Tagung adelten, prominent und illuster: Militärs, Wirtschaftsbosse und vor allem Politiker.

Fregattenkapitän Götz von Hohnhorst aus dem Bundesverteidigungsministerium beglückte das Publikum mit einem Referat zum Thema »Das Nilpferd in der Vorne-Verteidigung unter besonderer Berücksichtigung der Ostsee-Zugänge«, in dem er unter merklichem Kopfnicken der militärisch Geschulten sowie unter heftigem Kopfschütteln der pazifistisch Veranlagten kundtat, das Nilpferd eigne sich ob seiner »amphibischen Eigenschaften«, seines »massiven Wirkungspotenzials« sowie seiner »Seestehfähigkeiten auch unter den schwierigsten Wetterbedingungen« ideal für einen Einsatz in der maritimen Abteilung der Bundeswehr. Rolf Schmidt-Holtz, in jenen Tagen Leiter des Vorstandsbüros »Information und Publizistik« bei der Bertelsmann AG in Gütersloh, verstieg sich in seinem Vortrag »Das Nilpferd als Lesezeichen« zu der These, das »Lesen schlechthin« wäre ohne den »Kulturträger Nilpferd« einfach nicht denkbar: »Oder meinen Sie etwa, der Fitislaubsänger, das Gnu oder die Milbe hätten mehr fürs Lesen getan? Na bitte!« Und Wilfried Könen, PR-Beauftragter der Lufthansa, gab per Grußwort seiner Hoffnung Ausdruck, in Zukunft nicht nur als »Jumbo« bezeichnete Luftschiffe, sondern im Zuge der Dickhäuter-Gleichberechtigung auch »Hippo« getaufte Flugzeuge im internationalen Luftverkehr herumschwirren zu sehen.

Für die Sozialdemokraten gab Jürgen Schmude, 1985 stellvertretender Vorsitzender der SPD-Bundestagsfraktion, ein paar Betrachtungen über »Das Nilpferd im innerdeutschen Spannungsfeld« zum Besten. Das Eis zwischen den beiden deutschen Staaten zu brechen sei eine dem Nilpferd wie auf den korpulenten Leib geschriebene Aufgabe. Denn, so

Schmude auf dem Höhepunkt seiner klimatischen wie geografischen Kenntnisse: »Wo Nilpferde sind, braucht man kein Eis zu fürchten.«

Als Vertreter der Grünen ging der inzwischen zu den Sozis konvertierte und unter Kanzler Schröder zum Minister aufgestiegene Ober-Sonnenblümler Otto Schily ans Rednerpult, um die Anwesenden über »Das Nilpferd im parlamentarischen Untersuchungsausschuss« aufzuklären. Das Hippo, so der gewiefte Jurist, sei wie kein anderes Tier geeignet und in der Lage, den merkwürdigen Machenschaften im Hause Flick auf die Spur zu kommen. Schließlich sei es das Nilpferd gewohnt, im Schlamm zu wühlen und gelegentliche Stürze in Jauchegruben ohne Schäden an Haupt und Gliedern heil zu überstehen.

Für die Christdemokraten schließlich lieferte Norbert Blüm – wiewohl als viel beschäftigter Arbeitsminister nicht leibhaftig vor Ort, sondern nur per Redemanuskript vertreten – ein paar streitbare Sätze über »Die Stellung des Nilpferds im Betriebsverfassungsgesetz«. So bezeichnete es der Herz-Jesu-Sozialist als »dringend erforderlich, in Betrieben mit mehr als fünf ganztagsbeschäftigten Nilpferden eine betriebliche Nilpferdvertretung zu verankern«. Zudem hielt er unter nilpferdigen Aspekten eine Präzisierung des Begriffs »Stimmengewicht« in § 55 Betriebsverfassungsgesetz für unabdingbar – natürlich sei unter der Vokabel eine Pro-Kopf-Gewichtung und mitnichten eine in Kilogramm gemessene Gewichtung zu verstehen.

Von den zur damaligen Zeit im Deutschen Bundestag vertretenen Parteien fehlte allein die FDP bei dieser für die Politik wie die Nilpferdforschung fürwahr bahnbrechenden Veranstaltung. Das Versäumte sollte allerdings anderthalb Jahre später umso engagierter nachgeholt werden. Im Oktober 1986 eröffnete der Club der Nilpferdfreunde im Wuppertaler Fuhltrott-Museum eine große Ausstellung mit dem wenig enthusiasmierenden Titel »Rund um's Nilpferd«. Einmal mehr stellte dabei die Politprominenz ihre grenzenlose Sympathie für das CdN-Wappentier unter Beweis.

Nordrhein-Westfalens damaliger Ministerpräsident Johannes Rau (SPD) verlas Passagen seines intimen Briefwechsels mit Lina, einer Bewohnerin des Nilpferdgeheges des Wuppertaler Zoos: »Liebe Lina, ich versuche zu lernen. Verzeih mir, dass ich so einen Begriff wie ›nilpferdlich‹ gebraucht habe. Ihr seid halt wie ihr seid. Verhaltensforscher haben es mit euch längst nicht so schwer wie mit uns Menschen.«

Rita Süßmuth (CDU), in jenen lang vergangenen Zeiten Bundesministerin für Jugend, Familie, Frauen und Gesundheit, referierte die Verdienste der Nilpferddamen um die Frauenbewegung: »Ihr äußeres Erscheinungsbild hebt sich wohltuend ab vom Weiblichkeitsideal der Frauenmagazine. Die Schönheit der Nilpferdfrau offenbart sich nur dem Kennerblick. Ihre Körperfülle und ihre Rundungen vermitteln den Eindruck von Solidität, Sanftmut und Bescheidenheit, die der deutsche Mann an seiner Frau mittlerweile so schmerzlich vermisst. Dies qualifiziert das weibliche Nilpferd zum Traum der Paschas, zum Leitbild einer Gesellschaft, in der die Frauen wieder da sind, wo sie hingehören, bei ihren Kindern am heimischen Herd. Doch Vorsicht! Der erste Eindruck täuscht! Haben Sie schon mal ein Nilpferd am Herd gesehen? ... Nilpferdfrauen lassen sich nicht an den Herd verbannen ... Dies alles weist darauf hin, dass die Emanzipation der Nilpferdfrauen schon viel weiter fortgeschritten ist, als der erste Anschein vermuten lässt.«

Für die Freidemokraten outete sich ausgerechnet ein Mann als notorischer Nilpferdfreund, dem man ob seiner markanten Hörorgane eher eine Affinität zu den Elefanten nachgesagt hatte. Außenminister Hans-Dietrich Genscher zeigte sich über Wohl und Wehe des Hippopotamus bestens informiert. Und überraschte mit dem Vorschlag, das Nilpferd doch als alternative Energiequelle zu nutzen: »Sie brauchen nur einen Glasstab so lange an einem Nilpferd zu reiben, bis hippostatische Energie entsteht, die man dann leicht an den dafür vorgesehenen Ohren – auch bei getauchtem Zustand – vermittels Lüsterklemmen abnehmen kann.« Auch wenn seine Idee in Politikerkreisen nur auf wenig Gegenliebe stieß und kein einziges Atomkraftwerk zugunsten der umweltfreundlichen Nilpferdvariante abgeschaltet wurde – »Genschman« hatte auf einen Schlag die Herzen zahlreicher Hippopotamologen gewonnen.

Ob aus wahltaktischen Gründen oder weil ihm die Dickhäuter zwischenzeitlich ans Herz gewachsen waren, sei einmal dahingestellt. Vier Jahre später jedenfalls verewigte sich das FDP-Schwergewicht für immer in den Annalen der Hippo-Freunde und ihres Vereins. Nur wenige Monate nach der Wende von 1989 stiftete der Politiker den »Hippo-Diplomaticus-Orden am schwarz-rot-goldenen Bande« – eine Auszeichnung, die der Club der Nilpferdfreunde seither alljährlich einem um die auswärtigen Beziehungen besonders verdienten Menschen zu überreichen in der Lage ist. Nilpferde (also: Hippos) und Diplomaten (also: Diplos) zeichneten sich nach Meinung des FDP-Altvorderen durch gleichartige Wesenszüge aus. Sie seien allesamt dickköpfig und standfest, für charmant-bulliges Auftreten bekannt und in afrikanischen Tümpeln wie auf dem politischen Parkett in der Lage, Rivalen abzuschrecken und Weggefährten zu gewinnen.

Der Wanderorden, der die Gesichtszüge des Stifters mit der barocken Statur des Tiers aufs Putzigste vereint, wird seit dem Februar 1990 auf der jährlichen CdN-Mitgliederversammlung höchst qualifizierten Hippomanen um den Hals gehängt. Als Allererster mit ihm schmücken durfte sich übrigens Rolf Becker aus Pesterwitz bei Dresden. Zum einen, weil er als erster DDR-Bürger dem Club der Nilpferdfreunde beigetreten war. Und zum anderen, weil er sich besondere Verdienste um das musikalische Nilpferd erworben hatte.

Das Nilpferd und die Musik

Im sächsischen Pesterwitz und der benachbarten Landeshauptstadt Dresden kennt ihn jeder. Rolf Becker, knapp über 70 Jahre alt, macht schließlich derart viel Wind, dass den selbst ernannten »Kfz-Meister im Hobbystand« zu übersehen nun wirklich ein Ding der Unmöglichkeit ist. Becker kann, so scheint's, alles. Und Becker interessiert sich, so scheint's, für alles. In notorischer Unrast handwerkelt, schmalfilmt und videofilmt er. Gibt beim örtlichen Gewerbeverein, beim Schulfest oder bei der lokalen Multiple-Sklerose-Gesellschaft den gut gelaunten Witzbold. Formt aus backbarer Knete Kerzenhalter, Teddys oder das Dorfmaskottchen »Pewitzel«. Und produziert als oberster Ost-Hippopotamologe und erstes CdN-Mitglied aus der verblichenen DDR fast im Akkord Nilpferde aus Fimo. Eines wollte er 1988 der damals noch amtierenden Bundeshauptstadt Bonn anlässlich ihrer 2000-Jahr-Feier als neues Maskottchen andienen – doch die Rheinländer entschieden sich für einen Löwen mit römischem Helm und festlicher Schärpe und verschmähten Beckers »Bonnie« genannten Hippo-Legionär. Der solcherart ins Abseits gestellte und mit ihm viele Hunderte selbst produzierte Dickhäuter bevölkern inzwischen das Domizil des nimmermüden Sachsen. Ein Ende des Belagerungszustandes ist nicht abzusehen.

Zudem ist Becker begeisterter Musikhörer. Von Hip-Hop oder Hardrock, von Schlagern oder Shanties hält er jedoch nichts. Sein Herz schlägt ganz allein für Dixieland. »1946 war ich in Berchtesgaden bei den Amis in Diensten«, sagt der Rentner, »da erlebte ich zum ersten Mal Dixieland. Die Musik war mir völlig neu und hat mich förmlich elektrisiert. Daran hat sich bis heute nichts geändert.« Die gemeinhin als Altmänner-Musik belächelte Abart des Traditional Jazz wurde in den Anfängen des 20. Jahrhunderts in den Südstaaten der USA entwickelt und setzte sich nach dem Zweiten Weltkrieg als Soundtrack der Trümmer-Wegräumer auch in weiten Teilen Westeuropas durch, wo seither kein Altstadtfest, kein Massenbesäufnis und keine Mitgliederversammlung eines sozialdemokratischen Ortsvereins mehr ohne Oldtime-Klänge auszukommen scheint.

Ins sozialistische Deutschland gelangte der Dixieland, einst aufgehalten durch Mauern und eisernen Vorhang, mit zeitlicher Verzögerung. Dann jedoch elektrisierte er die musikalisch ausgehungerten Massen derart, dass sich an Pleiße und Oder erst Liebhaberkreise bildeten und dann sogar Festivals entstanden. Als vielleicht bekanntestes gilt das Anfang der siebziger Jahre ins Leben gerufene »Internationale Dixielandfestival Dresden«. Bekannt weniger wegen musikalischer Koryphäen wie »Papa Binne« oder der »Blue Wonder Jazz Band«, sondern wegen seines unübersehbaren Maskottchens – für das Festival wirbt seit 1977 ein mal Klarinette spielendes, mal in die Trompete pustendes, mal Banjo schlagendes Nilpferd. »Der Grafiker Christian Stecher hat sich das jazzige Hippo damals ausgedacht«, weist Nilpferdnarr Rolf Becker jede Urheberschaft weit von sich, »ich bin nur ein Nachgestalter – vielleicht der einzige.«

Vor allem aber ist er Verkünder der frohen Dixiebotschaft. Das musizierende Hippo als Wappentier gibt es zwar schon satte 25 Jahre, doch erst seit Becker mit einer Mischung aus messianischem Eifer, niemals erlahmendem Tatendrang und verblendeter Nilpferdliebe das Festival bewirbt und lobpreist, kommen die Besucher auch von weiter her. Der das Festival repräsentierende Dickhäuter – seit 1996 offiziell und dank überwältigenden Kindervotums »Dixie« geheißen – ist dank Beckers Fürsorglichkeit schon lange nicht mehr allein. 1982 hat der Plaste- und Elaste-Virtuose begonnen, dem multiinstrumentalen Koloss ein paar musizierende Kollegen zur Seite zu stellen. Über 600 Hippos mit Trompete oder Gitarre, mit Saxophon oder Klavier, mit Posaune oder Mikro hat er seither geschaffen. Sämtlich 10 bis 15 Zentimeter groß, bilden sie die derzeit wohl gewaltigste Dixielandkapelle zwischen New Orleans und Neubrandenburg. Ein besonders hübsches Exemplar aus eigener Herstellung hat Becker vor gut zehn Jahren Ex-Außenminister Hans-Dietrich Genscher überantwortet. Als Dankeschön dafür, dass ihn der Politiker dereinst als ersten Träger des von ihm gestifteten »Hippo-Diplomaticus-Ordens« 1. Klasse vorgesehen hatte.

Vier Jahre nach Rolf Becker durfte sich ein rauschebärtiger Waldschrat aus dem westfälischen Lüdinghausen den begehrten Wanderorden an die Latzhose heften. Jörg Janke erhielt die Auszeichnung zum einen für seine »besonderen Verdienste zur Mehrung des Ansehens des Nilpferds auf internationaler Ebene«, zum anderen für »seine Verdienste um das Nilpferd in musikalischer Sicht«. Der Gehörlosenpädagoge, auf dessen Häuschen weithin sichtbar eine Wetterfahne mit einem Nilpferd statt des gebräuchlichen Hahnes prangt und der als passionierter Freizeitkapitän mit einem »Nijlpaardje« getauften Plattbodenschiff im holländischen Sneek vor Anker liegt, sichtet, sammelt und singt Nilpferdlieder aus der ganzen Welt. Manche gibt er mit seiner Lüdinghausener Folkband »Swinegels« in verräucherten Kneipen zum Besten, andere solo zur Gitarre bei Schulfesten, in Nachbarschaftshäusern oder in Kindergärten.

Für den Nilpferdverein, dem er nicht nur den Genscher-Orden, sondern als überzeugter Schlipsverächter noch eine goldene CdN-Krawattennadel verdankt, hat er eine unvollständige Sammlung hippopotamologischen Liedguts in Broschürenform gegossen. Darin finden sich Dutzende schaurigschöner Perlen deutsch- und sogar englischsprachiger Sangeskunst. Etwa »Ich bin ein kleines Nilpferd« aus der Feder eines gewissen Johannes Kuhnen, dessen erste Strophe bereits das Niveau andeutet, auf dem es anschließend noch ein paar Strophen weitergeht:

Ich bin ein kleines Nilpferd
und wiege hundert Pfund.
Mein Speck, der ist mir viel wert,
Er macht mich glatt und rund.

Manuela Mechtels »Nilpferds Traum« ist da schon von leicht anderem Kaliber. Es erzählt eine originelle Geschichte (Nilpferd verliebt sich in Känguru) und verfügt über durchaus hübsche Strophen:

Das Nilpferd ging zum Känguru
Und säuselte ganz leis: Ach du ...
Das Känguru gab voll Genuss
Dem Nilpferd einen dicken Kuss.

Von geradezu klassischer Couplet-Schönheit ist dagegen das schlicht »Das Nilpferd« betitelte Liedlein von Hermann-Josef Wilbert, das Jörg Janke in einem schon etwas betagten Liederbuch aufgetan hat:

Wer nie ein Nilpferd gähnen sah,
Der weiß nicht, wie man gähnen kann.
Denn so aus Herzensgrund: Uuaah!
Kann's keiner, weder Gaul noch Mann.

Ebenso dem klassischen Genre zuzurechnen ist »The Hippopotamus Song«, ein kunstvolles Stück britischer Komponierkunst von 1952, das Donald Swann und Michael Flanders für vierstimmigen Männerchor geschrieben haben. Das Lied ist gesanglich, kompositorisch und sprachlich ganz allerliebst, wie schon die erste Strophe und der Refrain verraten:

A bold hippopotamus was standing one day
On the banks of the cool Shalimar.
He gazed at the bottom as it peacefully lay
By the light of the Evening Star.
Away on a hilltop sat combing her hair
His fair Hippopotamine maid;
The hippopotamus
Was no ignoramus
And sang her this sweet serenade:

Mud, mud, glorious mud,
Nothing quite like it for cooling the blood!
So follow me, follow,
Down to the hollow
And there let us wallow
In glorious mud!

Zeichnet sich dies britische Bravourstück durch Originalität, Wortwitz, metrische Kühnheit und Katarakte gelungener End-, Stab- und Binnenreime aus, so bleibt nach Rezeption des deutschsprachigen Chorstückes »Das kranke Nilpferd« aus der Operette ›Frühlingsluft‹ eher der Eindruck eines aus längst vergangenen Kolonialzeiten herrührenden Rassismus haften. Das undatierte Liedchen ist denn auch, wiewohl ausdrücklich für A-cappella-Gesang vorgesehen, von den Comedian Harmonists oder vergleichbaren Stimmbandakrobaten geflissentlich übersehen worden. Allenfalls den alten Herren obskurer Großwildjägervereinigungen mag man es noch zutrauen, das epochale Werk im Stadium fortgeschrittenen Deliriums dann und wann zum Vortrage zu bringen. Nun denn, es geht so:

In Afrika im hohen Gras
Ein abgehärmtes Nilpferd saß,
Das einen kleinen Neger fraß,
Für den war das durchaus kein Spaß.

Doch bald darauf das Nilpferd starb,
Da es den Magen sich verdarb,
Weil einen Schwarzen es genoss!
Und auf dem Grabstein las man bloß:
»O du Rhinoceros!«

Derart offensichtliche Nilpferdfeindlichkeit gepaart mit geradezu krankhafter, die Grenzen zwischen Ele-, Rhino- und Hippofant aufs Schamloseste verwischender Dickhäuterbeschimpfung bleibt – wirft man einen Blick auf das hippopotamologische Liedgut jedweder Zunge – jedoch die Ausnahme. In der Regel zieht sich durch die Lieder, die das Nilpferd zum Thema haben, das grüne Band der Sympathie.

Mal rühmen die Schöpfer die Musikalität des Tieres – wie im Gassenhauer »Das Nilpferd auf dem Dach«, in dem es heißt: *»Das Nilpferd auf dem Dach/Das macht am liebsten Krach/Es schlägt das Tamburin/Da wackelt der Kamin.«* Mal preisen die Schöpfer den Erfindungsreichtum des Tieres – wie im Hammerhit »Propeller-Nilpferd«, in dem es heißt: *»Das Nilpferd, Nilpferd Suzie Wong/hat hinten 'nen Propeller/Und wenn es kräftig pu-u-uupst/Dreht der sich immer schneller.«* Mal feiern die Schöpfer die geradezu fragile Grazie des Tieres – wie im niederländischen »Nijlpaard-Dans« von K. Pruis (Text) und E. Beeckman (Musik). Weil wir hier keinen Fremdsprachenkursus abhalten und Fußnoten ob der wissenschaftlichen Fragwürdigkeit des vorliegenden Machwerks nicht vorgesehen sind, erspare ich Ihnen einen so markanten wie zungenbrecherischen holländischen Textauszug – Sie müssen's mir halt einfach glauben.

Mitunter allerdings gibt es Lieder, die sich einer eindeutigen

Positionierung entziehen und die Hörer in tiefe Ratlosigkeit stürzen. »Das Nilpferd aus dem Mohrenreich« ist ein solches. Kurz nach Ende des Zweiten Weltkriegs komponiert von Adolf Lohmann und betextet von Adolf Holst und Johannes Theissing, fand das dreistrophige Epos alsbald Eingang in die wohl allen bekannte Liedersammlung ›Die Mundorgel‹:

Das Nilpferd aus dem Mohrenreich,
Das Nilpferd hat den Schnupfen.
Es trägt ein Kopftuch, warm und weich,
Ein Tuch mit roten Tupfen.
Es rührt sich nicht
Und regt sich nicht
Und liegt betrübt im Grase.
Nicht wahr, das ist auch gar nicht fein,
Was muss das für ein Schnupfen sein
Bei solch 'ner großen Nase.

Die Nilpferdmama, tief besorgt,
Zum Doktor ist gekrochen,
Der hat das kranke Nilpferd gleich
Beschnuppert und berochen.
Es seufzt gar sehr,
Es stöhnt gar schwer,
Liegt heulend im dem Grase.
Da kullern bald der Tränen viel,
Hinunter in den breiten Nil
Aus Aug' und Maul und Nase.

Die dicke Flasche hat der Arzt
Geholt und dann gesprochen:
»Wird hier nicht bald etwas getan,
Dann dauert's noch zwei Wochen.
Doch nimmst du ein
Den roten Wein

Aus diesem grünen Glase,
Dann währt es nur noch vierzehn Tag
Und aus ist's mit der bösen Plag
In deiner großen Nase.«

Ende der fünfziger Jahre fand sich das Stück in der Mao-Bibel der Frühaufsteher und Wandersburschen unter der Nummer 107 wieder, in den Sechzigern war es auf Rang 159 gelandet und in den Achtzigern ganz aus dem Kanon der schönsten beziehungsweise schrecklichsten Volksweisen verschwunden. Grund genug für den Club der Nilpferdfreunde, die Verlagsverantwortlichen nach den Beweggründen für die klammheimliche Beisetzung besagten Werkes auf dem Gesangsfriedhof in 65835 Liederbach zu fragen. Ob man von Herausgeberseite etwas gegen Nilpferde habe, rückten die Nilpferdfreunde den Mundorglern auf die Pelle. Wenn ja, warum. Und wenn nein, warum dann das Lied ersatzlos gestrichen worden sei.

Die Antwort kam prompt. »Nun wundere ich mich«, schrieb der Herausgeber des roten Dauerbrenners, »dass Sie sich über das aus der Mundorgel entfernte Lied ärgern. Eigentlich hätte ich einen Dankesbrief erwartet, denn es ist doch ohne Zweifel zu erkennen, dass das Nilpferd in diesem Liede sehr schlecht wegkommt. Es wird über die große Nase gelästert, es wird ihm ein Schnupfen angedichtet, es wird in seinem Tier-Sein nicht ernst genommen. Dazu kommt noch eine Verunglimpfung des Afrikaners als ›Mohr‹. Wenn Sie das alles bedenken, wäre es unverantwortlich, dieses Lied weiter zu veröffentlichen. Wenn es kein gutes Lied für und über das Nilpferd gibt, ist das sehr zu beklagen. Doch nun liegt es an Ihnen und Ihrem Verein, Qualität anzubieten. Wozu haben Sie denn Ihren Verein gegründet?«

Der solcherart provozierte Verein handelte schnell. Zum einen setzte es seitens des CdN einen geharnischten Antwortbrief, der den Volkslied-Verwesern dafür, das Nilpferd klammheimlich aus der ›Mundorgel‹ ausgeschlossen zu haben, sämtliche Bummsfalleras und Heidewitzkas ordentlich um die

Ohren haute. Zum Zweiten schuf CdN-Mitglied Sebastian Hoffmann aus dem sauerländischen Werdohl eine zusätzliche, den negativen Gesamteindruck ein wenig mildernde, vom Mundorgel-Team indes sträflich ignorierte vierte Liedstrophe:

So hat das Nilpferd vierzehn Tag
Den Wein zu sich genommen
Und ist nach dieser langen Zeit
Gesund im Nil geschwommen.
Es freut sich sehr,
Es ächzt nicht mehr
Betrübt im nassen Grase.
Nicht wahr? Das war auch gar nicht fein,
Was musste das für Schnupfen sein,
Bei solch 'ner großen Nase!

Der für die musikalische Weiterbildung der Mitglieder zuständige Jörg Janke wurde beauftragt, in Ermangelung anderweitiger kompositorischer Meilensteine Nilpferdlieder fortan nicht mehr nur zu sammeln, sondern auch zu schreiben. Der Lüdinghausener machte sich ans Werk und dichtete – Kreativkopf, der er ist – gleich zwei davon.

Zum einen erschuf er ein Opus, das nach der Melodie der unverwüstlichen »Vogelhochzeit« zu singen ist. Es beginnt mit dem gesellschaftskritischen Zweizeiler *»Das Nilpferd, das ist uns längst klar/Lebt frei nur noch in Afrika«*, fällt dann vornüber in den frenetischen Refrain *»Hipp-hipp-popo/Hipp-hipp-popo/Hipp-hipp-po-potamus!«* und endet – in seiner romantischen Dramatik beinahe an die berühmte »Casablanca«-Flughafenszene zwischen Bogart und Bergman gemahnend – mit großen Gefühlen: *»Er gibt dem Nilpferd dann zum Schluss/Den Nilpferdwärterabschiedskuss!!«*

Zum anderen komponierte er einen »Hippo-Kanon«, den er textlich allerdings ohne Rücksicht auf Verluste in die münsterländische Mundart presste, was Nilpferdfreunde aus sprachlich elaborierteren Gefilden des deutschen Sprachraums beim Absingen des Musikstücks vor gewisse artikulatorische Herausforderungen zu stellen pflegt:

Hippopo – hippopo – hippopo!
So'n Nilpiärd is dat Fienste op de Äer!
Laot us laut van't Nilpiärd singen,
Fienstet Dier op düsse Äer!

Den Wunsch allerdings, dem Club der Nilpferdfreunde eine regelrechte Erkennungsmelodie auf den Leib zu schreiben, den konnte Jörg Janke guten Gewissens unterdrücken. War ihm doch Rolf Julius Koch einfach zuvorgekommen. Der bekennende Nilpferdianer hatte dem Club schon kurz nach seiner Gründung eine offizielle »CdN-Fanfare« überantwortet, die – ganz im Sinne der Vereinssatzung – das Ansehen des Nilpferds mehrt und fördert, laut Gebrauchsanweisung »mit großer Freude zu singen« ist und, wenn man sich sklavisch an den Wunsch des Komponisten hält, »im Nilpferdtempo, also relativ schnell« daherkommt:

Hippopotamus!
Du sanfte Augenweide
Im glänzend runden Kleide,
Du, Du bist uns Trost und Freude.

Hippopotamus!
Wir wollen Dich bewahren
Vor allen Weltgefahren,
Denn wir lieben Dich mit Haut und Haaren!

Lieder voller Pathos, Gesänge voller Inbrunst, Zeilen voller Überschwang: Sowas wollen echte Nilpferdjunkies nun mal hören. Lieder, bei denen die dem Hippo Verfallenen ihrem

Wappentier andächtig huldigen und ihre Augen reichlich mit Tränen der Rührung benetzen können. Oden kommen für solche Zwecke besonders in Betracht, Elegien auch und Rhapsodien nicht minder.

Aber Popmusik? Zweifelsfrei sind eine ohrenzerfetzende Death-Metal-Nummer, ein enervierender Techno-Beat oder ein heruntergeschrubbter Punkrock-Song nur wenig dazu angetan, dem Zuhörer von Sentimentalitäten, Liebreiz oder Herzeleid zu künden. Aber zu diesem Behufe gibt's im weiten Feld zwischen Rock und Pop, Rap und Reggae ja schließlich andere Disziplinen: schmachtvollen Soul, wehmütige Folksongs und in den letzten Jahren ganze Heerscharen so genannter »Kuschelrock-CDs«.

Auf denen wird das seltsame Verhalten geschlechtsreifer Großstädter zur Paarungszeit in epischer Breite, lyrischer Einfalt und musikalischer Dumpfbackigkeit durchdekliniert. Er verlässt sie, sie betrügt ihn, er sucht ihn, sie verzehrt sich nach ihr – in der Popmusik finden sich zwischen Elvis und Madonna alle denkbaren Spielarten der Liebe wieder. Allein die Liebe zum Tier ist weitgehend frei von einer sexuellen Komponente. Der geflügelte, bepelzte oder gepanzerte Freund ist in der Regel Kumpel statt Konkubine. Was immer kreucht und fleucht auf dem Erdenrund – die Popmusik hat garantiert jedem Reptil oder jeder Amphibie, jedem Schuppen- oder Kerbtier, jedem Zwei- beziehungsweise Vierbeiner im Laufe der vergangenen 50 Jahre ihr Ständchen gebracht. Den Rolling Stones hatten es »Wild Horses« angetan, den Beatles Waschbär »Rocky Racoon«, UB 40 eine »Rat in the Kitchen«. Frank Zappa besang einst den »Penguin in Bondage«, die Incredible String Band intonierte den »Hedgehog's Song«, Police entdeckten einen »Canary in a Coalmine«. Es gab Lieder über Hunde (»Me and You and a Dog named Boo«, Lobo) und Katzen (»Cat and Snowman«, Tangerine Dream), Songs über Krokodile (»Crocodile Rock«, Elton John) und Alligatoren (»See you later Alligator«, Bill Haley), Stücke über

Affen (»Monkey in her Heart«, The Radiators) und Fische (»Yellow Shark«, Frank Zappa), ja selbst Nummern über konkurrierende Dickhäuter wie Elefanten (»Elephant at the Door«, Joe Bird) und Nashörner (»Rhino a gogo«, Tar Babies).

Aber über Nilpferde? Bei oberflächlicher Betrachtung und mit nur rudimentärer Kenntnis des musikalischen Weltgeschehens ist das Urteil schnell gesprochen: Da gibt es nix! Doch wer lange genug forscht und wühlt im Dickicht der Riffs und Licks und Beats, der wird im Zuge pophistorischer Ausgrabungsarbeiten doch erstaunlich fündig. Und stolpert zum Beispiel über das Schallplattenlabel »Hip-O-Records« im kalifornischen Santa Monica. Das 1996 gegründete Unternehmen, Unterlabel des Weltkonzerns Universal Music Group, enthält ein Nilpferd im Logo und führt die Liste derjenigen Plattenfirmen an, die sich auf die Pflege längst vergessener Aufnahmen und die Zusammenstellung möglichst obskurer Sampler spezialisiert haben. Auf Hip-O-Records findet sich alles, was einmal groß und berühmt war: Brian Auger oder Ginger Baker, Petula Clark oder Engelbert Humperdinck, Oingo Boingo oder Rick Springfield. Wer für kleines Geld die »Ultimate Collection« von Black Uhuru erstehen, die »Millennium Collection« von The Call erwerben oder die »Essential Collection« der Four Tops ergattern möchte, wird bei der Plattenfirma in der Colorado Avenue 2220 garantiert fündig. Bisweilen bestücken die Mitarbeiter dank ihrer ausgezeichneten Kenntnisse im Oldiemarkt ganze Filme mit den entsprechenden Retro-Soundtracks. Im Frühjahr 2000 etwa beschallte Hip-O-Records die mit Danny DeVito, Bette Midler, Jamie Lee Curtis und Neve Campbell prominent besetzte Nick-Gomez-Komödie ›Drowning Mona‹ (in deutschen Kinos: ›Der Fall Mona‹).

Weniger an der zugegebenermaßen nervtötenden Mona als vielmehr an einer jungen Dame namens Diane beziehungsweise einer Konkurrentin namens Paulina interessiert zeigt sich dagegen eine Ska-Punk-Band aus Los Angeles, die die Hitparaden dieser Welt unter dem Namen »The Hippos« zu erobern gedenkt. Die krawallige Combo ist trotz ihrer hörenswerten Hau-Ruck-Hymnen auf die beiden besagten Ladies zwar weit davon entfernt, in popmusikalischen Lexika auch nur einen Fünf-Zeilen-Eintrag zu erhaschen. In kurzgeschorenen und hosenträgerbewehrten Kreisen jedoch haben sich ihre Alben ›Forget the World‹ (1998) und ›Heads are gonna roll‹ (1999) ordentlich verkauft – und die ausgekoppelte Single »Wasting my Life« wurde sogar so etwas wie ein Mini-Hit. Damit stiegen die Bandmitglieder zwar nicht zu Dollarmillionären auf. Dafür aber zu der wohl populärsten unter jenen paar Kapellen, die sich mit einem Nilpferd im Bandnamen schmücken. Die US-amerikanische Post-Rock-Formation »Hippopotamus« nämlich ist trotz des gleichnamigen Debütalbums (1996) und des Nachfolgers ›3 Sounds‹ (1998) nicht aus dem öffentlichkeitsscheuen Experimental-Stadium herausgekommen. Die amerikanischen Blueser »The Slim Hippos« schafften bislang allenfalls den Sprung in die kulturelle Randspalte ihres örtlichen Käseblättchens. Und die längst verblichene Formation »Hippopotamus« aus dem Raum Krefeld/Duisburg/Oberhausen spielte zwar jahrzehntelang mit Inbrunst und Begeisterung Modern Jazz, verdarb sich ein erfolgreicheres Standing unter fußwippenden Bebop-Aficionados jedoch dadurch, dass sie ihren Schallplattenerstling wenig erotisch, dafür aber abtörnend alternativ ausgerechnet ›Schnatterzapfen‹ taufte.

Überhaupt der Jazz. Die Dixielander und Hardbopper, die Skiffler und Swinger, die Traditionalisten und Avantgardisten fühlen sich unter allen Musikern dieses Planeten offenbar am häufigsten dazu verleitet, Teile ihres musikalischen Repertoires nach dem Nilpferd zu benennen. Die Band Bona Fide beendete ihr Album ›Royal Function‹ von 1999 mit dem Fünfeinhalb-Minüter »The Hippo«. Die Latinogruppe Mongo Santamaria kreierte auf ihrem 1970er-Album ›Mongo's Way‹ den eher ledernen als federnden »Hippo Walk«. Das Cannonball Adderley Quintet entführte die Hörer schon 1966 auf

›Mercy, Mercy, Mercy!‹ ins fiktive Hard-Bop-Mekka »Hippodelphia«, das uns 33 Jahre später auch Tenorsaxofonist Javon Jackson auf seiner CD ›Pleasant Valley‹ anempfahl. Und das Mickey Bass Quartet machte seine Anhänger auf dem Album ›Another Way Out‹ mit einer besonders markanten Nilpferdspezies bekannt: »Hippopotamus With Green Shoes On«.

Die restlichen Nilpferde der Popgeschichte sind gerecht über die Genres verteilt. In der Singer/Songwriter-Abteilung hat Al Stewart auf seiner 1993er-CD ›Famous Last Words‹ dem Dickhäuter mit dem »Hipposong« ein Denkmal gesetzt. Auf dem Album ›Black & Dekker‹ (1980) der Ska-Legende Desmond Dekker kommt ein »Hippopotamus« im schaukelnden Two-Tone-Rhythmus daher. Die French-Pop-Fans werden auf Serge Gainsbourgs 1973er-Langrille »Vu de l'extérieur‹ mit »L'Hippopodame« bestens bedient. Die Hardrock-Giganten Steppenwolf erfreuen auf ›Steppenwolf 7‹ von 1970 ihre langmähnigen Anhänger mit einem brachialen »Hippo Stomp«. Die Alternativ-Combo Fathoms macht ihre Hörer mittels der CD ›Overboard‹ von 1998 auf die anatomische Kuriosität eines »Hippo Hump« aufmerksam. Die Prog-Rock-Formation Luv You Madly Orchestra zelebriert auf ihrem gleichnamigen 1978er-Debüt einen nicht einmal drei Minuten währenden »Hippo Hop«. Die Schwermetaller von Fishwife präsentieren auf ihrem Album ›Snail Killer‹ (1990) ein veritables »Heavy-Metal-Hippo«. Die Avantgardisten von Yo La Tengo sorgen sich auf ihrer hoch dekorierten 2000er-Platte ›And then nothing turned itself inside-out‹ auf instrumentale Weise um ein »Tired Hippo«. Der Reggae-Crooner Junior Delgado bringt 1991 auf ›20 Classic Hits‹ einem »Hippo« das Haile-Selassie-Verehren bei. Und der versponnene Synthie-Folk-Freak Momus zeigt sich bereits 1991 von dem behäbigen Großmaul aus den Flüssen Afrikas derart angetan, dass er nicht nur einen Song, sondern gleich ein ganzes Album wortspielerisch-witzig ›Hippopotamomus‹ betitelte.

Als hingebungsvoller Freund und Bewunderer des Nilpferds

erwies sich zum Beispiel auch der Banjo spielende Bluegrass-Modernisierer Bela Fleck aus Nashville im US-Bundesstaat Tennesse. Er benamste 1991 sein zweites Album ›Flight of the Cosmic Hippo‹ und ließ auf dem Cover ein von Comic-Künstler Mark Fox gestaltetes rotes Nilpferd baskenbemützt durchs Weltall fliegen. Der bayrische Folklore-Avantgardist Hans-Jürgen Buchner, der unter dem Namen »Haindling« eine skurrile Platte nach der anderen absondert, outete sich auf dem 1998er-Werk ›Zwischenlandung‹ per Songtitel als Hippopotamologe par excellence: »Ich war ein Nilpferd.« Und die Britpop-Gruppe Blur eröffnete 1990 das notorische »Wir-sind-die-Größten!«-Duell mit den ewigen Konkurrenten von Oasis auf tierische Art und Weise: das Cover der Debüt-Single »She's so high« hatten Damon Albarn und seine Kompagnons mit einer hüllenlosen Pin-up-Dame aus der Feder des Pop Artlers Mel Ramos geschmückt, die sich lasziv auf dem mächtigen Rücken eines gähnenden Nilpferds rekelt. Das Motiv, den Briten auf zig Tausenden von Plakatwänden ins Hirn gehämmert, war in Sachen Originalität der gewiss nicht unspektakulären Musiknummer zumindest ebenbürtig.

Nilpferde leben: und sind sehr zufrieden
Wittern den Wind entfernter Landstriche
Paaren sich müde und zählen die Monde

Das Nilpferd und die Malerei

Sänger – das haben Sie gerade gesehen – haben Nilpferde besungen. Dichter – das werden Sie noch sehen – haben Nilpferde bedichtet. Filmemacher – auch das kommt noch auf Sie zu – haben wenigstens ab und an Nebenrollen mit Nilpferden besetzt. Die Maler jedoch – lokale afrikanische Künstler einmal ausgenommen – haben das zur zeichnerischen Darstellung sich doch geradezu aufdrängende Tier über Jahrhunderte in kollektiver Ignoranz mit Verachtung gestraft. Ob Barock, Gotik oder Klassizismus – keine Hippos. Ob Fresko, Ölmalerei oder Miniatur – keine Hippos. Ob Porträt, Gruppenbild oder Stillleben – keine Hippos. Ob Dürer, da Vinci oder van Gogh – keine Hippos. Rühmliche Ausnahme ist allein der auf weibliche Akte abonnierte Pop-Art-Künstler Mel Ramos. Seine auf einem Nilpferd reitende barbusige Lady ist in der Kunstgeschichte eine derart singuläre Angelegenheit, dass die englische Popband Blur sie – wie bereits erwähnt – gleich als Motiv für das Cover ihrer Debüt-Single auserwählt hat.

Erst die Entwicklung der so genannten neunten Kunst führte dazu, dass das Nilpferd in der Geschichte der Zeichenkunst doch noch seinen verdienten Niederschlag gefunden hat. In Karikaturen, Cartoons und Comics tummelt sich die rüssel-, mähnen- oder flossentragende Konkurrenz zwar in weitaus größeren Populationen. Doch der so lange als bloße Randfigur gebrandmarkte Hippopotamus hat die ob ihres gewöhnungsbedürftigen Äußeren nicht minder verlachten Leidensgenossen wie den Tapir oder das Hängebauchschwein hinsichtlich der Zahl der Auftritte inzwischen überholt – und es hier und da sogar zu einer hübschen Hauptrolle gebracht.

Die bescheidene Karriere des Tiers als gestrichelter Held begann mit der Erfindung satirisch-humoristischer Zeitschriften. Immer mehr jener Blätter und Zeichner, die es sich zum Ziel gesetzt hatten, das aktuelle Weltgeschehen in Wort und Bild zu kommentieren, griffen zur Pointierung des jeweiligen Themas auf das ironietaugliche Nilpferd zurück. Das 1848 in Berlin gegründete Witzblatt ›Kladderadatsch‹ zum Beispiel machte sich im August 1890 über den von Pannen begleiteten Bau einer Eisenbahn in den ostafrikanischen Kolonien des deutschen Reiches lustig – statt einer Dampflok stehen unter dem Schild »Central Bahnhof« Nilpferd-Rikschas, mittels derer dunkelhäutige Kutscher sonnenschirmbewehrte Bleichgesichter von einem Ort zum anderen transportieren. Die ›Meggendorfer Blätter‹, eine in München herausgegebene »Zeitschrift für Humor und Kunst«, verspotteten im Jahr 1908 auf der Titelseite der Ausgabe Nr. 904 die militärischen Leistungen des seinerzeitigen französischen Erbfeindes. Sie ließen in einer Varietészene ein Nilpferd in blau-weiß-rotem Wichs und mit Gewehr auftreten, ein Frauenzimmer »Findest du das nicht erstaunlich, lieber Wilhelm?« fragen und den derart angesprochenen Feldwebel antworten: »Hm, eins geht noch – aber 'ne ganze Kompanie voll?« Und in der bolschewistischen Sowjetunion gab P. I. Tschagin in den zwanziger Jahren von Leningrad aus eine Satirezeitschrift im Stile des ›Simplizissimus‹ heraus, deren Titel in kyrillischen Buchstaben das russische Wort für »Nilpferd« ergab.

Ein paar Jahrzehnte später war die Welt eine grundlegend andere – und der Karikatur als Kunstform mit dem Cartoon ein mächtiger Nebenbuhler erwachsen. Verstand sich erstere Abart des gezeichneten Humors noch als politisch motiviertes »Spott- oder Zerrbild, das menschliche Eigenschaften oder Handlungen verzerrend darstellt und dem Gespött preisgeben will«, so hatte sich letztere des Politischen weitgehend entledigt und galt allenfalls noch als »witzige Zeichnung«. Kein Wunder in einer von Rock 'n' Roll, Fernsehen und Pop Art auf den Kopf gestellten Welt. Und kein Wunder auch, dass ein Großteil jener Zeichner, die mit Cartoons ihr Geld verdienen, sich zur Erheiterung ihres Publikums hin und wieder des für Komik offenbar prädestinierten Nilpferds bedient haben.

Jean Marc Reiser zum Beispiel, der wegen seiner bildlichen Gewalt- und Sexorgien höchst umstrittene Franzose, hat in seinen hierzulande unter den Titeln ›Reisers Tierleben‹ und ›Zurück zur Natur‹ erschienenen Cartoonbänden gleich mehrmals Nilpferde auftreten lassen. Das eine Mal lassen sich's die Viecher von einem Reiher ordentlich besorgen, das andere Mal dient ihr auf- und zuklappbares Maul als eine Art Liebeslaube für einen Missionar. Der Argentinier Guillermo Mordillo, der Humor für Höflichkeit der Verzweiflung hält und in den Siebzigern mit seinen niedlichen Giraffen und putzigen Menschen die Welt eroberte, zeigt ein nicht minder herziges Nilpferd beim Verlassen des Wasserlochs: in dem Moment, wo es Land betritt, zieht es – gutes Benehmen will schließlich gelernt sein – vier wassertriefende Gummistiefel aus.

Noch produktiver als die Großmeister jenseits der Grenzen zeigen sich, was die Nilpferdquantität ihrer Arbeit anbelangt, allerdings die deutschen Cartoonisten. Tetsche, für seine langlebige ›Stern‹-Kolumne »Neues aus Kalau« so geliebt wie gefürchtet, zeigt einen Bären und ein Nilpferd beim Liebesakt; während der Hippo einigermaßen verwirrt dreinschaut, gibt sich Meister Petz gelassen und doppeldeutig: »Lass die Leute reden! Ich hab'n dickes Fell!« Um den Geschlechtsakt zwischen eher unkompatiblen Partnern geht es auch beim Berliner Peter Butschkow. Eine Zeichnung aus dem Band mit dem sprechenden Titel ›Peters Höhepunkte‹ zeigt, wie ein Madenhacker dem Hippo nach diversen Regieanweisungen orale Befriedigung verschafft, was der Dickhäuter auf dem Höhepunkt der Lust mit einem lang gezogenen, insgesamt stattliche elf Vokale umfassenden »Aaaaaaaaaah!!!« zum Abschluss bringt. Eine andere Arbeit zeigt, wie Nilpferd und Giraffe bei intimster Akrobatik auf der Parkbank jäh gestört werden, was die langhalsige Dame mit dem panischen Ausruf quittiert: »Große Güte, mein Mann! Schnell, verkrümel dich!«

Andere Vertreter des gehobenen Bilderwitzes lassen den Nilpferden ihre Intimsphäre und beobachten sie bei anderen Beschäftigungen. Vicco von Bülow alias Loriot, als Vater von Wum und Wendelin mit den Geheimnissen der Tierwelt durchaus vertraut und dank der von ihm erschaffenen Küchenkreation »Nilpferd in Burgunder« auch mit hippopotamologischem Grundwissen ausgestattet, ließ in den Anfangsjahren seiner Karriere als Cartoonist gleich zweimal ein Nilpferd als Feinschmecker auftreten. Die eine Zeichnung zeigt eine behütete und perlenkettenbesetzte Dame, wie sie mit dem Oberkörper aus dem Maul eines Nilpferds herausschaut und die Worte ihres besorgten Gatten vernehmen muss: »Hoffentlich hast du nicht die Schuhe mit den spitzen Absätzen an.« Selbiges Paar und selbiges Tier treten auch in der zweiten Zeichnung auf, nur dass das Nilpferd die Dame nach einem ersten Geschmackstest in hohem Bogen wieder in die Freiheit entlässt, weshalb unter dem Bild denn auch zu lesen ist: »Erfahrene Zoologen bestätigen die Annahme, dass gerade plumpe Tiere häufig die feinsten Zungen besitzen.«

Doch damit nicht genug. Der Zeichner Rabenau zeigt in einer Episode seiner ›Wundersamen Erlebnisse‹ ein Nilpferd und unter seinem Bauch liegend einen Mann, der mit Zange, Schraubenzieher, Hammer, Benzinkanister und Motor das offenbar zum Stehen gekommene Tier wieder flott zu bekommen versucht. Thomas Körner alias TOM, der in der Berliner ›TAZ‹ tagtäglich eine »Touché-Zeichnung« veröffentlicht, zeigt einen pubertierenden Jungen am Beckenrand eines Schwimmbades – »Tarzan, der Herr des Dschungels, wacht über sein Reich«, sagt der großkotzige Angeber, schiebt beim Anblick eines Dreikäsehochs mit Schwimmente »Den kleinen Vöglein geht es gut ...« hinterher und beschließt seine Weisheit angesichts einer Badekappe tragenden und sich kaum vom Fleck bewegenden Seniorin mit den Worten »... und auch den Nilpferden«. Altmeister Dieter Hanitzsch zeigt ein leeres Blatt Papier, auf dem – darauf schwört er Stein und Bein – die bislang unbekannte Hippo-Spezies »Nihil-Pferd« zu sehen sein soll.

Auch die Vertreter der so genannten »Neuen Frankfurter Schule« verhielten sich, obwohl als Mitbegründer der Satirezeitschriften ›Pardon‹ und ›Titanic‹ eher mit gesellschaftskritischen Themen konfrontiert, im Laufe ihrer zeichnerischen Karriere keineswegs nilpferdabstinent. Hans Traxler etwa verriet in seinem Buch ›Wenn Kühe Propeller hätten‹, was passieren würde, wenn Nilpferde lesen könnten – dann nämlich, meint der gebürtige Tscheche und führt uns einen mit Regalen, Leiter und bebrillten Nilpferden vollgepropften Raum vor Augen, »... würde es in den Buchhandlungen ganz schön eng«. Kurz nach der Wende hatte er mit einer »Panik im Dresdner Zoo« betitelten und in der Tageszeitung ›Neues Deutschland‹ erschienenen Zeichnung angedeutet, was passieren könnte, wenn sich die Hatz auf Stasi-Mitarbeiter auf die Population eines ostdeutschen Tierparks ausdehnen würde – auf einem Baum hocken die Papageien und denunzieren ihre dumm dreinschauenden Nachbarn: »Looora! Das Erdferkel war ein KGB-Spitzel!« – »Haallo! Der Elefant ist ein Alt-Stalinist!« – »Hallooo! Das Nilpferd ist 'ne ganz rote Socke!«

Sein Kollege Friedrich Karl Waechter machte in seinem Bestseller ›Wahrscheinlich guckt wieder kein Schwein‹ zeichnerische Vorschläge, wie man sich »Freundschaft zwischen Mensch und Tier« eigentlich vorzustellen habe – nämlich mit dem Adler im Baum zu sitzen, mit dem Wal herumzuplanschen, im Känguru Versteck zu spielen und auf gleich zwei Nilpferden gleichzeitig zu turnen.

Die innigste Nilpferdbeziehung aus den Reihen dieser hessischen Satireschmiede pflegte jedoch der zeichnende Dichter beziehungsweise dichtende Zeichner Robert Gernhardt. Für die ›Pardon‹-Rubrik »Welt im Spiegel« (WimS), die er 1964 gemeinsam mit F. K. Waechter und F. W. Bernstein als jeweils doppelseitige Presse- und Witzparodie ins Leben rief, erfand er die bis heute nicht in Vergessenheit geratene Figur »Schnuffi«. Selbiges Wesen war ein Nilpferd mit zwei markanten Vorderzähnen, die eigentlich eher an einen Biber erinnerten. »Schnuffi« ging aufrecht auf zwei Beinen, erschien bevorzugt kurz behost, trug die ersten Jahre eine runde Intellektuellenbrille und führte geistreich-philosophische Nonsensgespräche mit seiner eigenen Miniaturausgabe meist weiblichen Geschlechts, deren Namen die Leser erst in der letzten »WimS«-Ausgabe im Januar 1976 erfuhren: »Wie bitte« hieß der Hippo-Zwerg. Gernhardt entfernte sich mit »Schnuffi«, der in den knapp elf Jahren seiner Existenz genau 136 Auftritte zu absolvieren hatte, vom Genre des Cartoons. Die, von vereinzelten Ausnahmen abgesehen, aus jeweils vier Einzelbildern bestehenden Episoden waren ein lupenreiner Comicstrip. »Ein Comic, so viel wussten wir, musste einen Helden haben«, erinnerte sich Gernhardt 1986 an jene Tage, da »Schnuffi« geboren wurde, »der Held, so viel war klar, sollte den dümmsten Namen haben, der uns auf die Schnelle einfiel – und ähnlich töricht sollten auch seine Abenteuer ablaufen.« Wobei die Vokabel »Abenteuer« natürlich überzogen ist. »Schnuffi« war über all die Jahre chronisch ereignisarm und bewusst auf unterstem Witzniveau gehalten. Stellvertretend für alle Episoden sei die »Im Restaurant« betitelte wiedergegeben, in der Schnuffi einen Kellner gibt und der ihm zur Seite gestellte Hippo-Winzling einen Gast: »Herr Ober! Zahlen!« – »Hä?« – »Zahlen!« – »Zahlen? Sehr wohl: 112, 170, 253, 514, 1118, 2571, 3711, 13, 8, 100 795, 23 …« Wiewohl es bei Schnuffis Ableben im Januar 1976 keine Tränen gab und auch keine Merchandisingwelle, die uns Zahnputzbecher, T-Shirts oder Geldbörsen mit des kultigen Helden Konterfei hätte bescheren können – Gernhardts »WimS«-Strips haben langfristig den Weg für weitere Comic-Nilpferde bereitet.

Zuerst schlichen sich beinahe unbemerkt die ersten rundlichen Dickhäuter in die Abenteuer prominenter Comic-Helden ein. In ›Micky Maus‹ entledigen sich der Titelheld und sein Kumpan Goofy eines offenbar aggressiven Hippos, indem sie ihm einen Stromschlag verpassen, der sich offenbar gewaschen hat. In ›Fix und Foxi‹ laufen die beiden Füchse während einer Paddeltour auf ein Riff, das sich wenig später als lebendige Insel und im Endeffekt als ein in seiner Mittagsruhe gestörtes Nilpferd entpuppt. In ›Mecki und seine Freunde‹ erklären sich der ›HörZu‹-Redaktionsigel und der Schrat bereit, auf »Trudchen« aufzupassen – ohne auch nur im Entferntesten zu ahnen, dass es sich bei dem vermeintlichen Baby in Wirklichkeit um ein ausgewachsenes Nilpferd handelt. Auch »Lurchi« und seine Freunde Mäusepiep, Hopps, Pipin und Unkerich machen während eines ihrer im Auftrag einer Schuhfabrik aus Kornwestheim absolvierten Abenteuer mit ausgewachsenen Hippos nähere Bekanntschaft. Die gesamte Truppe droht mit ihrem Schiff abzusaufen, doch »Hilfe schaffen Flusspferdhintern/Sie verhindern schlimmes Kentern«. Und selbst die ostdeutschen ›Digedag‹-Helden kommen bereits 1962 im »Mosaik-Abenteuer« ›Der Tierstimmenjäger‹ mit Tieren in Kontakt, die zwar wie Nilpferde aussehen, in Wirklichkeit aber nur art- und wesensverwandte Promerycochoerier auf einem fremden Planeten sind.

Nach derartigen Gastauftritten in den Serien bekannter Comicfiguren setzten sich dank Schnuffis verdienstvoller Vorarbeit mehr und mehr Nilpferde als Helden regelmäßig erscheinender Comicstrips durch. Die von Otto Waalkes erdachten und anfangs wohl auch gezeichneten »Ottifanten«, augenscheinlich eher dem Nilpferd denn dem Elefanten verwandtschaftlich verbunden, fristen ihr komisches Dasein täglich beziehungsweise wöchentlich gleich in mehreren bundesdeutschen Tageszeitungen. Für die Mohnbrötchen- und Streuselkuchen-Gazette ›Bäckerblume‹ erfand Samir Bajraktarevic die nur bedingt originelle Figur »Nils, das abenteuerlustige Flusspferd«. Im ›WOM-Journal‹, der kostenlosen Kundenzeitschrift des bundesweit vertretenen CD-Umschlagplatzes »World of Music«, eiferte »Dizzy«, ein musikalisch ambitioniertes Rock-'n'-Roll-Nilpferd aus der Feder von Arndt Knieper, über Jahre seinen Gitarrenidolen Jimmy Page, Eric Clapton und Keith Richards nach.

Und Liebhaber des australischen beziehungsweise amerikanischen Underground-Comics haben gleich zwei Helden, auf die sie schwören können: auf »Hairbutt The Hippo«, der – den kreativen Köpfen von Bodine Amerikah und Jase Paulos entsprungen – als kettenrauchender und Trenchcoat tragender Privatdetektiv seine Fälle mindestens so cool aufklärt wie Humphrey Bogart und seine watschelfüßige Comic-Konkurrenz »Inspektor Canardo« zusammen. Und auf den 1958 erstmals durch die Comicwelt schlappenden Ermittler Hieronymus Flask, den alle Welt (sein Schöpfer Richard Alan eingeschlossen) ob seiner Hippo-Herkunft nur »Hip Flask« nennen und der Experten zufolge »härter als Rockford« sein soll – wenn dazu, TV-Serienkenner werden das bestätigen, auch nicht allzu viel gehört.

Doch allen Schnuffis und Ottifanten, allen Dizzys und Hairbutts zum Trotz – die erfolgreichsten Comic-Hippos aller Zeiten stammen aus Finnland und sind rund um die Welt bekannt: die Mumins. Erdacht und aufs Papier gebracht hat sie die im Jahr 2001 86-jährig verstorbene Malerin, Zeichnerin und Illustratorin Tove Jansson. Streng genommen sollen die winzig kleinen weißen Hippos gar keine Nilpferde sein, sondern Trolle. Aber um das herauszufinden, muss man sich tief hineinbegeben ins Mumintal. Freundschaft schließen mit Muminmutter, Muminvater, Mumin, Schnüferl, Snork und dem Snorkfräulein, Mumrik und der kleinen My, den Hafinatten und den Hemulen. Und sich auf Stürme, Kometen und drollige Gesellschaften einlassen.

Die Mumins, laut ihrer Erfinderin »weder Menschen noch Tiere und ganz gewiss keine Märchenwesen im klassischen

Sinne«, haben – trotz oder gerade wegen ihres niedlichen Äußeren, das außer einem Nilpferd allenfalls noch einem Marshmallow ähnelt – binnen 50 Jahren eine sensationelle und in diesen Ausmaßen nicht vorhersehbare Entwicklung genommen. Tove Jansson, die zu Beginn ihres Berufsweges als Zeichnerin in den dreißiger Jahren mit Anti-Hitler-Karikaturen im finnischen Satireblatt ›Garm‹ reüssiert hatte, veröffentlichte Mitte der vierziger Jahre ihr erstes sparsam illustriertes Mumin-Buch. Was in Finnland und anderswo jedoch dermaßen gut einschlug, dass die englische Tageszeitung ›Evening News‹ Tove Jansson 1953 bat, die Leser der Gazette fortan doch bitte mit einem regelmäßigen Mumin-Comicstrip zu beglücken. Das Angebot war künstlerisch und finanziell attraktiv, unterlag aber einer Bedingung: Jeder Strip hatte glücklich zu enden und die Themen Politik, Sex und Tod außer Acht zu lassen.

Ihr Schaden sollte es nicht sein. Die harmonieseligen Geschichten der niedlichen Pummelchen trafen nicht nur den Geschmack der britischen Massen und spülten der finnischen Antwort auf Astrid Lindgren in den folgenden Jahrzehnten Millionen aufs Konto. Erst nämlich wurden die Strips und insgesamt zehn Mumin-Bücher in mehr als 30 Sprachen übersetzt. Dann fanden sich die gemütlichen Gestalten als Lizenzprodukte auf Keksdosen und Kaffeetassen, auf Handtüchern und Herrensocken wieder. In der Folgezeit wurden ein Mumin-Haus in Tampere und ein Mumin-Vergnügungspark in Naantali eröffnet. Und schließlich endeten die nilpferdigsten Nicht-Nilpferde der Welt – wie viele ihrer Comic-Kollegen auch – als bis zur Unkenntlichkeit verharmloste japanische Trickfilmhelden im weltweiten Vorabendprogramm. In Deutschland war das Resultat sogar doppelt peinlich: Die Titelmelodie der vernachlässigenswerten Serie sang ausgerechnet der peinliche Schlumpf-Freund Vader Abraham ...

Das Nilpferd und der Witz

Sagt mal, wo kommt ihr denn her?« – »Aus Schlumpfhausen, bitte sehr!« Gesungene Dialoge wie dieser spülten den rauschebärtigen Niederländer mit dem aufgesetzt niedlichen Rudi-Carrell-Akzent 1978 ganz oben in die deutschen Hitparaden. Das Lied sei peinlich und der Mann ein schlechter Witz, hörte man darob selbst Leute sagen, die dem deutschen Schlager an sich durchaus als zugetan gelten. Sie hatten natürlich Recht: Was der Ober-Schlumpf mit dem bürgerlichen Namen Pierre Kartner seinerzeit vom Stapel ließ, war ausgemachter Blödsinn, absoluter Unfug, ein dreistes Stück Beutelschneiderei. Aber sie hatten zugleich auch Unrecht: Ein Witz nämlich war die Sache ganz und gar nicht.

Witze gehen nämlich anders. Witze appellieren an das Unbewusste. Sie spielen mit den Schwächen des Bewitzten. Und sie machen sich in der Regel auf mehr oder minder feinfühlige Art über Außenseiter lustig. Die Ostfriesen wurden ob ihrer vermeintlichen geistigen Minderbemitteltheit zu Figuren einer regelrechten Witzindustrie. Den Schotten sagen jene Pointenproduzenten, die mit Witzen ihr Geld verdienen, Geiz nach. Den Blondinen Dummheit. Den Politikern Machtmissbrauch. Witze können – Beispiel: »Türkenwitze« – feindselig sein. Witze können – Beispiel: »Häschenwitze« – harmlos sein. Witze können – Beispiel: »Judenwitze« – rassistisch sein. Sie können – Beispiel: »Kommt ein Mann zum Arzt ...« – mit menschlichen Schwächen spielen. Sie können – Beispiel: »Ein Amerikaner, ein Russe und ein Deutscher ...« – mit kulturellen Eigenarten spielen. Sie können – Beispiel: »Was ist der Unterschied zwischen ...« – mit absoluten Gegensätzen spielen. Eines aber haben Witze jeglicher Couleur, jeglicher Schattierung, jeglichen Genres gemein. Sie sollen beim gemeinen Witzempfänger bewusst oder unbewusst das Gefühl auslösen: Gut, dass ich nicht so bin wie die!

Bei den zahlreichen Nilpferdwitzen, die seit geraumer Zeit in Umlauf sind, verhält es sich genau andersherum. Die Dickhäuter erscheinen in fast jedem Beispiel als liebenswerte Zeitgenossen, mit denen sich zu identifizieren oder mit denen zumindest mitzufühlen alles andere als peinlich oder gar unschicklich ist. Schadenfreude zu entwickeln ist bei Nilpferdwitzen ausgesprochen selten, Sympathie zu empfinden die Regel. Vor allem dann, wenn das Nilpferd in Situationen dargestellt wird, in denen es üblicherweise nicht anzutreffen ist. Wie in der folgenden:

Ein Nilpferd und eine Ente kommen zum Standesamt.
»Wir möchten das Aufgebot bestellen«, sagt das Nilpferd.
Erstaunt fragt der Standesbeamte: »Na, hören Sie
mal, diese Ehe ist doch wohl etwas ungewöhnlich.
Wollen Sie denn unbedingt heiraten?«
Quakt die Ente empört: »Was heißt wollen? Wir müssen!«

Eine Ente, die vom Nilpferd schwanger ist: ein Paar, das sicher nicht minder komisch ist als das durch Hunderte von Witzen geisternde Traumpaar von Maus und Elefant. Zum einen, weil sich in Sachen Körpergröße und Körpergewicht kaum größere Gegensätze denken ließen. Und zum anderen, weil das Nilpferd – aller Vergangenheit als Fruchtbarkeitsgöttin bei den alten Ägyptern zum Trotz – ob seiner Korpulenz und seiner Behäbigkeit bei der Bevölkerung eher als asexuelles Wesen durchgeht.

Genau aus diesem Grunde drehen sich, wie Hunderttausende andere Witze auch, zahlreiche Nilpferdwitze um die mehr oder minder erfolgreiche Bewältigung des Geschlechtsaktes. Genau aus diesem Grunde funktioniert halbwegs passabel auch ein zweiter Witz, der seit längerem unter Spaßvögeln kursiert. Dass er zusätzlich eine Prise Frauenfeindlichkeit mitbringt, mag in manchen Kreisen seiner Beliebtheit durchaus förderlich sein:

Im Zoo kommt ein Ehepaar bei seinem Besuch zum Nilpferdgehege, wo eben der Bulle dabei ist, das Hippo-Weibchen zu besteigen. In ihrer Neugier beugt sich die Frau so weit über die Brüstung, dass sie ins Becken fällt.
Der Bulle lässt sofort von seinem Weibchen ab und schwimmt ihr hinterher. In ihrer Not ruft sie: »Josef, was soll ich denn jetzt machen?«
Da antwortet der Ehemann: »Mach's wie zu Hause und sag, du hättest Kopfschmerzen!«

Von ähnlich hausbackenem Niveau mit sexistischem Einschlag ist ein Witz, bei dem das Nilpferd eigentlich nur Mittel zum Zweck ist und jederzeit durch einen Komodowaran, ein Weißschwanzgnu oder ein Stachelschwein ersetzt werden könnte:

Vater und Sohn kommen vom sonntäglichen Zoobesuch nach Hause.
»Na, erzähl mal«, fragt die Mutter ihren Kleinen, »welches hat dir von all den Tieren denn am besten gefallen?«
»Das afrikanische Nilpferd«, antwortet der Sohn voller Begeisterung.
»Und dem Vati?«
»Das kleine Mäuschen an der Kasse.«

Zwei Bilderwitzen dagegen, bei denen das Nilpferd Gegenstand sexueller Leidenschaft ist, vermögen wohlmeinende Witz-Rezipienten eine gewisse Komik durchaus nicht abzusprechen. Der erste Witz knüpft thematisch an den Standesamtswitz mit der Ente an, zielt allerdings auf eine andere Pointe und geht so: Ein kleines Vögelchen steht, mit einem Blumenstrauß in der Rechten, zwei massigen Nilpferden gegenüber. Das Linke von beiden blickt den gefiederten Zwerg freundlich an und fragt: »Können Sie meine Tochter überhaupt ernähren?« Der zweite Witz verbreitet das Gerücht, die Beziehung zwischen dem Nilpferd und den allgegenwärtigen Putzervögeln, die ihm aus der ledernen Rückenhaut die Insekten herauszupicken pflegen, sei kein reines Dienstverhältnis, sondern durchaus sexueller Natur. Er zeigt zwei von Madenhackern bevölkerte Hippos, von denen das eine sehr traurig dreinblickt. Sagt das andere voller Mitgefühl und Verständnis: »Nun ärgere dich doch nicht. Immerhin helfen sie dir dabei, deine erogenen Zonen herauszufinden.«

Wobei auf geschickte Art und Weise der Übergang zu einem weniger verfänglichen Witzthema gelungen wäre – dem der friedlichen Ko-Existenz zwischen den Nilpferden nämlich und den Vögeln, denen sie gleichermaßen als Transportmittel, Schutzgebiet und Nahrungsquelle dienen. Der Humor, den Zeichner wie Texter aus dieser Konstellation ziehen, basiert immer wieder auf der Gegensätzlichkeit des ungleichen Paares. Hier groß, dort klein; hier schwer, dort leicht; hier gemächliche Ruhe, dort emsige Betriebsamkeit: Schon der Lacherfolg, den etwa Laurel & Hardy, Pat & Patachon oder Don Camillo & Peppone ernteten, resultierte ausschließlich aus der Tatsache, dass ausgerechnet zwei derart unterschiedliche Personen ein Band wunderbarer Freundschaft miteinander geknüpft hatten. Beispiele für diese Art des Witzes gibt es zahlreiche. Da ist zum Beispiel die Geschichte zweier Nilpferde, die statt der üblichen Putzervögel Pinguine auf ihren Astralleibern balancieren. Sagt das eine zum nicht minder dumm dreinschauenden anderen an seiner Seite: »Sei ehrlich: Wir haben uns hoffnungslos verlaufen.« Oder die, bei der sich zwei Wasservögel an den Ohren eines schwimmenden

Nilpferdes festhalten wie ein Jockey an der Trense seines Rennpferdes, und einer voller Besitzerstolz zum anderen sagt: »Halt dich fest! Ich gebe dem Baby jetzt mal die Sporen.« Oder die, bei der das Vögelchen die Reinigungsarbeiten auf dem Rücken des Hippos einstellt, den unmissverständlichen Satz spricht: »Wenn wir weiter Freunde bleiben wollen, sollten wir jetzt mal die Rollen tauschen!« – und das solcherart unter Druck gesetzte Nilpferd nicht anders kann, als dem wohlig zwitschernden Federvieh mit einem Rückenkrauler Gutes zu tun.

Der amerikanische Zeichner Dave Follows hat dieses besondere Genre gar zu seiner Spezialität erhoben und den – ich nenne ihn einfach mal so – »Vogelwitz« zu einer Art Running Gag in seinem künstlerischen Werk ausgebaut. Nicht unoriginell jene Variante, auf der ein Nilpferd auf Landgang nicht nur das übliche Federvieh, sondern zudem noch ein Nest nebst Ei auf seinem Rücken durch den Busch schaukelt, und an dessen Hinterteil unübersehbar das Hinweisschild haftet: »Baby an Bord!« Nicht uncharmant jene Zeichnung, in der zwei Nilpferde mit den üblichen Verdächtigen auf dem Rücken einem Einzelgänger-Hippo gegenüberstehen, das allen Sehgewohnheiten zum Trotz einen Hahn spazieren trägt, und das eine Nilpferd geradezu verschwörerisch zu seinem Begleiter sagt: »Er hatte am Morgen immer Mühe mit dem Aufstehen.« Nicht unwitzig jene Story, in der ein Nilpferd mit einem in eitler Federspreizung sich gefallenden Pfau auf dem Rücken des Weges kommt, und zwei weniger imposant befrachtete Artgenossen sich gegenseitig trösten: »Was für ein furchtbarer Angeber! Ein normaler Putzer ist ihm nicht gut genug!« Und nicht unkomisch jene Geschichte, in der zwei auf einem Ast sitzende Vögel angesichts eines Nilpferds, das bereits einem guten Dutzend ihrer Kollegen eine preiswerte Mitfahrgelegenheit ermöglicht, in lautstarkes Lamentieren ausbrechen wie Rentner angesichts eines Busses, der erstens zu spät kommt und zweitens keine Sitzplätze mehr für sie parat hat: »Ist mal wieder typisch! Stundenlang wartet man. Und wenn dann eins kommt, ist es voll!«

Aber Dave Follows wäre ein schlechter Witzezeichner, würde er den lieben langen Tag nur auf diesem einen Gag herumreiten, dem er – zugegebenermaßen – trotz eingeschränkter Variationsmöglichkeiten doch immer wieder neue Seiten abgewinnt. In Anbetracht der Tatsache, dass ihm beim Vogelwitz irgendwann die Ideen ausgehen könnten, hat er kurzerhand ein Nebengleis eröffnet, das ich der Einfachheit halber »Wasserlochwitz« nennen möchte. In dieser Kategorie zeigt er das Nilpferd jedes Mal in schlammigem Tümpelambiente. Mal mit, meist jedoch ohne Vogel, dafür aber mit neuem Personal, das jene Art Tier-Badeanstalt eben zu bevölkern pflegt: Elefanten, Antilopen, Nashörner. Doch um der Wahrheit die Ehre zu geben: Die Wasserlochwitze sind – in krassem Gegensatz zu den oft ausgefeilten Vogeljokes – fade, schal und bieder. Oder finden Sie es lustig, wenn ein Nilpferd Wasserski fährt und ein Elefant daraufhin seinen Rüsselnachbarn anranzt: »Du meine Güte! So einen Anblick hat man nicht alle Tage hier am Wasserloch!«? Finden Sie es komisch, wenn ein Nilpferd mit Gummiente, Schwimmreifen und Segelbötchen in der Pfütze hockt und ein grimm guckender Elefant lospoltert: »Dein Egoismus ist widerlich! Glaubst du, das Wasserloch ist nur für dich da?« Finden Sie es spaßig, wenn ein Nilpferd sich an einem Mini-Springbrunnen die Hände wäscht und leicht resigniert zu den hinter ihm Schlange Stehenden Savannenbewohnern sagt: »Also, ich fand unser altes Wasserloch gemütlicher«?

Erst als dritter Schwerpunkt des internationalen Nilpferd-Witzes hat sich eine Kategorie herauskristallisiert, die mit der Materie nur peripher Vertraute möglicherweise und nicht ohne Hintergedanken auf Platz 1 der Beliebtheitsskala gesetzt hätten: der so genannte »rundliche Witz«. Der ansehnliche Korpus eines ausgewachsenen Hippos gäbe angesichts unzähliger Rundungen und Fettpölsterchen eigentlich reichlich

Anlässe, um über Fehlernährung, Gewichtsprobleme oder Diätpläne zu spotten. Glücklicherweise aber ist Fettleibigkeit humorhistorisch bereits derart abgefrühstückt, dass sich die Witzbolde weltweit und ohne vorherige Absprache des Themas im Zusammenhang mit Nilpferden offenbar nur noch dann annehmen, wenn ihnen gar nichts anderes mehr einfällt. So klingen die Witze denn auch beziehungsweise so sehen sie auch aus. Da gibt es zum Beispiel den Bilderwitz, auf dem ein Nilpferd sich in voller Pracht auf gleich zwei Waagen stellt und der kontrollierende Zoowärter sich Sorgen zu machen beginnt: »Dicker, du hast ja 125 Gramm abgenommen! Du wirst mir doch nicht krank werden?« Da gibt es den Dialog, in dem ein Nilpferd nach ausgiebiger Betrachtung eines Zebras zu seinem Artgenossen sagt: »Die Modeschöpfer haben Recht: Streifen machen wirklich schlanker!« Und da gibt es einen Strip des allgegenwärtigen Dave Follows, in dem ein Nilpferd entspannt-grinsenden Gesichts vor sich hindenkt: »Ich bin schwanger. Da ist es vorteilhaft, ein Nilpferd zu sein: Man braucht sich keine Gedanken um seine Figur zu machen.«

Die anderen Witze, über die man beim Blättern einschlägiger Literatur stößt, sind Humor-Solitäre. Keinem Genre zuzurechnen, keiner Schule angehörig, kämpfen sie ganz allein und ohne thematische Rückendeckung um den Lacher des Betrachters oder Zuhörers. Das klappt fürwahr nicht immer, wie das folgende Beispiel beweist:

Ein Nilpferd betritt eine Kneipe und verlangt einen Whisky. Der Barkeeper sieht das Tier entgeistert an. Fragt ein fassungsloser Gast den Wirt: »Sagen Sie mal: habe ich richtig gehört? Das Nilpferd hat gerade einen Whisky verlangt?« »Stimmt«, stottert der Kneipier, »das habe ich auch noch nicht erlebt. Sonst will es immer ein kleines Helles!«

Mitunter überschreiten Witze auch die Peinlichkeitsgrenze, wie das folgende Beispiel belegt:

Ein Tierfreund führt ein zahmes Nilpferd an der Leine über die Straße. Sagt eine Passantin: »Sie sollten das Tier in den Zoo bringen.« »Oh nein«, sagt der Mann, »da waren wir gestern. Heute gehen wir ins Kino!«

Und manchmal grenzen sie an verbale Körperverletzung – wie jener von einem besonders humorbegabten Leser eingesandte und prompt mit 25 Mark belohnte Witz aus der Tageszeitung mit den großen Buchstaben verdeutlicht:

Was ist der Unterschied zwischen einem Bundesligatrainer und einem Nilpferd? Das Nilpferd kann nicht fliegen.

Damit Sie aber angesichts derart traurigen Witzniveaus nicht um den Gnadenschuss für sich oder gar das Nilpferd bitten, seien Ihnen zum Ende dieses Kapitels noch drei halbwegs gelungene Beispiele mit auf den Weg gegeben.

Das erste zeigt zwei benachbarte Eigenheime, hinter den Fenstern die jeweiligen Herren des Hauses in die Lektüre einer Zeitung vertieft. Zwischen Fensterfront und Straße der übliche Vorgarten mit dem üblichen Mini-Biotop – nur dass in dem einen ein Krokodil zu sehen ist und in dem anderen ein Nilpferd. »Sie hatten beide einen Teich mit ein paar Goldfischen darin«, erklärt ein Spaziergänger seiner ungläubig dreinschauenden Begleiterin, »und damit fing der Konkurrenzkampf an ...«

Das zweite Beispiel zeigt ein Nilpferd, das sich hinter den Gitterstäben seines Freiluft-Zoogeheges graziös und mit der Geschmeidigkeit eines Eberhard Gienger von Ast zu Ast schwingt, was eine ältere Dame zu einem fassungslosen Gesichtsausdruck und den Wärter zu der erklärenden Auskunft nötigt: »Sein altes Gehege stand lange direkt neben dem Affenkäfig!« Und das dritte ist dermaßen absurd, dass man es gleich wieder vergessen könnte, hätte es Mitte der achtziger Jahre die knödelnde Deutschrock-Ikone Herbert Grönemeyer im Interview mit der Illustrierten ›Stern‹ nicht als seinen absoluten Lieblingswitz hinausposaunt:

Zwei Nilpferde, ein großes und ein kleines, kommen nach Bethlehem. Am 24. Dezember. Sie klopfen. Josef kommt leicht genervt, weil in der Hütte alles drunter und drüber geht. Er sieht die beiden Nilpferde und fragt: »Wer seid ihr denn?« Antwortet eines der beiden: »Wir sind die heiligen drei Könige und sollen die Geschenke abholen!«

Das Nilpferd und die Religion

So intensiv man auch im Alten Testament schmökern mag: Belege für die Grönemeyersche Behauptung, bei Kaspar und Melchior beziehungsweise Melchior und Balthasar beziehungsweise Kaspar und Balthasar habe es sich in Wirklichkeit um trickreiche Nilpferde statt um gnadenreiche Könige aus dem Morgenland gehandelt, lassen sich partout nicht finden. Und auch das von bibelfesten CdN-Mitgliedern immer wieder gern gestreute Gerücht, das Jesuskind und seine Eltern hätten sich, um den Häschern des Herodes zu entkommen, höchstwahrscheinlich der Hilfe eines Hippos bedient, um nach ihrer Flucht durch die Wüste Sinai trockenen Fußes den Nil überwinden und das sichere Ägypten erreichen zu können, konnte bis heute nicht hinreichend verifiziert werden.

Ganz ohne Nilpferd jedoch kommt auch die Heilige Schrift nicht aus. Bibelexegeten sind jedenfalls felsenfest davon überzeugt, dass es sich bei dem im Buche Hiob 40, Vers 15 bis 24, beschriebenen merkwürdigen Geschöpf um ein veritables Hippo-Exemplar handelt:

15 *Siehe da den Behemoth, den ich geschaffen habe wie auch Dich. Er frisst Gras wie ein Rind.*
16 *Siehe, welche Kraft ist in seinen Lenden und welch eine Stärke in den Muskeln seines Bauchs.*
17 *Sein Schwanz streckt sich wie eine Zeder; die Sehnen seiner Schenkel sind dicht geflochten.*

18 Seine Knochen sind wie eherne Röhren, seine Gebeine wie eiserne Stäbe.
19 Er ist das erste der Werke Gottes; der ihn gemacht hat, gab ihm sein Schwert.
20 Die Berge tragen Futter für ihn und alle wilden Tiere spielen dort.
21 Er liegt unter Lotosbüschen im Rohr und im Schilf verborgen.
22 Lotosbäume bedecken ihn mit Schatten und die Bachweiden umgeben ihn.
23 Siehe, der Strom schwillt gewaltig an. Er dünkt sich sicher, auch wenn ihm der Jordan ins Maul dringt.
24 Kann man ihn fangen, Auge in Auge, und ihm einen Strick durch die Nase ziehen?

Ist der Behemoth denn nun wirklich ein Nilpferd oder doch eher ein Elefant oder gar ein Stier, wie gelegentlich besonders gewitzte Interpretierer meinten? Auf jeden Fall gilt das Wesen, das in dieser zweiten »Rede des Herrn aus dem Wettersturm« so ausführlich beschrieben und dem in den Folgeversen als Gegenspieler der Leviathan zur Seite gestellt wird, als Kreatur, die bisweilen auch mit den apokalyptischen Tieren aus der Johannes-Offenbarung in Verbindung gebracht wird.

Von allen theologischen Deutern legte sich Cal DeWitt am vehementesten darauf fest, dass mit dem biblischen Behemoth nichts anderes als ein Nilpferd gemeint sei. In seinem 1995 in englischer Sprache veröffentlichten Aufsatz ›Die Schönheit des Biests: Behemoths und Froschlurche im Auge Gottes‹ versteigt er sich zu der Theorie, der Schöpfer habe mittels der Behemoth-Geschichte die Menschen auf das Schöne im vermeintlich Hässlichen aufmerksam machen wollen. Und im Beisein Hiobs eine Lanze für all jene Kreaturen gebrochen, die zwar – wie alles Leben – aus seiner Produktion stammten, aber weniger geliebt, verhätschelt und umsorgt würden als etwa »weiche Pelztiere mit großen runden Augen, auffallendes Federvieh mit gelehrigen Schnäbeln oder bunte Schuppentiere mit flatternden Flossen«.

»Gottes Psalm auf das Nilpferd«, so der auslegungsfreudige Bibelkenner, sei für diese seine Theorie ein gutes Beispiel. »Aus ihm können wir eine Menge über den Respekt gegenüber jenen Wesen lernen, die uns nicht anziehen und vielleicht sogar abstoßen. Hier sehen wir das, was das menschliche Auge hässlich finden mag, einmal durch das verständnisvolle Auge Gottes.«

Auch wenn DeWitt durch diese Zeilen zum Ausdruck bringt, dass er Hippos für eher unansehnliche Lebewesen hält, arbeitet er sich im Folgenden doch geradezu akribisch daran ab, die zehn Verse aus dem Buche Hiob als göttliche Nilpferd-Lobpreisung zu lesen. Vers 15 stelle unmissverständlich klar: »Diese große bestialische Kreatur habe ich gemacht – Euer Schöpfer!« In Vers 16 klopfe sich der Weltenlenker selbst auf die Schulter: »Seht, wie großartig mir dieses Nilpferd geraten ist, wie stark und mächtig es ist!« Und schon in den Versen 17 und 18 nehme er möglichen Kritikern den ersten Wind aus den Segeln: »Ihr mögt die Perfektion dieses Geschöpfes nicht für bewunderungswürdig halten und Euch über seine Fortpflanzungsorgane wundern. Aber ich, der ich auch Euch geschaffen habe, bin stolz auf mein Werk!«

In Vers 19 hole Gott dann den Hammer raus: »Nicht dass ich Euch Menschen für unwichtig halte, beileibe nicht. Aber die Wichtigkeit dieses Geschöpfes bringe ich dadurch zum Ausdruck, dass ich es zur Nr. 1 erkläre. Ich hoffe, Ihr schließt Euch meiner Meinung an.« Und mit dem zweiten Teil dieses Verses wolle er sagen: »Als Schöpfer dieser wundervollen Kreatur bin ich selbstverständlich befugt, es auch wieder zu zerstören und zu töten – aber nur ich! Ich sage dies nicht, weil ich daran denke, so etwas zu tun. Ich sage dies, um Euch zu warnen: Hände weg von meinem Nilpferd! Legt Eure Pfeile und Gewehre weg! Wagt es nicht, Eure Stärke zu demonstrieren, indem Ihr zerstört, was ich geschaffen habe! Denn die Macht liegt einzig allein bei demjenigen, der Dinge erschafft. Und nicht bei demjenigen, der Dinge vernichtet.«

In den Folgeversen wettere Gott gegen Umweltzerstörung, Tierhaltung, die Konsumgesellschaft und all den Kram, der ihm gehörig gegen den Strich gehe. Seine Tirade münde letztendlich im Vers 24 in eine Art Solidaritätsaufruf: »Dies Geschöpf ist resistent gegenüber all Euren Verlockungen und Versprechungen. Es gehört Euch nicht, wie Euch vielleicht ein paar Haustiere gehören. Also hört endlich auf, es einfangen und überall herumzeigen zu wollen. Es ist viel stärker als Ihr und hat einen eigenen Willen. Begegnet dem Nilpferd endlich mit Respekt. Es ist eines meiner wunderbarsten Geschöpfe!«

In der Einschätzung, der Begriff Behemoth stünde für Erscheinungsformen des Nilpferds, geht Sachbuchautor Jürgen Ebach mit Cal DeWitt durchaus konform. Während Letzterer jedoch in epischer Breite der versteckten Großartigkeit jener mysteriösen Kreatur das Wort redet, ist Ersterer dem Behemoth gegenüber deutlich weniger enthusiastisch. In seiner 1984 veröffentlichten Schrift ›Behemoth und Leviathan‹ kommt das Nilpferd als »mythisches Ungeheuer« daher. Als »Monster«. Als »Abkunft aus dem Grauen«. Und als »Repräsentant einer schlechthin widermenschlichen Chaosmacht«. Dass sich die Ausführungen DeWitts und Ebachs auf ein und dasselbe Geschöpf beziehen, mag man angesichts der Unterschiedlichkeit ihrer Positionen kaum glauben. Die Theologie des Mittelalters stützt indes Ebachs These – in jenen Zeiten galt der Behemoth als eine der Personifizierungen des Teufels.

Über den christlichen Behemoth kann also trefflich spekuliert werden, über den jüdischen Behemoth nicht. Denn auch in der zweiten der großen Weltreligionen hat diese Figur ihre Spuren hinterlassen. Ähnlich der Offenbarung des Johannes gilt der Behemoth in der jüdischen Apokalyptik als eines der beiden Chaostiere der Endzeit. In einem fürchterlichen Kampf, so heißt es, werden sich das männliche Landungeheuer Behemoth und das weibliche Seeungeheuer Leviathan gegenseitig zerfleischen. Die Gerechten der letzten Tage werden danach das Fleisch der toten Tiere verspeisen.

Insgesamt ist im Judentum über den Behemoth, den nach anderen Interpretationen Jahwe als Verkörperung brutaler Gewalt auf die Erde gebracht hat, ein bisschen mehr zu erfahren als im Christentum. Zum Ersten, dass er als nicht fortpflanzungsfähig gilt. Zum Zweiten, dass er aus Lehm gefertigt wurde. Und zum Dritten, dass sich sein Name aus dem Hebräischen ableitet: Behemoth ist der Plural von »b'hemah«, was übersetzt »Biest« bedeutet. Über eines schweigen sich die jüdischen Legenden allerdings aus – darüber nämlich, ob es sich bei ihm um ein Nilpferd handelt oder nicht.

In der ägyptischen Religion dagegen besteht an der Nilpferd-Identität so mancher Gottheit überhaupt kein Zweifel. Die alten Ägypter frönten stets einem ausgeklügelten Polytheismus – eine Vielzahl von Göttern war für eine Vielzahl von Aufgabenbereichen zuständig. Isis etwa diente als Göttin der Magie und der Wiedergeburt, Osiris als Gott der Toten und der Auferstehung, Hathor als Göttin der Musik, des Tanzes, der Freude und der Liebe.

Wollten sie ihre Gottheiten auf Papyrus oder auf Stein abbilden, so wählten die alten Ägypter bevorzugt eine Tiergestalt oder eine Figur, in der sich verschiedene Tiere beziehungsweise ein Mensch und ein Tier vereinten. Anubis etwa, der Gott der Mumifizierung und der Toten, kam meist als schwarzer Hund oder Schakal beziehungsweise als Mensch mit Hunde- oder Schakalkopf daher. Sachmet, die Göttin des Krieges, der Krankheit und der Heilung, stellten sie als Frauengestalt mit Löwenkopf dar. Sobek, den Gott des Wassers und der Vegetation, zeichneten sie als Krokodil oder als Mensch mit Krokodilskopf. Und Thot, der Gott der Schrift und Weisheit, wurde wahlweise als Pavian, als Ibis oder als Menschengestalt mit Ibiskopf überliefert.

Da es mit Abstand das größte und mächtigste Tier war, das sie kannten, kam auch das Nilpferd bei den alten Ägyptern fast zwangsläufig zu göttlichen Ehren. Die Göttin Aamet etwa (auch als Ammut oder Amenuit bekannt) wurde mit dem Kopf eines Krokodils, dem Oberkörper eines Löwen und dem Hinterteil eines Nilpferds dargestellt und galt als »die große Verschlingerin der Seelen«, der das Herz eines Verstorbenen vorgeworfen wurde, wenn dieser sich nicht als einer Wiedergeburt würdig erwiesen hatte. Seth (auch Setech oder Setuch), Gott der Kraft, des Metalls und des Eisens, wurde von Experten auch als »Herr des Bieres« identifiziert und deshalb teilweise als Nilpferd dargestellt – vermutlich, so die Ägyptologin Almuth Behrmann in ihrer 1986 an der Universität Hamburg eingereichten Dissertation über ›Das Nilpferd in der Vorstellungswelt der alten Ägypter‹, weil sie »Schaum vor dem Mund haben, wenn sie in Rage geraten«.

Und auch dafür, dass die Göttin Tauret (auch als Ipet, Opet oder Thoeris überliefert) als aufrecht stehendes Nilpferd mit menschlichen Armen, weiblichen Brüsten und einem Krokodilsschwanz dargestellt wurde, hat die in der Lüneburger Heide beheimatete 70-jährige Wissenschaftlerin eine Erklärung: »Sie wurde als Göttin der Fruchtbarkeit und als Schutzpatronin der Schwangeren, Gebärenden und Stillenden verstanden, wohl weil es kein anderes Tier gibt, das seine Jungen so hartnäckig verteidigt.« Auf bildlichen Darstellungen trägt Tauret oft die Sa-Schleife als Symbol des Schutzes in der Hand – sie soll den Frauen die Geburt erleichtern. In manchen Schlafzimmern soll die Nilpferdgöttin als Statuette gestanden haben, um böse Dämonen zu vertreiben, die Mutter und Kind hätten gefährlich werden können. Und auch in so manchem altägyptischen Grab hat man Tauret-Bildnisse gefunden – als Geburtsgöttin war sie quasi nebenberuflich auch noch für die Abteilungen »Wiedergeburt« und »Weiterleben nach dem Tode« zuständig.

Während die Menschen in der christlichen, der jüdischen und der altägyptischen Religion dem Nilpferd trotz seiner zweifellos vorhandenen sympathischen Anteile doch vornehmlich mit Angst oder gar Abscheu begegneten, gilt der Hippo in den schwarzafrikanischen Naturreligionen eigentlich durchweg als friedfertiger Sympathieträger. Warum das so ist, verdeutlicht – exemplarisch für viele Sagen und Märchen der unterschiedlichsten Völker West-, Ost- und Südafrikas – am besten eine auf dem ganzen Kontinent verbreitete Geschichte, die ursprünglich auf die Buschmänner im heutigen Namibia und Botswana zurückgehen soll. Der zufolge war nämlich der Schöpfer bei der Erschaffung der Welt gerade im Begriff, jedem Tier seinen Platz und seine Bestimmung zuzuweisen, als ein Nilpferdpärchen bei ihm vorstellig wurde mit dem Wunsch, doch bitte im Wasser leben zu dürfen – dieses Element würden sie über alles lieben. Der Schöpfer schaute sich die Nilpferde an und bekam erhebliche Bedenken. Das Maul, die Zähne, der Körper, der Appetit – alles an diesen Tieren war derart groß, dass er sich sorgte, sie könnten alle Fische auffressen. Zudem hatte er den Platz im Wasser bereits dem Krokodil versprochen. Und gleich zwei Sorten großer, hungriger Tiere im Wasser leben zu lassen – dieses Risiko wollte er nun wirklich nicht eingehen. Also beschied der Schöpfer die Bitte des Nilpferd-Duos abschlägig und hieß es, sich ein Fleckchen außerhalb des Wassers auf dem offenen Feld zu suchen.

Als sie dies hörten, begannen die beiden Nilpferde bitterlich zu wimmern und zu weinen. Sie weinten derart dicke Tränen, dass sie den Schöpfer dauerten und er schließlich klein beigab. Er erlaubte den Nilpferden, im Wasser zu leben, nahm ihnen aber das feierliche Versprechen ab, dass sie niemals auch nur einem Fisch eine Gräte krümmen würden. Stattdessen, so sein Wille, sollten sie sich von Gras ernähren. Die Hippos versprachen dies hoch und heilig, stürzten sich in die Fluten und grunzten dabei voller Vergnügen.

Seit jenem Tag hinterlässt das Nilpferd seine Ausscheidungen fein säuberlich am Flussufer, auf dass sich der Schöpfer davon überzeugen kann, dass sie keine Gräten enthalten. Und weil sie sich noch immer freuen, dass es ihnen im Wasser zu leben erlaubt ist, kann, wer gute Ohren hat, sie tagtäglich singen und lachen und vor Vergnügen prusten hören.

B
B

Das Nilpferd und das Spiel

Auch wenn die Erzählung der Buschleute nur eine überlieferte Geschichte ist und getränkt von geradezu märchenhafter Poesie – ein Fünkchen Wahrheit wohnt ihr zweifellos inne. Eine Herde vergnügt prustender Hippos hat wohl jeder schon einmal in freier Wildbahn, im Zoo oder zumindest in bewegten Bildern gesehen. Und das kommt nicht von ungefähr. Nilpferde gelten schließlich als ausgesprochen verspielt. Sie spielen liebend gern »Verstecken« – ist Gefahr im Verzuge, verbergen sich die Nilpferdbabys bekanntlich im Maul der Mutter. Sie spielen liebend gern »Im Dunkeln suchen« – wenn sie sich in schlammigen Gewässern auf Tauchstation begeben, ist optische Orientierung in der Regel zwecklos bis unmöglich. Sie spielen liebend gern »Hoppe Hoppe Reiter« – vor allem dann, wenn sie klein und faul und die Mütter noch nicht genervt von all der Huckepackerei sind. Sie spielen liebend gern »Malefiz« – ist ein Weg von einem Nilpferdbullen versperrt, ist ein Weitergehen in höchstem Maße erschwert und eine Umkehr durchaus ratsam. Und sie spielen liebend gern »Scotland Yard« – wie »Mister X« lassen sich unter Wasser verweilende Nilpferde alle paar Minuten einmal blicken, um schnell wieder ab- und in gebührendem Zeitabstand an anderer Stelle wieder kurz aufzutauchen.

Dieser unübersehbare Spieltrieb der auf den ersten Blick so ruhig, ja beinahe stoisch erscheinenden Tiere hat inzwischen auch Konsequenzen für den Homo ludens. Mehr und mehr Spieleautoren nämlich haben im Laufe der Jahre das Nilpferd in den Mittelpunkt mehr oder minder origineller Gesellschaftsspiele gestellt. Zwar tummeln sich auf dem Spielesektor, egal ob als schnödes Karten- oder als aufwändiges Brettspiel, weitaus mehr Zauberer, Raubritter oder Detektive als Dickhäuter, doch gänzlich wegzudenken aus der Spiel- und Spaßgesellschaft ist der Hippopotamus schon lange nicht mehr.

Bereits seit langem vergriffen ist das wunderbare Krachmacherspiel ›Mampfis‹ aus dem Hause Schmidt. Der geräuschvolle Freizeitspaß aus den späten siebziger Jahren bat vier verschiedenfarbige Nilpferde zum Duell um einen schnöden Ball. Der wurde einfach in die Mitte des Plastik-Spielfeldes geschnickt – und schon ging die Rangelei los. Die Mitspieler konnten per Hebel den Hals des Hippos verlängern und dessen Kopf leicht anheben. Wenn die Kiefer des gefräßigen Vieches bei der blindwütigen Suche nach Rundfutter auf den Spielfeldboden aufschlugen, machte das einen infernalischen Lärm und sah obendrein hübsch bekloppt aus: Vier gierige Nilpferdköpfe, die eine hin- und hersausende Minikugel den jeweils anderen vor der Nase wegzuschnappen und selbst wegzuspachteln versuchten. Wer auf diese Art und Weise die meisten der insgesamt 20 Bälle im eigenen Nilpferdmagen eingefangen hatte, war Sieger – und in der nächsten Runde verantwortlich für den Balleinwurf.

Bereits seit langem vergessen ist das hochpädagogische Würfelspiel ›Wir füttern die kleinen Nilpferde‹ aus dem Hause Fagus. Der Alternativbetrieb aus dem westfälischen Rhede-Büngern setzte auf dem Höhepunkt der Latzhosen- und Friedensdemo-Kultur auf Holz statt Plastik, auf Ruhe statt Lärm und auf Harmonie statt Konkurrenz. Autor Reinhold Wittig, der das Spiel seinem Sohn Nils 1984 in der Hoffnung widmete, »dass es noch Nilpferde in freier Wildbahn gibt, wenn er erwachsen ist (und später auch)«, verzichtete bei der Konzeption auf den befreienden Akt des Rausschmeißens. Die zwei bis vier Mitspieler ab fünf Jahren sollten in ihrem Bemühen, den Appetit der auf einem Rundparcours herumlungernden beziehungsweise -hungernden Hippos mit grünen Futterhölzchen zu stillen, die gelungene Nilpferdspeisung als Ziel im Auge haben und nicht den persönlichen Erfolg. Also durften Hölzchen aus dem eigenen Futtervorrat auch an konkurrierende Nilpferd-Verköstiger verschenkt werden – Hauptsache, die Dickhäuter bekamen möglichst schnell ihre diversen Mägen voll und durften sich nach der Verschnabulierung von fünf Futterhölzchen gemütlich aufs Ohr hauen. Allzu lange bekamen sie übrigens nicht zu fressen – die Kinder wollten denn auf Dauer doch lieber rausschmeißen als füttern ...

Weshalb der Firma Dondo aus dem münsterländischen Everswinkel Ende der Achtziger denn auch mehr Erfolg beschieden war als ihrem Mitbewerber ein paar Jahre zuvor. »Mit Nilpferden wird Ärgern erst richtig schön, Mensch!«, lautete ihr so simples wie eingängiges Motto. ›Halma‹, ›Malefiz‹ oder ›Mensch ärgere Dich nicht‹ hatten die Spieleproduzenten, ohne sich groß um Copyrightfragen oder andere juristische Kinkerlitzchen zu kümmern, einer Generalüberholung unterzogen. Statt eines Pappbretts gab's ein gewachstes Holzbrett als Spielfeld. Statt schnöder Plastikpüppchen in den üblichen Farben handbemalte Figuren aus Porzellan. Und statt gesichtsloser Gestalten ohne Ecken und Kanten pro Mitspieler jeweils vier Nilpferde unterschiedlichster charakterlicher Ausprägung. Mit einem Piratennilpferd etwa ein Gangsternilpferd unmittelbar vor der eigenen Haustür rauszuwerfen und zu einer neuerlichen Runde zu zwingen – das vermochte einem seit Jahrzehnten zwar beliebten, aber in seinen Variationsmöglichkeiten doch arg eingeschränkten Spieleklassiker einen ganz neuen Reiz abzugewinnen.

Ähnliches gilt für den Bereich der Kartendrescherei. Seit Loriot einst ein gewöhnliches Skat- beziehungsweise Canastaspiel mittels seiner berühmten Knollennasen-Figuren in den Rang eines Kultobjekts erhob (und damit sein eh schon üppiges Konto nicht unbeträchtlich auffüllte), gibt es das 52- beziehungsweise 104-blättrige Kartenset in den verschiedensten Varianten – mal mit Gartenzwergen drauf, mal mit Disneyfiguren, mal mit Politikergesichtern. Das »Nilpferd-Kartenspiel« unterscheidet sich von all diesen Abarten jedoch dadurch, dass mit ihm keinerlei kommerzielle Ambitionen verbunden sind. Die Husumerin Maren Goldenbogen produziert die von Grafikerin Birte Frenssen entworfenen hippophilen Kartenspiele allein für den Eigenbedarf – und für den Bedarf des Clubs der Nilpferdfreunde und seiner Mitglieder. Die scheinen entweder passionierte Kartenspieler zu sein oder aber von dem Drang übermannt, Freunde, Verwandte und Bekannte samt und sonders mit einem Skatblatt der besonderen Art zu beglücken. Das Kartenspiel jedenfalls hat seit seiner Erstausgabe Ende der achtziger Jahre mehrere Neuauflagen erlebt. Wer die Karten eines Rommé-, Canasta- oder Bridgespiels plus die dazugehörigen Joker genau durchzählt, kommt auf insgesamt 235 Nilpferde. Die Karo-10 zeigt zehn Nilpferdengel mit Heiligenschein, die Pik-9 neun Bilderrahmen mit Nilpferdfotos. Der Herzbube tritt dem Betrachter als verliebter Hippo-Herr im Bademantel unter die Augen. Die Pikdame präsentiert sich als Nilpferd-Ballerina bei Ballettübungen. Und der Herzkönig ist ein liebestoller Dickhäuterkerl, dem eine Damenbekanntschaft etliche Lippenstiftküsse auf die dicke Nase gedrückt hat, was eine reichlich unroyalistische Platzierung der Krone zur Folge hat.

Die wirklichen, wenn auch ungekrönten Könige des Nilpferd-Spiels allerdings sind zwei andere Herren: Heiner Wöhning und Bertram Kaes. Gemeindepädagoge des evangelischen Kirchenkreises Bielefeld der eine, Redakteur beim Ravensburger Spieleverlag der andere, haben sie die Welt im Laufe der Jahre mit insgesamt drei Nilpferd-Spielen beglückt. Das dritte – ›Junior Nilpferd-Party‹ von 1995 – ist eine auf das Niveau von Grundschülern zurechtgestutzte Variante der beiden anderen Spiele. Das zweite – ›Ein Nilpferd kommt selten allein‹ von 1993 – ist ein um rote »Lull- und Lall-Felder«, blaue »Wackelstift-Felder«, grüne »Das letzte Wort-Felder«, gelbe

»Solo-Felder«, violette »Team-Felder« und orangefarbene »Poker-Felder« erweiterter Abklatsch des Originals. Dieses erste aber – ›Das Nilpferd in der Achterbahn‹ von 1988 – ist aus mehreren Gründen bemerkenswert. Es ist ein Riesenerfolg. Es ist ein Longseller. Es ist ein Trendsetter. Und es hat seine Erfinder auf einen Schlag verdammt reich gemacht.

80 Pfennig bzw. 40 Cent: Was der Mittvierziger Heiner Wöhning sich pro Spiel in die eigene Tasche steckt, das hört sich erst einmal gar nicht so üppig an. »Als Ravensburger sich damals entschloss, unser Spiel mit einer Startauflage von 20 000 Exemplaren auf den Markt zu bringen«, sagt der Ostwestfale, »da habe ich gedacht: Wenn sich die Hälfte davon verkauft, hast du 8000 Mark im Sack – klasse!« Der gute Mann sollte sich irren. Gleich im ersten Jahr ging ›Das Nilpferd in der Achterbahn‹ in Deutschland gut 100 000 Mal über die Ladentheke. Und nach nunmehr 13 Jahren verkauft sich das Spiel in der ich-weiß-nicht-wievielten Auflage immer noch. Bis dato wurden etwa 2,8 Millionen Exemplare verkauft. Weltweit, versteht sich. Denn das spaßige Spiel stößt allüberall auf Begeisterung. 14 fremdsprachige Ausgaben gibt es inzwischen. »Rollercoaster Hippo« heißt es im anglo-amerikanischen Sprachraum, »Hippofolies« im französischsprachigen Einzugsgebiet, »Nijlpaard in de achtbaan« in den Niederlanden. Die Schweden können es unter dem Titel »Flodhästen i Berg- och Dalbanan« kaufen, die Spanier unter »Hipolocuras«, die Finnen unter »Vistahepo Vooristoradalla«. Dazu kommen Versionen in Dänisch, in Griechisch, in Norwegisch.

Gerechnet hatte mit derart sensationeller Resonanz absolut niemand. Wöhning nicht, seine Frau nicht, sein Kompagnon nicht. Und erst recht nicht der Ravensburger Verlag. Der galt und gilt noch immer als Kapazität und Marktführer auf dem Gebiet des Gesellschaftsspiels. Hatte er doch jahrzehntelange Erfahrung. Jede Menge Preise abgegriffen. Und mit ›Malefiz‹ oder ›Hase und Igel‹, mit ›Heimlich und Co.‹ oder ›Scotland Yard‹, mit ›Das verrückte Labyrinth‹ oder ›Sagaland‹ den

Markt und den Geschmack des Publikums offenbar bestens im Griff. Dem ›Nilpferd in der Achterbahn‹ gaben die Spielepäpste aus dem Schwabenland eigentlich so gut wie keine Chance. Es galt ihnen als zu blödelig, zu dumm, zu rummelig. Und wurde als Dummy 100 spielbegeisterten Familien nur deshalb zum so genannten »Home Use Test« ins Haus geschickt, weil Heiner Wöhning sich partout nicht abwimmeln lassen wollte und Koautor Bertram Kaes als Verlagsmitarbeiter so etwas wie einen Company-Bonus genoss.

Die ausgewählten Familien reagierten begeistert. Die Leute beim Münchner Spielfest auch. Und das Publikum auf der 1988er Spielwarenmesse in Nürnberg nicht minder. Aber warum eigentlich? »Weil wir die Ersten waren, die so etwas wie ein kommunikatives Erwachsenenspiel auf den Markt gebracht haben«, sagt Wöhning, »ein Spiel, bei dem man Miteinander-Spaß-Haben und Miteinander-Sprechen sinnvoll kombiniert.« Bei ›Das Nilpferd in der Achterbahn‹ darf von Anfang bis Ende geblödelt werden. Im Laufe der virtuellen Achterbahnfahrt müssen die Mitspieler Begriffe zuerst beschreiben, dann pantomimisch darstellen, später mit Knete modellieren und schließlich per Geräusch erklären. So lange es sich bei dem Begriff um »Hund« oder »Haus« handelt, verläuft das Spiel in halbwegs seriösen Bahnen. Sobald aber Ausrufezeichen oder Fragezeichen, Hindernisfelder oder Glücksfelder den Weg der Spielenden kreuzen oder der Würfel den Nilpferdjoker zeigt, wird's albern. Dann kann als Suchbegriff schon mal »frische Nilpferdmilch« herauskommen – und prompt gibt es vor lauter Schreien und Prusten, Quietschen und Krakeelen kein Halten mehr.

»Ein irres Würfelspiel für pfiffige und lustige Leute« hieß ›Das Nilpferd in der Achterbahn‹ im Untertitel. Die verschärfte Nachfolgevariante ›Ein Nilpferd kommt selten allein‹, bei dem sich die Mitspieler singend, schauspielernd und bisweilen auch gurgelnd auf die Jagd nach süffigen Nilpferd-Milchshakes machen müssen, bekam seitens des Verlages prompt das

Attribut »Der ganz normale Party-Wahnsinn« verpasst. Was beiden Spielen von so manchem Miesepeter das wenig erfreuliche Urteil eintrug, im Grunde nicht mehr als ein »1,2-Promille-Spiel« für beschickerte Bierhumpenstemmer und besoffene Ballermänner zu sein. Heiner Wöhning indes ficht derart schroffes Kritikerwort nicht an. Er hält sein Spiel, an dem er gemeinsam mit Bertram Kaes anderthalb Jahre herumprobiert hat und das er mit Jugendlichen seiner Gemeinde in fünf Monaten rund 160 Mal getestet haben will, für geradezu bahnbrechend. »Wenn wir damals nicht das Nilpferd hätten über die Achterbahn sausen lassen«, sagt er, »dann hätte es diese ganze Welle kreativer, kommunikativer Spiele vielleicht gar nicht gegeben. Nicht ›Activity‹, nicht ›Outburst‹, nicht ›Tabu‹.«

Auch wenn Heiner Wöhning zugibt, Nilpferde »einfach süß« zu finden und mit den gängigen Vorurteilen eines faulen, gefräßigen und plumpen Vierbeiners überhaupt nicht konform zu gehen – das Hippo, das seinen pekuniären Erfolg erst möglich gemacht hat, ist erst gegen Ende der Spielkonzeption in den noch leeren Rummelplatz-Waggon gesprungen. »Wir suchten etwas, das man nun überhaupt nicht mit einer Achterbahn in Verbindung bringt«, sagt Wöhning, »und irgendwann ist uns beim Herumspinnen in der Kneipe das Nilpferd eingefallen.«

Der Erfolg sollte ihm und seiner verrückten Idee Recht geben. ›Das Nilpferd in der Achterbahn‹ wurde einer der größten Spieleerfolge der letzten Jahrzehnte. Dank zweier beharrlicher Spieleautoren, die an ihren Instinkt und nicht an die Unkenrufe vermeintlicher Experten glaubten. Dank eines Verlages, der sein eigenes Urteil revidierte und mit einer gleichnamigen Hörspiel-Kassettenserie sogar noch für lukratives Zubrot sorgte. Und dank einer TV-Werbekampagne, der das Nilpferd endgültig den Ruf verdankt, grundgut, urkomisch und in höchstem Maße verkaufsfördernd zu sein.

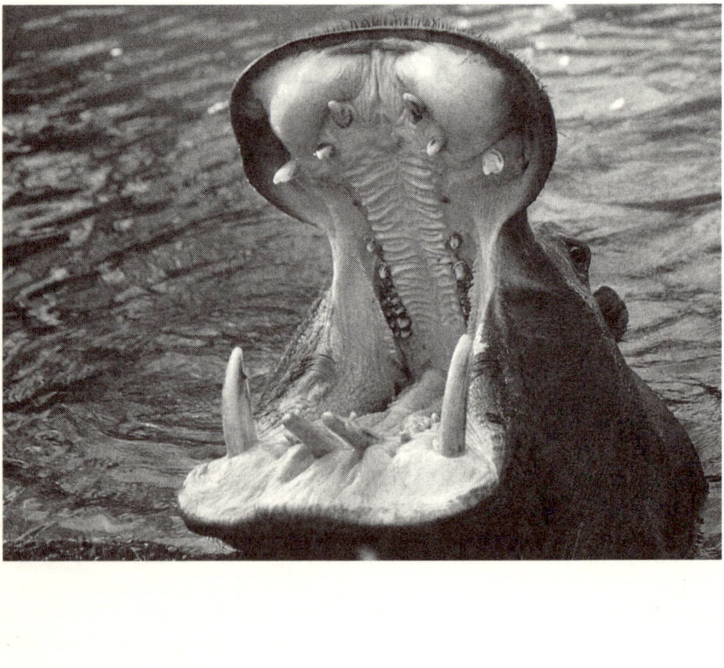

Das Nilpferd und die Werbung

Wer etwas verkaufen will – sei es eine Dienstleistung, ein Produkt oder ein Gefühl –, muss möglichst gute Argumente haben. Möglichst flotte Sprüche klopfen. Und mit möglichst sympathisch wirkenden Köpfen an das Sentiment des potenziellen Kunden appellieren. Als die Firma Bauknecht vorgab zu wissen, was Frauen wünschen, gewann sie überlegen die Waschmaschinen-Weltmeisterschaft. Als die Firma Procter & Gamble hinausposaunte: »Meister Proper wäscht so sauber, dass man sich drin spiegeln kann«, gewann sie leicht und locker den deutschen Putzmittelpokal. Und als die Hamburg-Mannheimer ihren freundlichen Herrn Kaiser ins Rennen um Policen und Prozente schickte, gewann sie die Herzen der Damen und den Titel des Versicherungschampions gleich mit.

Besonders erfolgreich jedoch sind die Werbestrategen immer dann, wenn sie eine dieser drei goldenen Reklameregeln mit dem Einsatz eines mehr oder minder putzigen Tieres kombinieren. Ein kläffender oder miauender, gefiederter oder geschuppter, fünf Kilo leichter oder fünf Zentner schwerer Werbeträger erhöht mit tödlicher Sicherheit die Umsätze. Und sorgt für ein wahlweise saugutes oder bärenstarkes oder affengeiles Image. Also setzt ein Dosenmilchmulti auf die pelzige Power eines Teddybären. Also schwört ein Tabaktitan auf den lässigen Charme eines Kamels. Also bedient sich ein Möbelgigant der notorischen Andersartigkeit eines Elches. Affen werben für Autos, Kängurus für Schuhe, Chamäleons für scharfe Saucen – bis auf das seit eh und je übel beleumundete und deshalb werbestrategisch eher kontraproduktive Stinktier haben die PR-Fuzzies wohl jeden animalischen Zwei-, Vier- oder gar Sechsbeiner schon einmal als Model in Anzeigenkampagnen oder Werbespots durchprobiert.

Wer indes glaubt, das Nilpferd stehe in der Bundesliga der werbetauglichen Viecher allenfalls auf einem Rang im unteren Mittelfeld oder belege gar einen Abstiegsplatz, irrt gewaltig. Ganz im Gegenteil: Die Strategen aus Public-Relations-Agenturen, Werbebüros und Stabsstellen für Öffentlichkeitsarbeit sehen in dem schwergewichtigen Tier offenbar einen höchst profitablen Sympathieträger, dem mehr zuzutrauen ist, als per TV-Spot den Abverkauf eines Spieles zu befördern, in dem sich ein vergnügter Hippopotamus auf eine verrückte Achterbahnfahrt einlässt. Ob Textil- oder Nahrungsmittelindustrie, ob Kraftfahrzeug- oder EDV-Branche – das Nilpferd ist in den Augen derer, die es aus beruflichen Gründen wissen müssen, universell einsetzbar. Und besonders einem Zweig des Wirtschaftslebens – so scheint's – zu einem unverzichtbaren Partner erwachsen: den Banken.

Ob nämlich in Irland oder den USA, ob in der Schweiz oder der Bundesrepublik: Wenn Geldinstitute an die Konten neuer Kunden wollen, setzen sie in ihrer Werbestrategie vermehrt aufs Nilpferd-Konterfei. Weil es ganz offenbar Stärke demonstriert, Größe und vor allem Sicherheit. »Wir geben Ihnen den Schutz, den Sie brauchen« bewarb denn auch die schweizerische Hypo-Landesbank ihre »Safety Plus Vorsorge« mit dem Foto einer Nilpferdmutter, die sich entspannten Gesichtsausdrucks und mit der vollen Wärme ihrer Leibesfülle an ihre zwei zu ihren Füßen liegenden Sprößlinge kuschelt. »Sicher ist sicher« nannte sich eine andere Kampagne dieses Geldinstituts, die ein breit und bräsig daliegendes Nilpferd zeigt und darunter die Vertrauen erweckenden Sätze platziert hat: »Anlagen stabil und sicher wie ein Hippo? Das sind Öffentliche Pfandbriefe der Hypo. Denn eines ist sicher: Mit Öffentlichen Pfandbriefen der Hypo schlafen Sie sicher so ruhig wie ein

Hippo.« Auch wenn es der Name der Bank zweifellos nahe legt, auf das Nilpferd als Zugpferd zu setzen und den Kunden als Heimstatt für die heimische Münzreserve Spardickhäuter und keine Sparschweine zu überantworten – die eigentliche Entscheidung für genau dieses statt für ein anderes Tier liegt in der charakterlichen Ausprägung des Hippopotamus begründet: Sie sind stur und durch nichts zu erschüttern.

Ein Nilpferd als vertrauensbildende Maßnahme also: Genau aus diesem Grund haben sich auch zahlreiche andere Banken und Kassen die Dienste des Schwergewichts gesichert. »Vertrauen ist unser größtes Kapital«, betitelte etwa die Sparkasse Anfang der Neunziger ein so auffälliges wie erfolgreiches Anzeigenmotiv. Es zeigte ein nur mit den Augen, den Nasenlöchern und den Ohren aus dem Wasser ragendes Nilpferd, auf dessen Schädel froh und vergnügt ein kleiner Vogel sitzt. Was Foto und Werbeslogan denn nun mit Geldgeschäften zu tun haben, verriet der Text ein paar Zentimeter weiter unten: »Obwohl wir die größte Finanzgruppe der Bundesrepublik sind, verstehen wir Größe nicht als Selbstzweck. Sondern als solide Basis, unseren Kunden ein starker und verlässlicher Partner zu sein. Die Voraussetzung für eine enge Partnerschaft sind kurze Wege; deshalb gibt es Sparkassen nahezu überall. Mindestens genauso wichtig wie räumliche Nähe ist Offenheit und Verständnis. Also Vertrauen. Danach handeln wir.«

Mit ähnlicher Aussage, allerdings in grammatikalisch korrekterer Version als ihre deutsche Konkurrenz, bemühte sich zeitgleich die Schweizerische Kreditanstalt (SKA) um neue Kunden und neue Mitarbeiter. »Wirkliche Größe kennt keine Kleinen«, hieß ihre Aussage über einem Foto, das ein Nilpferd und einen auf seinem Rücken ausharrenden Vogel als gleichberechtigte Partner einer funktionierenden Paarbeziehung präsentiert. Und darunter stand: »Hierarchie. Ein Fremdwort ist das für uns noch nicht. Aber bei uns arbeiten Menschen mit Menschen zusammen und nicht Titel mit Titeln, was heißt, dass jede und jeder bei uns Verantwortung übernehmen kann. Und das natürlich auch tut. Denn in einem Betrieb, der keine Kleinen kennt, arbeiten nur motivierte und verantwortungsbewusste Mitarbeiterinnen und Mitarbeiter – zum Wohle ihrer Kunden.«

Überhaupt unsere helvetischen Nachbarn. Weil in Schweizer Tresoren unsere Mäuse, Münzen und Moneten ja so sicher aufbewahrt sein sollen wie kaum sonstwo auf der Welt, haben sich neben Hypo Landesbank und SKA auch andere eidgenössische Kreditinstitute das Sicherheit und Solidität signalisierende Nilpferd klammheimlich als Wappentier ausgeguckt. Die Finalba-Bank, Tochtergesellschaft des Schweizerischen Bankvereins, garnierte vor etlichen Jahren ihre Werbebotschaft »Meine Wohnbank« mit dem Foto eines Nilpferdes, das es sich in einem ausladenden, bunt gemusterten Sessel so richtig gemütlich gemacht hat. Die in Zürich beheimatete, zudem jedoch mit Filialen in London, New York, San Francisco, Los Angeles, Palm Beach, Mexiko, Frankfurt, Genf und Hong Kong gesegnete Bank Julius Baer ließ in ihrer Anzeige ein erleichtert dreinschauendes Nilpferdpaar auf der im Hintergrund vor Anker liegenden Arche Noah einchecken – und fuhr dazu den anspielungsreichen Text auf: »Some only offer umbrellas. But Bank Julius Baer offers more – especially in these times of uncertainty. Bank Julius Baer – Where client safety comes first.« Und die Schweizer Kantonalbank feierte ihren 100. Geburtstag, indem sie allen Kindern, Jugendlichen, Lehrlingen und Studenten einen kostenlosen Besuch im »Zolli« genannten Basler Zoo spendierte und ihre gute Tat in Anzeigen, auf Postkarten und Postern mit dem überdimensionalen Porträt eines Nilpferdkopfes und den Zeilen kundtat: »Ich nehme meinen Mund nicht zu voll: Der Zolli ist jetzt gratis.«

Mit dem Sympathieträger Nilpferd um junge Kunden, um Schüler und Auszubildende zu buhlen, die möglicherweise zum ersten Mal in ihrem Leben vor der Entscheidung stehen, wo sie denn nun ein Konto eröffnen sollen – auf den Trichter sind Jahre vor den Baslern schon andere Banker gekommen. Der S-Club der Stadtsparkasse Kassel hatte zu diesem Behufe in den Achtzigern bereits den Comic-Hippo »Norbert Nilpferd« auf die nordhessische Jugend losgelassen. Und dabei sicherlich auf Erfahrungen der nordirischen Ulster Bank zurückgegriffen, die mit einer verwandten Figur namens »Henry Howler« an die Pounds und Pennies der protestantischen Kids heranwollte.

Mit gezeichneten Nilpferden, adressiert allerdings an eine bereits erwachsene Klientel, ging vor einigen Jahren auch die Chase Manhattan Bank aus New York in einer ganzen Anzeigenserie auf Kundenfang. Ein erstes Motiv zeigte ein Nilpferd, das in einem Kanu gemütlich vor sich hin paddelte, und kombinierte dieses ungewöhnliche Bild mit der Kernaussage: »When you're a fast-moving world bank like Chase, you have to know all the routes to import-export markets.« Ein zweites Motiv zeigte dasselbe Turnschuhe tragende Tier vor einer riesigen EDV-Apparatur sitzend mit dem Spruch: »When you're a fast-moving world bank like Chase, you know how to talk to computers.« Und ein drittes Motiv zeigte abermals die bereits bekannte Figur, diesmal auf der obersten Stufe einer Leiter auf Zehenspitzen stehend, mit der folgenden daneben platzierten Aussage: »When you're a fast-moving world bank like Chase, you have the extra reach to handle international finance.«

Auch die deutsche AHB-Bank gedachte, mit einem gezeichneten Hippo Punkte bei möglichen Anlegern machen zu können. Das Resultat allerdings – ein mit weit aufgerissenem Maul dahindümpelndes Nilpferd – war im Gegensatz zur US-Konkurrenz erschreckend bieder, die Aussage »Damit Sie von den Zinsen nicht aufgefressen werden« nicht fürchterlich originell, der Erfolg der Botschaft bescheiden. Da war im neuen Jahrtausend die Kölner Bank doch um Lichtjahre pfiffiger. Bildete sie in einer Aufsehen erregenden Plakatkampagne doch in voller Größe ein Nilpferd ab, das im offenen Maul eine brennende Zigarre hält, und platzierte darunter die unmissverständliche Aufforderung, das Geldinstitut zu wechseln: »Wenn Sie Ihre Bank nicht auf Trab bringen können, wechseln Sie doch einfach das Pferd.«

Bedient sich die Armada der Banken und Sparkassen also des Nilpferds, um ihren Kunden ein Gefühl von Sicherheit, Zuverlässigkeit und Gelassenheit zu vermitteln, so zeigt sich die Autoindustrie aus anderen Gründen an den markanten Tieren interessiert. Wer mit fahrbaren Untersätzen handelt, dem kommt es in erster Linie auf (Nil-)Pferdestärken und Geräumigkeit an – beides bietet ein ausgewachsener Hippo in ausreichendem Maße. Also versuchte der Schwerfahrzeug-Ausbilder Weber aus dem schwäbischen Schorndorf mit der imposanten Hinteransicht eines Nilpferds, seine nur mäßig nachgefragten Kurse »Berufskraftfahrer mit GGVS«, »Klasse-2-Führerschein-Intensivkurs« und »Kraftverkehrsmeister« voll zu bekommen. Also versuchte die Stadt Aschaffenburg ihr Park-&-Ride-Angebot dadurch aufzuwerten, dass sie das Nilpferd-Maskottchen »Pendelinus« erfand und alle Pendelbusse mit einem überdimensionalen Konterfei desselben schmückte. Also versuchte die Taxi-Vereinigung Mannheim potenzielle Droschkenkunden von den Vorteilen ihres Angebots zu überzeugen, indem sie einen freundlichen Hippo mit Hut auf dem Kopf und Blume im Maul als Firmenlogo wählte. Also versuchte das Unternehmen Uni-Cardan Service GmbH aus Düsseldorf, ihr ungemein spannend klingendes »breites Programm an Ersatzteilen in Erstausrüstungs-Qualität für den Antrieb, die Bremsen und die Elektrik von Kraftfahrzeugen« mithilfe eines freundlich lächelnden Cartoon-Nilpferds einer ahnungslosen, aber interessierten Öffentlichkeit schmackhaft zu machen.

Doch nicht nur Fahrlehrer und Ersatzteillieferanten, Verkehrsplaner und Taxifahrer machen sich das Nilpferd für Werbezwecke zu Eigen. Auch die Autoindustrie hierzulande ist inzwischen auf den Geschmack gekommen. Nach anfänglichen Schwierigkeiten, zugegeben. Jahrzehntelang nämlich setzten die Produzenten vierrädriger Blechkarossen eher aufs Kleinvieh denn auf große Tiere. Durch die Bank benannten sie ihre Erfolgsmodelle nach putzigen Insekten (Volkswagen:

»Käfer«), lustigen Schwimmvögeln (Citroën: »Ente«), drolligen Chinabären (Fiat: »Panda«) oder mysteriösen Riesenflundern (Opel: »Manta«) – Originalität war ihnen alles. Doch als die deutschen Kleinfamilien mit zunehmendem Wohlstand meinten, den sommerlichen Gardasee-Urlaub und auch den samstäglichen Wochenend-Kaufrausch im »SB-Center« oder dem »Lebensmittel-Paradies« fortan nicht mehr mit einem normalen Kleinwagen bewältigen zu können, sondern dazu eines Gefährtes lastwagenähnlichen Zuschnitts zu bedürfen, dachten die hohen Herren in Stuttgart und Köln, München und Wolfsburg um. Sie machten die Autos größer und teurer. Benannten sie nach berühmten Winden (»Passat«, »Scirocco«) und bekannten Rockgruppen (»Rolling Stones«, »Santana«). Und machten gern mit der imposanten Erscheinung eines geöffneten Nilpferdmauls Appetit auf den neuen Luxus.

»Manche haben nur die große Schnauze. Wir haben tolle Angebote«, warb etwa Ford mit besagtem Bild für den eigenen Fuhrpark und günstige Finanzierungsangebote der unternehmenseigenen Bank. »Mögen Sie die Berliner Schnauze?« hieß es in ähnlicher Weise in einer Anzeige von Autoforum in Berlin (AFiB), der nach Eigenaussage »ersten Adresse für Ford und Jaguar« in der Bundeshauptstadt. Unerreicht bleibt bis heute jedoch die Umsetzung genau dieses stereotypen Motivs durch die Wolfsburger VW-Werber. Die wollten »den größten Polo, den es je gab« an den Mann bringen. Andeuten, dass er »in puncto Sicherheit höchsten Ansprüchen gerecht« werde. Und klar machen, dass »die große Klappe serienmäßig« sei. Also fotografierten sie aus nächster Nähe, im Studio perfekt ausgeleuchtet und perfekt positioniert, in einen weit geöffneten Nilpferdschlund hinein. Man sieht alles bis ins kleinste Detail: Poren, Haare, Gaumen, Zähne, Zäpfchen, Zunge. Darunter stehen – jeder weitere Kommentar wäre aber auch überflüssig gewesen – nur vier simple, aber nichtsdestotrotz beredte Worte: »Der neue Polo Variant.«

Der Anblick eines Maules mit solch ausgeprägtem Fassungsvermögen hat natürlich auch die PR-Strategen der Nahrungs- und Genussmittelindustrie nicht unbeeindruckt gelassen. Passt in einen durchschnittlichen Nilpferdhals doch in Hektolitermengen hinein, was die Menschen sich ansonsten in kleineren Einheiten an festen wie flüssigen Stoffen einzuverleiben pflegen. Folgerichtig schmückte die schweizerische Firma Aproz ihr »Himbo« getauftes Tafelwasser mit Himbeeraromen mit dem Konterfei eines strohhalmkauenden Hippos. Folgerichtig bewarb die bereits Mitte der sechziger Jahre in Richtung Bier-Himmel entschlafene Ludwigshafener Aktienbrauerei Bürgerbräu ihr gleichnamiges Hopfen-&-Malz-Getränk mit einem offensichtlich nach Alkohol dürstenden Nilpferd und der Kernaussage: »Bürgerbräu schmeckt immer.« Folgerichtig ließ das in Hamburg ansässige Deutsche Teebüro Anfang der Neunziger per Anzeige ein Comic-Nilpferd ein schmuckes Getränkebehältnis auf der Nase balancieren – nur der dazugehörige Spruch »Lieber Tee in der Kanne als ein Nilpferd in der Wanne« war so wenig lustig wie nilpferdfreundlich.

Verdientermaßen größere Aufmerksamkeit erzielten da schon ein paar andere Werbemaßnahmen. Das Jugendamt der Stadt Köln etwa sorgte sich bereits Mitte der Achtziger um den zunehmenden Bier- und Schnapskonsum der rheinischen Teenager und wandte sich deshalb an die Gastronome der Domstadt mit der Bitte, fortan mindestens ein alkoholfreies Getränk preiswerter anzubieten als das billigste alkoholische – zum Wappentier der »Alkoholfrei-und-erschwinglich-Kampagne« erkoren sie ein Softdrinks schlürfendes Nilpferd, das im Rahmen eines Namenswettbewerbs feierlich »Sprudolin« getauft wurde. Das Milchprodukte-Schwergewicht Chambourcy brachte wenig später im englischsprachigen Verbreitungsgebiet ein Viererset schnöden Erdbeerjogurts mit dem Titel »Hippo Pota Mousse« unter die Leute – in rosa Glitzerbikinis gezwängte Nilpferdmiezen und ein mit Frack und Zylinder als Zirkusdirektor verkleideter Hippo-Herr deuteten auf der Verpackung den vermeintlich zauberhaften Geschmack des neuen Produktes an. Ebenfalls an das junge Publikum wandte sich vor Jahren der Schokolinsen-Marktführer Smarties, indem er ein Nilpferd in den Mittelpunkt eines kinderleichten Ratespiels und das Ganze unter das gereimte Motto stellte: »Smarties sind für mich ein Schmaus!/Kriegst Du meinen Namen raus?«

Regelrecht spektakulär war dagegen zum Ende der Achtziger eine breit angelegte Werbeschlacht der Zigarettenmarke HB. Die als eher bieder geltende Glimmstengelsorte war gegenüber den auf cool (West), Cowboy (Marlboro) oder Kapitän (Peter Stuyvesant) machenden Konkurrenten schwer ins Hintertreffen geraten. Um verlorene Marktanteile zurückzuerobern, hatte die beauftragte PR-Agentur auf den Faktor »Toleranz« gesetzt und für den taumelnden Tabakriesen eine Weltoffenheit wie Risikobereitschaft suggerierende Kampagne ausgeheckt. Monatelang ließen sich auf Plakatwänden und in Vierfarb-Illustrierten vermeintlich gut gelaunte Raucher gemeinsam mit irgendwelchen originell erscheinenden Gestalten unter beständig wechselnden »Offen für ...«-Sprüchlein ablichten. Optischer Höhepunkt der Serie war dann das Motiv »Offen für dicke Freundschaften«: Ein wetgegelter Schönling, in all seiner Blondheit und Sonnenstudiobräune wie vom Laufsteg eines Dieter Bohlen-Lookalike-Wettbewerbs heruntergecastet, hat grinsend eine Zichte zwischen den makellosen Zähnen. Und als ob ihm das edle weiße Jackett und die blöde Yuppiefrisur und das leckere Nikotinprodukt im Mundwinkel noch nicht genug des Glückes wären, hat er auch noch ein riesenhaftes Nilpferd an seiner Seite. Da konnten dreitagebärtige Kerle noch so meilenweit für ein Konkurrenzprodukt durch den Dschungel laufen – gegen solch massive Argumente kamen selbst sie nicht an.

Mit der Bankbranche, der Autoindustrie und dem Lebensmittelgewerbe ist die Schlange jener Kunden, die mittels eines Nilpferds ans Portemonnaie der Kunden wollen, allerdings noch lange nicht zu Ende. Wirft man nämlich einen Blick auf die Produkte, die sich dank werblicher Hilfestellung eines

Hippos besser als nur gut verkaufen sollen, dann sei die bescheidene Frage erlaubt, warum eigentlich ein Kornwestheimer Schuhkonstrukteur seine Treter nach einem Salamander, ein Snackfabrikant seinen Schokoriegel nach einem Löwen und ein Putzmittel-Alternativling seine Hygienekollektion nach einem Frosch benannt haben – wo sich doch offensichtlich die gesamte Wirtschaft dieses Landes auf das Nilpferd als allein selig machende Allzweckwaffe verständigt hat?!

Dass man einen Hippopotamus mit ausgiebigen Badefreuden in Verbindung bringt, mag ja noch angehen. Also packten das Sport- und Freizeitbad Hildorado im rheinischen Hilden, das unter dem Motto »Mehr als Meer« firmierende Spaßbad Aqualand in Köln, das Kur- und Familienbad Tabbs im thüringischen Tabarz sowie der Wasserpark Water World im spanischen Lloret de Mar jeweils ein planschendes, prustendes oder Purzelbaum schlagendes Nilpferd in ihr Signet. Also verzierten die Deutsche Lebens-Rettungs-Gesellschaft (DLRG) und die Krankenkasse Barmer ihre Baderegeln mit einem Badekappe und Ganzkörper-Badedress tragenden Hippo-Mann. Also fotografierte Branchenkrösus Kaldewei aus Obersicht ein sich in einer Emaillewanne suhlendes Nilpferd, um überdeutlich zu machen, dass die Werbebotschaft »Das ganze Programm fürs Baden und Duschen« durchaus wörtlich zu nehmen ist.

Dass man ein Nilpferd ob seiner ausgeprägten Kauwerkzeuge mit Zahnpflege in Verbindung bringt, mag ja auch noch in Ordnung sein. Also bewarb die Arzneischmiede Dr. Hetterich aus Fürth ihre medizinische Zahncreme »Salviagalen F« mit einem vermeintlich »Aaaa!« sagenden Dickhäuter und forderte die Firma Hager Dental aus Gütersloh ihre Kunden mittels eines nilpferdigen Grinsegesichts zum Zähneputzen auf. Und auch, dass ein Nilpferd aufgrund seines unbestreitbaren Fassungsvermögens der Abfallwirtschaft als Hoffnungsträger dient, ist durchaus verständlich und hat uns immerhin den hübschen Hippo-Müllschlucker des Berliner Container-Sofort-Services Lex beschert.

Aber was, wertes StarSat Radio und werter Norddeutscher Rundfunk, hat ein Nilpferd mit Radiohören zu tun? Was, liebe Firma Wecovi im niederrheinischen Emmerich, hat ein Nilpferd mit Reinigungstüchern am Hut? Was, verehrter Verlag Rudolf Röser in Karlsruhe, hat ein Nilpferd mit dem örtlichen Telefonbuch zu schaffen?

Wieso, Arzneimittelfirma Thiemann, wird ausgerechnet ein Nilpferd mit dem Anti-Flatulenz-Präparat »Cotazym« in Verbindung gebracht? Weshalb, Bekleidungsfirma Betex, muss ausgerechnet ein Nilpferd für Ihre Herrenhemden Männchen machen? Warum, Stage school of music, dance and drama in Hamburg, soll ausgerechnet ein Nilpferd für den nötigen Hupfdohlen-Nachwuchs sorgen?

Ob Teppichboden oder Spielautomaten, Malstifte oder Fitness-Center, medizinische Therapie oder Second-Hand-Schallplatten – für alle möglichen und unmöglichen, für alle nützlichen und nutzlosen, für alle schönen und hässlichen Dinge muss in diesen geistfernen Zeiten das Nilpferd seinen markanten Werbekopf hinhalten. Und wird da, wo es selbst bei großzügigem Um-die-Ecke-Denken nun wirklich nicht hingehört, prompt inflationär eingesetzt – in der schönen neuen EDV-Welt etwa. Die Phoenix Computer GmbH aus Windhagen, die Consumer Electronic GmbH aus München oder die »Hipponet GmbH« aus Leichlingen sind in ihrem Bestreben, das Nilpferd computerkompatibel zu machen, nur die Spitze des Eisberges.

Ob die simple Rechnung – Produkt + Nilpferd = Erfolg – bei allen Unternehmen aufgegangen ist, entzieht sich meiner Kenntnis, darf in so manchem Fall allerdings bezweifelt werden. Eine Firma jedoch hat mit dem Nilpferd ganz ohne Zweifel aufs genau richtige Pferd gesetzt: Der Süßwarengigant Ferrero hat dank hübsch bemalter Hartgummi-Hippos allein in Deutschland Abermillionen Schokoladeneier verkauft – und damit Abermillionen verdient ...

Das Nilpferd und das Ei

Es hat etwas von fortgesetztem Irrsinn. Da scharwenzeln Frauen in gesetztem Alter geheimniskrämerisch um die Gemüsewaage im Lebensmittelladen – und wiegen, wenn sie sich unbeobachtet fühlen, Schokolade statt Schalotten darauf ab. Da stromern Männer in gediegenem Zwirn unauffällig um die Verkaufsstände auf Flohmärkten – und fragen, wenn sie sich unerkannt glauben, was denn Susi Sonnenschein mit dem steckbaren Hula-Reifen kostet. Da stehen Menschen beiderlei Geschlechts im Supermarkt, als könnten sie kein Wässerchen trüben – und unterziehen, wenn sie sich ungestört meinen, eine ganze Palette eiförmigen Süßkrams Stück für Stück einem intensiven Schütteltest.

Alle Jahre wieder spielen sich mitten in Deutschland derart groteske Szenen ab. Die Damen und Herren, die ihre Mitmenschen zu solch absonderlichen Verhaltensmustern inspirieren, sind in Frankfurt am Main beheimatet und arbeiten für die Ferrero OHG mbH. Das Unternehmen, 1946 im italienischen Alba in der Provinz Piemont gegründet und seit 1956 auch in Deutschland mit einer eigenen Niederlassung vertreten, weiß seit Jahrzehnten offensichtlich besser als seine gewiss nicht einfallslose Konkurrenz, was den Schleckermäulern hierzulande besonders lecker schmeckt. Deutschlands größter Süßwarenhersteller verdankt die Marktführerschaft seinem Ideenreichtum, seinem Wagemut und allerlei schokoladigen Leckereien. Nutella und Milch-Schnitte, Hanuta und Duplo, Mon Chérie und Yogurette, Raffaello und Rocher, Ferrero

Küsschen und Kinder Schokolade – Dutzende prominenter Gaumenschmeichler und Kalorienbomben werden im Firmenwerk im nordhessischen Stadtallendorf gefertigt.

Ob Schokoriegel, Praline oder Nuss-Nougat-Creme: Die Knabbereien aus dem Hause Ferrero waren – kaum auf dem Markt – schnell bundesrepublikanischer Alltag. Sie wurden zum Frühstück verputzt, in der Schulpause weggespachtelt, vor dem Fernseher verkostet, zu Geburtstagen verschenkt, auf dem Sportplatz feilgeboten. Doch so wohlschmeckend sie auch waren, so gut sie sich auch verkauften: Es mangelte ihnen samt und sonders an Image. Sie waren brav und bieder, freundlich und adrett, klein und fein – mehr nicht. Ein Ruf, der dem Hause vielleicht heute noch anhängen würde, hätte sich die Konzernspitze nicht vor beinahe 30 Jahren zu einer wegweisenden Entscheidung durchgerungen. Mit Kinder Überraschung führte das Unternehmen 1974 eine eigentlich für den italienischen Markt entwickelte Neuheit auch in Deutschland ein – mit wohl für niemanden abzusehenden Folgen: Binnen kurzem waren die Überraschungs-Eier nicht nur ein Erfolg, sondern regelrecht Kult.

Wie ein solches Exemplar – beim maulfaulen Durchschnittsdeutschen längst zum »Ü-Ei« geschrumpft – im Idealfall zu handhaben ist, verrät Almut van Rissenbeck aus der Ferrero-Abteilung für Öffentlichkeitsarbeit: »Unter dem Motto ›Spannung, Spiel und Schokolade‹ wird ein Schokoladenei mit Inhalt angeboten. Der Verbraucher weiß beim Kauf nicht, was sich darin befindet. Nach dem ›Zwiebelschaleneffekt‹ entfernt man zuerst die Alufolie und sieht als zweite Schicht die Vollmilchschokolade. Nach Öffnen des Eies kommen die dritte – die Milchfüllung – und als vierte Schicht das meist gelbe Fässchen (oder einfach: Kapsel) zum Vorschein. Erst die fünfte Schicht entspricht der ›Überraschung‹.«

Bei besagten Überraschungen handelte es sich anfangs vor allem um zusammenbaubare Figuren und Geräte: lustige Tiere, komische Menschen, originelle Maschinen für Bastler und

Frickler, Modellbauer und Puzzler, Gebrauchsanleitungs-Fetischisten und überhaupt alle Freunde der Kleinteiligkeit. Der dauerhafte Erfolg der eiförmigen Naschereien stellte sich allerdings erst 1983 mit der Einführung so genannter Monopezzi ein – handbemalter Figuren aus Hartplastik, die sich nicht zusammenstecken, sondern ganz einfach sammeln ließen. Ferrero begann vorsichtig mit Lizenzprodukten, versteckte die Schlümpfe oder die Biene Maja, Donald Duck oder den Kobold Pumuckl in den Schokoeiern. Wagte dann erste eigene Serien wie die »Happy Frogs« (Frösche) oder die »Tapsy Törtels« (Schildkröten). Und holte dann, ohne es zu wissen, zum ganz großen Wurf aus: Im Sommer 1988 schlüpften die ersten »Happy Hippos« aus dem Ei.

Und zwar zehn an der Zahl, allesamt mit so schönen wie alliterierenden Namen versehen: Schlecker Schorschi, Babsy Baby, Beach Boy, Happy Hippo, Wasser Walli, Bade Beppo, Susi Sonnenschein, Hippi Hippo, Planscher Pauli und Taucher Toni. Die offensichtlich einem gemeinsamen Badeurlaub frönenden Nilpferde – wahlweise mit Sonnenhut, Badekappe, Schwimmreifen oder Flossen ausgestattet – verursachten ein deutlich wahrnehmbares Erdbeben auf dem Süßwarenmarkt. Überraschungs-Eier waren, im wahrsten Sinne des Wortes, plötzlich in aller Munde: Die Resonanz auf die niedliche Nilpferdtruppe war immens, der Abverkauf der Schokoeier gewaltig, und nach der eh schon angefixten Jugend war nun auch die ältere Generation endgültig der Ü-Ei-Sucht verfallen. Eine Entwicklung, die das Unternehmen im Blick und auf der Rechnung hatte. »Unsere Zielgruppe sind Kinder zwischen 3 und 99«, sagt Walter Schweizer, Marketingdirektor bei Ferrero in Frankfurt, »mit unseren Überraschungs-Eiern dürfen sich auch Erwachsene die Freiheit nehmen, für einen Moment noch einmal Kind zu sein.«

Die Erwachsenen, die dieses tun, glaubt das hessische Süßwarenimperium genau zu kennen. Es seien auffallend viele Menschen mit hoher Schulbildung unter den treuen Kunden, auffallend viele Studenten und Akademiker. Also stehen die drolligen Dinger in Wohngemeinschafts-Küchen herum, bevölkern die Regale romantisch veranlagter Gymnasiallehrerinnen oder bewohnen die Setzkästen interaktionserprobter Sozialpädagogen. Klagen über das Verhältnis von Preis und Leistung – ein Überraschungs-Ei kostete in der guten alten eurolosen Zeit in der Regel nicht mehr als eine Mark – seien entsprechend selten an sie herangetragen worden, sagt Walter Schweizer: »Unsere Figuren wie etwa die Happy Hippos sind wunderbar gestaltet, mit Liebe zum Detail designt, dazu handbemalt – die haben nicht nur einen hohen ideellen, sondern objektiv einen realen Wert.«

Die Süßwarenstrategen haben ihre Marketinglektionen ordentlich gelernt. Erst loben sie ihre Eier über den grünen Klee. Legen Wert auf die Feststellung, damit alles andere als ein »Kaugummi-Automaten-Produkt« auf den Markt gebracht zu haben. Und dann verknappen sie es. Neue Überraschungs-Eier-Serien stehen, von wenigen Ausnahmen abgesehen, nur zweimal jährlich in den Läden – im Januar und im August, und auch dann nur für begrenzte Zeit. Wer in dieser Zeit nicht zuschlägt, wer seine Serie in dieser Zeit nicht vervollständigt – den bestraft bekanntlich das Leben. Oder ein geldgieriger Händler auf Flohmärkten, Tauschbörsen, Straßenfesten.

Besonders zur Kasse bitten clevere Hartplastikdealer die Ü-Eier-Junkies bei ihrer Hatz nach Happy Hippos. Die notorisch gut gelaunten Dickhäuter sind seit ihrem erstmaligen Auftreten 1988 die absoluten Lieblinge der Schokoeier-Enthusiasten. Eine Entwicklung, auf die Hersteller Ferrero konsequent und clever reagiert hat. Vermenschlichte Krokodile, Elefanten, Schildkröten, Pinguine oder Dinosaurier durften unter den stabreim-schwangeren Künstlernamen »Crazy Crocos«, »Funny Fanten«, »Tapsy Turtles«, »Peppy Pingos« oder »Dapsy Dinos« je zweimal um die Gunst der Kunden buhlen – die »Fancy Foxes« (Füchse) oder »Top Ten Teddies« (Bären), die »Hanny Bunnys« (Hasen) oder »Bingo Birds« (Vögel) gar nur jeweils einmal. Die Happy Hippos hingegen brachten es nach ihrem Debüt bis heute auf fünf weitere Auftritte – ein schier uneinholbarer Rekord.

1990 krabbelten zehn »Happy Hippos im Fitness-Fieber« aus den Eiern – Power Pit, Purzel Peter oder Pudding Paul trainierten mit Hantel, Boxhandschuh oder Liegestütz ihre zu latenter Pummeligkeit neigenden Körper. 1992 machten »Happy Hippos auf dem Traumschiff« eine Kreuzfahrt – Willi Wirbelwind, Freddy Flaute oder Sascha Sonnendeck gaben als Käpt'n, Kellner oder Küchenbulle eine ganz ordentliche Crew ab. 1994 ging die »Happy Hippo Company« an die boomende Börse – Willy Warmluft, Guido Geistesblitz oder Emil Erbsenzähler machten mit Büchern, Aktien und Bilanzen reichlich Umsatz. 1997 feierten die »Happy Hippo Hollywood Stars« Premiere – Rudi Rampenlicht, Arnie Action oder Hubert Hochstapler spielten als Möchtegern-Marilyn, Ersatz-Bogart oder Nachwuchs-Chaplin ganz passable Rollen. Und 1999 stand gar eine »Happy Hippo Hochzeit« auf dem Programm – Susi Sonnenschein und Happy Hippo als Braut und Bräutigam, Papa Papperlapapp und Wilma Weinumskind als stolze Eltern hatten zur Feier des Tages einige krokodilige, bärige oder elefantöse Freunde aus benachbarten Ü-Eier-Serien als Gäste geladen.

Als sich der immense Erfolg der Happy Hippos anzudeuten begann, ging der Süßwarenkonzern aufs Ganze. Er beförderte den entstehenden Nilpferdkult, indem er die Happy Hippos – im Gegensatz zu ihren pinguinigen Brüdern oder schildkrötigen Schwestern – mit allen Mitteln des Marketings zu einer eigenen Marke machte und das Instrument des Cross Sellings perfektionierte wie kaum ein Unternehmen zuvor. So wurden die sympathischen Schwergewichte nach und nach auch in anderen Produkten des Hauses als Beigaben eingesetzt – »Happy Hippo Klebebilder« fanden sich im Schokoriegel Duplo, »Happy Hippo Grußkarten« in einer Packung Kinder Schokolade, »Happy Hippo Bügelbilder« in einem Glas Nutella,

»Happy Hippo Memo Cards« im Knabberspaß Kinder Country. So wurde 1995 ein völlig neues Süßwarenprodukt entwickelt, eine gefüllte Vollmilchschokolade mit Waffel und Haselnusscreme nämlich, und prompt – was die erfolgreiche Markteinführung zu einem Kinderspiel werden ließ – nach den Nilpferden der Nation benannt: »Kinder Happy Hippo Snack«. So wurde über die Jahre ein regelrechter »Happy Hippo Shop« rund um die begehrten Figuren aufgebaut: Er offerierte Puzzles und Handspielpuppen, Sammelposter und Handtücher, Flugdrachen und sogar eine beim Musikmulti BMG Ariola vertriebene und per TV-Spot beworbene CD, auf der Frankfurter Dance- und Technomusiker internationale Klassiker wie »Stayin' Alive« von den Bee Gees oder »Go West« von den Pet Shop Boys in vermeintliches Nilpferddeutsch brachten und für ein Ü-Eier konsumierendes Partyvolk zu »Happy Hippo Hits« aufplusterten. Allein eine ›Kinderino‹ genannte Zeitschrift für ein so junges wie mit Ü-Eiern vertrautes Publikum floppte im Jahr 1999. Das Comic- und Geschichtenmagazin mit grinsenden Happy Hippos auf dem Cover kam nach einem wenig überzeugenden Testlauf im Saarland nie auf den bundesrepublikanischen Markt.

Diejenigen Exemplare jedoch, die seinerzeit zwischen Völklingen und St. Ingbert, zwischen Pirmasens und Saarbrücken an neugierige Nilpferdliebhaber gingen, dürften inzwischen ein Vielfaches ihres damaligen Verkaufspreises von 3,80 DM wert sein. Das jedenfalls legt der Wahnsinn nahe, der sich seit Jahren um die beinahe 60 bisher erschienenen Happy Hippos rankt. Auf Börsen und Märkten, per Internet oder in käuflich zu erwerbenden »Überraschungs-Eier-Figuren-Katalogen« werden einzelne der so beliebten wie beleibten Figuren zu fürwahr abenteuerlichen Preisen gehandelt. Für einen fehlenden Hippi Hippo aus der 1988er Premierenserie legt so mancher Nilpferdkomplettist mal eben 20 Euro auf den Tisch – dafür muss die »lose rosa Brille« aber mit dabei sein. Freddy Flaute, der Matrose aus der 1992er Traumschiff-Reihe, bringt es inclusive des lilafarbenen Rettungsreifens auf stolze 40 Euro. Und wer den Original-Beipackzettel der allerersten Serie besitzen und dadurch Gewissheit haben will, dass die Figur mit den Flossen an den Füßen wirklich auf den Namen Taucher Toni und nicht etwa auf Schnorchel Schorsch hört, der ist leicht und locker schon mal einen halben Hunderter los.

Die Happy-Hippo-Schöpfer sehen derartige Anflüge von Nilpferdwahnsinn durchaus mit Genugtuung. Schließlich ist ein jeder dieser fanatischen Figurenjäger auch ein potenzieller Ü-Ei-Kunde – zumeist sogar einer, der es nicht beim Erwerb eines schnöden Exemplares belässt, sondern beim Einkauf bisweilen den Eindruck vermittelt, eine ganze Schulklasse mit Schleckerkram versorgen zu müssen. Doch noch mehr Kapital aus derartiger Leidenschaft schlagen wollen sie denn doch nicht. »Natürlich könnten wir alle Figuren verfügbar halten und so etwas wie eine Backlist anbieten«, sagt Walter Schweizer, »das brächte uns zwar Geld ein, beschädigte aber unser Image.« Das Geschäft macht stattdessen eine ganze Armada von Beutel- und Halsabschneidern, die den Preis für besonders beliebte beziehungsweise gesuchte Hippo-Exemplare schon mal in ungesunde Dimensionen treibt. Und, wenn sie es allzu bunt treibt, Leute wie Thomas Lux auf den Plan ruft.

Der entnervte Gießener nämlich gründete schon 1992, als bereits drei Happy-Hippo-Serien den Sammeltrieb des Publikums ordentlich gekitzelt hatten, eine »Überraschungs-Eier-Selbsthilfegruppe«. Er konnte es nicht mehr mitansehen, wie Töchterchen Pandora immer wieder Schokoeier ans Ohr hielt, sie schüttelte und horchte – wenn's dumpfer klang als gewohnt, stieg die Hoffnung auf ein Hippo. Er mochte es nicht mehr erleben, wie sie Überraschungs-Eier gleich reihenweise auf die Waage legte – bei einem Gewicht von 30 Gramm oder mehr stieg die Vorfreude auf ein Nilpferd. Und er konnte es nicht mehr ertragen, wenn sie am heimischen Küchentisch 20 neue Schokoeier köpfte und sich statt Nachschub für die Nilpferdsammlung nur Frust abholte, weil die gelbe Kapsel entweder nur Hippos enthielt, die sie bereits besaß, oder Autos zum Zusammenstecken, die sie nicht wollte.

Seine Selbsthilfegruppe brachte auf erst lokaler, später sogar regionaler Ebene Eltern und Kinder mit ähnlicher Leidenschaft zusammen. Und wuchs sich, als die Probleme analysiert und Lösungsstrategien diskutiert waren, zu einer der ersten Tauschbörsen aus. Sammler aus ganz Hessen hinterließen bei Lux Listen mit ihren Gesuchen und ihren zum Tausch vorgesehenen Beständen. Und wer dann bei ihm telefonisch mit dem Wunsch vorstellig wurde, endlich den lange gesuchten »Sauna Sepp« in Händen halten zu können, dem wurde ein möglicher Tauschpartner vermittelt – vorausgesetzt, er rücke im Gegenzug »Emil Eintopf« mit steckbarem Löffel und bemalten Augenlidern heraus. Die Hippo-Tauscherei unter Kindern, Rentnern oder Studenten funktionierte prächtig. Und Lux, des ausufernden Konsums der so begehrten Eier entledigt, sparte jede Menge Geld.

Die Firma Ferrero wird die unkonventionelle Idee des Gießeners und seiner diversen Nachahmer verschmerzt haben. Auch wenn das Naschwerkimperium keinerlei Zahlen über verkaufte Überraschungs-Eier, produzierte Nilpferdfiguren oder gar verbuchte Umsätze herausrückt – die Ü-Ei-Sucht im Allgemeinen und die »Hippomania« im Besonderen haben zig Millionen in die Frankfurter Kassen gespült. Millionen, von denen Alfonso Lopez Negrete gern einen ordentlichen Batzen abbekommen hätte. Weshalb der schon betagte Geschäftsmann aus Mexiko bereits Mitte der neunziger Jahre juristisch gegen Ferrero zu Felde zog und eine Verletzung des Urheberrechts beanstandete. Die kleinen blauen Happy Hippos, so der Vorwurf des Lateinamerikaners, seien seiner Figur »Hippo Azul«, die er bereits zu Beginn der achtziger Jahre für einen Zeichentrickfilm entworfen habe, mehr als nur ähnlich. Sie seien schlicht und einfach geklaut – weshalb er von dem hessischen Schokoladenhersteller Schadensersatz und darüber hinaus eine Lizenzgebühr verlangte.

Erfolg hatte er mit seiner Forderung nicht. Erst wies im Jahr 1997 das Landgericht Mannheim seine auf einen Plagiatsvorwurf gestützte Klage ab. Dann scheiterte er 1999 in zweiter Instanz auch vor dem 6. Zivilsenat des Karlsruher Oberlandesgerichts. Und letztlich musste er im Jahr 2000 auch vor dem Karlsruher Bundesgerichtshof eine Schlappe einstecken, der seinen Revisionsantrag erst gar nicht zur Entscheidung annahm. Übereinstimmend hatten die Juristen quer durch alle Instanzen erklärt, dass eine Verletzung des Urheberrechts nur dann vorliege, wenn der Gesamteindruck der beanstandeten Figur Happy Hippo mit dem Gesamteindruck der geschützten Figur Happy Azul übereinstimme. Zu dieser Meinung jedoch konnten sich die Richter hier wie dort nicht durchringen. Zwar mochten sie nach eingehender Betrachtung von Brummer Beppo (»Fitness-Fieber«, 1990), Tele Toni (»Traumschiff«, 1992) oder Rudi Rohrbruch (»Happy Hippo Company«, 1994) gewisse Ähnlichkeiten zwischen dem Plastiknilpferd zentraleuropäischer und dem mittelamerikanischer Provenienz durchaus nicht abstreiten. Und doch seien zentrale Unterschiede nicht von der Hand zu weisen. Die Happy Hippos seien wesentlich stärker vermenschlicht als Happy Azul, und auch der stark prägende Kopf sei unterschiedlich. Dem mexikanischen Kleinunternehmer mangelt es nach dem finanziell aufwändigen Klageweg nun nicht nur an Ruhm, sondern auch an Geld.

Die Ferrero OHG mbH dagegen kann nach Beendigung des Rechtsstreits ruhigen Gewissens ihre Konten weiter füllen. Die nächste Happy Hippo-Serie, so viel ist sicher, ist in der Kreativabteilung der Frankfurter Konzernzentrale bereits in Vorbereitung. Und auch die dazugehörige Werbekampagne, die ein neues Abenteuer der Nilpferdbande gemeinhin begleitet, wird vermutlich wieder den bereits sattsam bekannten Holpervers beinhalten: »Wir Happy Hippos sind jetzt mit dabei/In jedem siebten Ei«. Bei allem Respekt: Eine literarische Glanzleistung sieht anders aus …

Das Nilpferd und die Literatur

Sich in eine Buchhandlung oder eine Bibliothek zu begeben und schräg gelegten Kopfes die Rücken der in den Regalen befindlichen Bände zu studieren – das ist für Freunde des Flusspferdes immer wieder wie ein Stich ins Herz. Während nämlich ihr Liebling in der wunderbaren Welt der Literatur kaum Spuren hinterlassen zu haben scheint, ist fast jede andere Spezies der Weich-, Wirbel- oder Gliedertiere bis in die erste Reihe vorgerückt. Über Grimms Märchen oder Äsops Fabeln erregen sich die Hippopotamologen schon gar nicht mehr. Die zeitgenössischen Dichter und Denker sind es vielmehr, die ihnen Sorgen bereiten. Von Michael Ondaatje steht dort ›In der Haut eines Löwen‹, von António Lobo Antunes ›Anweisungen an die Krokodile‹, von Julian Barnes ›Flauberts Papagei‹. Von Peter Hoeg ist dort ›Die Frau und der Affe‹ zu finden, von Dario Fo ›Die Geschichte einer Tigerin‹, von Nadine Gordimer ›Die sanfte Stimme der Schlange‹. Auch die deutschsprachigen Autoren suchen ihre animalischen Helden bevorzugt außerhalb der Hippo-Welt – Bernd Schirmer hat ›Schlehweins Giraffe‹ geschrieben, Uwe Timm ›Rennschwein Rudi Rüssel‹, Burkhard Spinnen ›Kalte Ente‹. Und dass Günter Grass voll und ganz auf einheimische Viecher steht und wohl nie in Versuchung kommen wird, das Nilpferd schriftstellerisch zu verewigen, damit haben sich nach ›Die Vorzüge der Windhühner‹, ›Katz und Maus‹, ›Hundejahre‹, ›Aus dem Tagebuch einer Schnecke‹, ›Die Rättin‹ und ›Unkenrufe‹ eh alle achselzuckend abgefunden.

Ins Mark trifft aufrechte Hippopotamologen jedoch, dass sich ausgerechnet ein unmittelbarer Konkurrent ihres verehrten Dickhäuters anschickt, literarisch ganz groß herauszukommen. Erst nämlich veröffentlichte der Franko-Rumäne Eugène Ionesco sein Drama ›Die Nashörner‹ (›Les rhinocéros‹, 1959), später legte der Brite Lawrence Norfolk mit dem Roman ›Ein Nashorn für den Papst‹ nach (›The Pope's Rhinoceros‹, 1996). Und dann erschien zu allem Überfluss im Mai 2001 auch noch die Lyrikanthologie ›Das große Nashornbuch‹. Um das Bremer Modellprojekt einer Schulklasse aus behinderten und nicht behinderten Kindern am Leben zu erhalten, hatte die Crème de la Crème der deutschen Dichtkunst Ende der achtziger Jahre dem Not leidenden Projekt komische, absurde, hintergründige, vor allem aber kostenlose Reime zum Thema »Nashorn« überlassen – eine Hommage an die gleichnamige Zeitung dieser ungewöhnlichen Bremer Schulklasse.

Peter Härtling und Christa Wolf, Herbert Achternbusch und F. C. Delius, Hans Magnus Enzensberger und Sten Nadolny – sie alle und 280 andere Dichtergrößen haben sich fürs Nashorn das Hirn zermartert. Und der gemeine Hippo-Freund fragt sich: Hätten sie das nicht eigentlich auch fürs nicht minder besingenswerte Nilpferd machen können? Wäre Hans Christoph Buchs Vierzeiler *Das Nashorn ist kein Kuscheltier, / kein Wischi-Waschi-Wuschelbär: / Das Nashorn lebt in Afrika, / in Deutschland ist das Nashorn rar* nicht mit »Nilpferd« statt »Nashorn« genauso richtig gewesen? Hätte Simone Borowiaks Gedicht *Das Nashorn ist ein rundes Tier: / Es trinkt pro Tag ein Fässchen Bier. / Und tut ihm mal die Leber weh, / Trinkt es ein Tässchen Lebertee!* nicht mit »Nilpferd« statt »Nashorn« genauso schön geklungen? Und könnte nicht Gerhard Köpfs Beitrag *Ein Nashorn stieg auf einen Berg / dort traf es einen Gartenzwerg / Sie mögen sich sehr gerne / und zählen nachts die Sterne* mit »Nilpferd« statt »Nashorn« genauso gut funktionieren?

Zugegeben: Eine solche dichterische Verbeugung vor dem Nashorn ist ein schwerer Schlag für all jene, die es mehr mit dem Nilpferd als mit seinem Artverwandten halten. Doch allzu sehr mussten sich die Hippopotamologen ob der lyrischen Bevorzugung des Flusspferd-Nebenbuhlers nicht grämen. Die Schriftstellerin Karen Duve nämlich konnte ihre unterschwellige Nilpferd-Präferenz trotz aller Bemühungen nicht verbergen und streute in die bei ihr bestellte Nashorn-Lobhudelei ein wenig Nilpferdiges ein: *Weil das Nilpferd Pickel hat, / puhlt es an der Nase. / ›Vorsicht – das entzündet sich‹, / warnt Professor Hase.*

Auch Eckhard Henscheid rutschte ein Nilpferd in seinen Nashorn-Beitrag – allerdings machte er unmissverständlich klar, dass seine Sympathien doch klar aufseiten des Tieres mit dem merkwürdigen Riechorgan liegen: *Dem Nilpferd ist das Nashorn leid. / Warum? Nun ratet schnell! / Es neidet ihm sein schönes Kleid, / Das Horn und sein Gebell.*

Vielleicht sollten Nilpferdfreunde einfach die Finger von mit Jamben oder Trochäen kunstvoll jonglierenden Verseschmieden lassen. Unfreundlichkeiten in Reimform hat nämlich nicht nur Eckhard Henscheid zu Papier gebracht. Auch der beliebte Autor und Illustrator Horst Eckert, besser bekannt unter seinem Pseudonym Janosch, hält es bekanntlich mehr mit Fröschen, Mäusen, kleinen Bären und Tigerenten. Doch statt derartige Präferenzen im Stillen zu pflegen und seine Nilpferd-Antipathie nicht an die große Glocke zu hängen, gibt er sich im ›Großen Buch vom Schabernack‹ unangemessen hippophob und unterstellt dem Nilpferd, gefährlich und zugleich berechnend zu sein: *Doch ein Bonbonchen aus der Tüte / verwandelt Bosheit leicht in Güte.*

Derweil also ausgerechnet der unter Sozialpädagogen und wesensverwandten Gutmenschen so sehr geschätzte Autor von Kinderbuchklassikern wie ›Kaspar Mütze‹ oder ›Oh, wie schön ist Panama‹ das Nilpferd mit verleumderischen Bemerkungen und lächerlichen Untertönen bei seinem noch formbaren Zwergenpublikum in Misskredit zu bringen versucht, legt sein Kollege Fritz Senft in seiner Anthologie ›Rabenschnabel schnupfen‹ noch eine Schippe drauf. Dem Nilpferd Gefährlichkeit zu attestieren, ist schon ein starkes Stück. Ihm Bosheit zu unterstellen, grenzt bereits an Rufmord. Doch Senft geht noch weiter. Nach wenig charmanten – und auch nicht gerade zutreffenden – Bemerkungen über die Figur des Nilpferds (»mehr lang als rund«) reimt er gnadenlos: *Er träumt tagaus, tagein/Er kennt kein Nützlichsein.*

Angesichts derartiger lyrischer Kolportage sei die Frage erlaubt, woher die Nilpferd-Feindlichkeit dieser und anderer moderner Poeten eigentlich rührt. Wer sich, um dieses Phänomen aufzuklären, ein wenig tiefer in die Historie der Lyrik gräbt, stolpert früher oder später über gleich drei Übeltäter von Weltrang, die mit verbalen Spitzen und ungeheuerlichen Verleumdungen dem Ansehen des Nilpferds nicht nur in der literarischen Welt zutiefst geschadet haben, ob ihres bereits vollbrachten Dahinscheidens indes nicht mehr wegen übler Nachrede zur Rechenschaft zu ziehen sind.

Der eine ist – wer hätte das gedacht? – Eugen Roth (1885–1976). Der Münchner Humorist galt und gilt noch immer als kluger Mann, weltoffener Denker und weiser Spötter. Doch in seinem ›Tierleben für Jung und Alt‹ mokiert er sich, trotz des unbestritten freundlichen Grundtenors, auf süffisante Art und Weise über das Nilpferd. Er zeiht es des fortgesetzten Apfelklaus, der chronischen Völlerei, der unangebrachten Eitelkeit und urteilt schnöde: *die Schnauze ist so aufgeschwollen, dass seine Äuglein ganz verquollen.*

Wiewohl er dem Nilpferd in zehn bitteren Zeilen ein wenig angenehmes Zeugnis ausstellt, lässt sich auch einem zweiten hippokritischen Wortakrobaten ein Hauch Sympathie für das Opfer seines Spotts nicht absprechen. Der für seine grotesk-fantastische Nonsens-Lyrik bekannte Münchner Christian Morgenstern (1871–1914) stellt in seinem Gedicht »Das Nilpferd« selbiges den Lesern zwar als eigentlich strunzdumm vor, kriegt letztendlich aber doch noch die Kurve ins Humanistisch-Bildungsbeflissene:

Ein Nilpferd las sich jüngst, o weh,
statt mit groß 𝔑 *mit groß* ℌ

Worauf es flugs von den Ästheten
als Wappentier ward auserbeten.

Zerknirscht von ungeheurer Pein,
ging es ob dieser Torheit ein …

Seit damals wird dem Nilflusspferd
die deutsche Schrift nicht mehr gelehrt.

Und schreibt man klug das Nilpferdross
römisch und ›Hippopotamos‹.

Ein dritter deutscher Dichtersmann freilich, zudem ein weit berühmterer als Eugen Roth und Christian Morgenstern und Dutzende anderer zusammen, verdammt das arme Tier ausgerechnet in seinem Hauptwerk in Bausch und Bogen, überzieht es mit übelsten Schimpfworten wie etwa »Höllenbrut« und dämonisiert es derart, dass man dem guten Manne, weilte er noch unter uns, dringend zum Besuch eines guten Psychotherapeuten oder zumindest zu einer Dauerkarte für den Frankfurter Zoo raten müsste. Wer's ist, der dem Flusspferd verbal derart eins überbrät? Kein Geringerer als Johann Wolfgang von Goethe (1749–1832)! Der Herr Geheimrat, gemeinhin als der Größte unter den hiesigen Dichtern und Denkern gepriesen, hat seine nilpferdfeindlichen Verbalinjurien relativ zu Beginn seiner Tragödie ›Faust‹ untergebracht. Der Herr Student in seinem Studierzimmer wundert sich über die seltsame Verwandlung seines Köters und zieht, bevor sich Herr Mephistopheles als des Pudels Kern zu erkennen gibt, angesichts der Dinge, die sich da vor seinem Auge abspielen, in Sachen Nilpferd ordentlich vom Leder:

Soll ich mit dir das Zimmer teilen,
Pudel, so lass das Heulen,
So lass das Bellen!
Solch einen störenden Gesellen
Mag ich nicht in der Nähe leiden.
Einer von uns beiden
Muss die Zelle meiden.
Ungern heb' ich das Gastrecht auf,
Die Tür ist offen, hast freien Lauf.
Aber was muss ich sehen!
Kann das natürlich geschehen?
Ist es Schatten? Ist's Wirklichkeit?
Wie wird mein Pudel lang und breit!
Er hebt sich mit Gewalt,
Das ist nicht eines Hundes Gestalt!
Welch ein Gespenst bracht' ich ins Haus!
Schon sieht er wie ein Nilpferd aus,
Mit feurigen Augen, schrecklichem Gebiss.
O! du bist mir gewiss
Für solche halbe Höllenbrut
Ist Salomonis Schlüssel gut.

Wenn sich schon der Nestor der deutschen Dichtkunst derart despektierlich über den Dickhäuter mit dem breiten Maul äußert, dann ist von seinen kreuz-, stab- oder paarreimenden Nachfahren eigentlich nur wenig Gutes zu erwarten. Doch die derart herausgeforderte Dichterriege hat sich summa summarum dann doch fair dem Hippopotamus gegenüber verhalten. Und in der Folgezeit Reime, Strophen und Gedichte verfasst, die sich – im Gegensatz zu den Werken der Herren Henscheid, Janosch, Roth und Goethe – durch Witz, Originalität, Liebreiz und ausgewiesene Nilpferdfreundlichkeit auszeichnen.

Da ist zum Beispiel Joachim Ringelnatz (1883–1934). Der brachte, statt die Gräben zwischen Nilpferdfreunden und Nilpferdgegnern weiter aufzureißen, einen neuen Ton der Herzlichkeit in die bis dahin eher von Aggressivität bestimmte Debatte. Sein Gedicht ist zwar nicht so kurz wie Karl Valentins schnoddriger Zweizeiler aus dem ›Maskenball der Tiere‹ (»Das Nilpferd, das Nilpferd/benahm sich wirklich ganz geschert«), dafür kann man es aber ohne Hinzuziehung eines bajuwarischen Dialektlexikons verstehen. Ringelnatz schreibt über ein schalkhaftes Federchen, das beschließt, ein im Sand schlummerndes Nilpferd zu necken: »Aufs Nilpferd setzte sich die Feder/Und streichelte sein dickes Leder./Das Nilpferd öffnete den Rachen./Und musste ungeheuer lachen.«

Als Humorist und Satiriker mindestens ebenso berühmt wie Joachim Ringelnatz war der Hannoveraner Wilhelm Busch (1832–1908). Obwohl in die Literaturgeschichte in erster Linie wegen ›Die fromme Helene‹ und ›Max und Moritz‹ eingegangen, hat er der Nachwelt doch zwei hübsche Miniaturen in Sachen Nilpferd hinterlassen. Die erste der beiden beschreibt ein eher ungleiches Paar und geht so:

Die Nachtigall singt wunderschön.
Das Nilpferd bleibt zuweilen stehn.

Die zweite ist in voller Länge dem Hippopotamus gewidmet und klingt so:

Das Nilpferd pflückt sich oft gemütlich
Ein Blümchen ab. Das macht sich niedlich.

Der US-Schriftsteller Odgen Nash (1902–1971) beließ es dagegen nicht bei nilpferdfreundlichen Andeutungen. Der Poet, der sich dank seiner »Verse in freier Metrik und Nonsens-Verse« stramme vier Zeilen in deutschsprachigen Konversationslexika erdichtet hat, lobpreiste (oder heißt es: lobpries!?)

das Tier 1935 in seinem Achtzeiler »The Hippopotamus« ob seiner durchaus diskutierenswerten Schönheit und stellte gleichzeitig die ketzerische Frage in den Raum, ob eigentlich der Mensch in puncto Anmut das Nonplusultra sei:

Behold the hippopotamus!
We laugh at how he looks to us,
And yet in moments dark and grim
I wonder how we look to him.
Peace, peace, thou hippopotamus!
We really look all right to us.
As you no doubt delight the eye
Of other hippopotami.

Vor allem aufgrund seiner Nonsensverse hat auch der in Frankreich gebürtige englische Autor Hilaire Belloc (1870–1953) hier und da Eingang in die Literaturgeschichte gefunden. Wiewohl als wahres Multitalent in einer Person Reiseliterat, Romancier, Essayist und wortgewaltiger Kämpfer für beinharten Katholizismus, ist heute vor allem das komische Kinderbuch ›The Bad Child's Book of Beasts‹ von 1896 mit seinem Namen verbunden.

Der möglicherweise berühmteste Vierzeiler aus diesem heute noch viel verkauften Klassiker ist dem Nilpferd gewidmet:

I shoot the hippopotamus
With bullets made of platinum
Because if I use leaden ones
His hide is sure to flatten 'em.

Und selbst ein leibhaftiger Nobelpreisträger ließ es sich – ›The Waste Land‹ hin, ›Ash Wednesday‹ her – nicht nehmen, sich einen Reim auf das Nilpferd zu machen. Der als Amerikaner geborene und als Brite gestorbene Thomas Stearns (= T. S.) Eliot (1888–1965) bekam 1948 die höchste literarische Auszeichnung der Welt zwar nicht für sein insgesamt neunstrophiges und eigentlich mehr die Kirche denn die Flusspferde preisendes Gedicht »The Hippopotamus«, kann aber für sich in Anspruch nehmen, die internationale Hippoesie um ein besonders hübsches Stückchen Schriftstellerei bereichert zu haben. Weil das Ganze furchtbar lang ist, soll die erste Strophe reichen. Als Trost gibt es sie doppelt – auf Englisch und auf Deutsch:

The broad-backed hippopotamus
Rests on his belly in the mud;
Although he seems so firm to us
He is merely flesh and blood.

Der wulstnackige Hippopotamus
Im Matsch auf seinem Bauche ruht,
Wiewohl er so massiv erscheint,
Ist er doch nur Fleisch und Blut.

In Anbetracht derart charmanter Hippo-Elogen konnte dann auch Eugen Roth nicht anders, als seine kritisch-spöttischen Aussagen über das Nilpferd noch einmal zu überdenken. Als wollte er alles Ungemach vergessen machen, schrieb er – doppelt gereimt hält besser – gleich zwei neue Lobreden auf das zuvor zu Unrecht geschmähte Tier. Zum einen macht er (dahinter darf man wohl ein Stück Selbsterkenntnis vermuten) den Menschen als ärgsten Feind des Nilpferds aus: *Solange ihm der Mensch nichts tut / Geht es dem braven Nilpferd gut.* Zum anderen entwirft er konsequenterweise ein Idyll aus Nilpferd und Vögelchen, der Mensch bleibt als Betrachter außen vor: *Da denkt man sich: was sind die beiden / Tierchen im Grunde zu beneiden.*

Bevor wir uns nun allerdings in den Tiefen der Fachdiskussion verlieren, über Anapäst oder Daktylus daherreden, strömenden oder bauenden Rhythmus ausfindig machen, männliche oder weibliche Reime zu erkennen glauben, brachykatalektische oder hyperkatalektische Versschlüsse hervordröseln und über Hexameter oder Pentameter philosophieren, verlassen wir flugs die Gattung der Lyrik und wenden uns ihrer dramatischen Konkurrenz zu, die wir mit Goethes ›Faust‹ ja bereits kurz gestreift haben. Wir können es in diesem Fall relativ kurz machen und achselzuckend festhalten: Das Nilpferd eignet sich offensichtlich nicht fürs Theater. Sophokles und Euripides, Schiller und Molière, Brecht und Dürrenmatt – sie alle haben in übereinstimmender Ignoranz den Hippopotamus als Handlungsträger ihrer Stücke verschmäht und sich stattdessen an liebestollen Königen, eingebildeten Kranken, couragierten Marketenderinnen, alten Damen oder helvetischen Kunstschützen schadlos gehalten. Selbst William Shakespeare als der unbestritten Größte seiner Zunft ließ in ›Richard III.‹ die einmalige Chance verstreichen, dem Gegenstand unserer Untersuchung durch des Protagonisten Ausruf »Ein Nilpferd! Ein Nilpferd! Mein Königreich für'n Nilpferd!« auf ewig einen Platz in den Zitatenschätzen dieser Welt zu sichern.

Bleiben aus rund 2500 Jahren Theatergeschichte gerade einmal zwei weitgehend unbekannt gebliebene Stücke neueren Datums, die das Nilpferd auf die Bühne zu bringen wagten. Das eine stammt aus dem Jahr 1989, ist von Heinz Großmann und Werner Spohn verfasst und trägt den Titel ›Johannes, das Nilpferd‹. Mit dem nicht eben schmeichelnden Spitznamen »Nilpferd« wird in dem Jugendtheaterstück der Viertklässler Johannes aufgezogen, weil er etwas dicklich und reichlich unsportlich daherkommt. Doch durch das Engagement der neuen Mitschülerin Margarete und das Geheimnis der verschwundenen Klassenkasse kommt langsam, aber sicher ein Meinungsumschwung in Gang. Immer mehr derjenigen Schüler, die Johannes einst verspottet, ausgelacht und ausgegrenzt haben, müssen erkennen, dass Nilpferde ziemlich gutmütige Gesellen sind, sich nicht einfach umstoßen lassen und in ihrem Element wendig und geschickt sind. Am Ende guckt Oberekel Frank in die Röhre, wird Johannes zum Klassensprecher gewählt, erklären die Schüler das Nilpferd zu ihrem Klassentier und singt die gesamte geläuterte Bande gemeinsam den Abschluss-Song: »Ein Nilpferd zu sein, ist wunder-, wunderschön«.

Es kann zwar nicht schnell laufen
und ist so kugelrund,
dafür macht es beim Tauchen
Blasen mit dem Mund.

Für ein noch jüngeres Publikum ist das Lustspiel ›FlussPferde‹ der Schwedin Anneli Mäkelä gedacht. Diese für zwei Schauspieler geschriebene Selbstfindungsgeschichte will Kindern ab vier Jahren Mut machen, auf die eigenen Fähigkeiten und Besonderheiten zu vertrauen, und sie gleichzeitig dazu auffordern, die Eigenarten anderer zu tolerieren. Ein ungleiches Pferdepaar soll diese pädagogische Botschaft transportieren. Das eine Pferd ist dick wie eine Tonne, lebt behaglich im Wasser und ist zufrieden mit seinen schönen Speckrollen, die ihm das Schwimmen so leicht machen. Es liebt seine Schwimmhäute, die kurzen stämmigen Beine und sein nützliches Stummelschwänzchen.

Sein Leben könnte eigentlich nicht schöner sein, bis eines Tages ein zweites Pferd auftaucht, das ganz anders aussieht. Sein Fell glänzt, es steht stolz auf schlanken Beinen, tänzelt nervös hin und her und lässt seinen langen Schweif übermütig im Wind wehen. Fortan bewundern sie sich gegenseitig. Das starke Pferd träumt vom Tanzen – und das elegante Pferd sehnt sich danach, in den Wellen zu reiten. Also rackern sie sich ab, um ihre Träume von einem anderen Leben Wirklichkeit werden zu lassen. Das eine Pferd hungert und turnt, um eine schlanke Figur zu erhalten. Das andere Pferd frisst und steht still, um ein paar Kilo mehr auf die Rippen zu bekommen.

Doch es funktioniert hier wie dort nicht: Das nunmehr magere Flusspferd kann am Ende seiner Fastenkur ebenso wenig tanzen wie das nunmehr pummelige Pferd schwimmen. Und es kommt noch schlimmer: Selbst ihre ursprünglichen Fähigkeiten haben die beiden in ihrem Bemühen, einmal in die Haut des anderen zu schlüpfen und so schön beziehungsweise so stark zu sein wie dieser, dummerweise verloren ...

Doch nicht nur die Lyrik und die Dramatik vermögen ihren Lesern, Zuhörern oder Zuschauern Lebensweisheiten und pädagogische Leitlinien mit auf den Weg zu geben. Auch die dritte Gattung der Literatur, die Epik, ist zu solchen Zwecken bestens zu gebrauchen. Beziehungsweise zu missbrauchen, wie man am Beispiel der unsäglichen, mitunter gar Schlager singenden Autorin Johanna von Koczian sieht. In ihrer Kurzgeschichte ›Der geheimnisvolle Graf‹ äußert sie sich derart negativ und herablassend über den Hippopotamus, dass sensible Zeitgenossen diese in manchen Kreisen als »Schriftstellerin« angesehene Dame weitgehend mit Verachtung strafen: *Der allesspendende Nil wurde durch ein hässliches dickes Nilpferd symbolisiert, das die Göttin Opet darstellte. Sollte diesem plumpen, stumpfsinnigen Tier wirklich all der Reichtum, all die Fruchtbarkeit zu danken sein, die der Nil mit seinen Überschwemmungen mit sich brachte?*

Leider ist diese Person nicht die einzige Literaturschaffende, die mit unbedachten Worten und beleidigenden Untertönen dem eigentlich guten Leumund des Nilpferds schadet. Ihr gleich tut es Helmut Böger, der in seinem Roman ›Kanzlerfest‹ des Regierungschefs Gattin flusspferdfeindlich daherschwafeln lässt: *Anschließend hast du mir den ganzen Abend etwas erzählt über Regelsätze, Mehrbedarfszuschläge, Hilfe zum Lebensunterhalt und so'n Kram. Getanzt hast du wie ein Nilpferd an Land. Meine Füße taten mir drei Tage weh.*

Nicht minder unreflektiert macht sich Jakob Arjouni (geboren 1964) in seinem ansonsten durchaus lobenswerten Krimi ›Happy Birthday, Türke‹ (1987) über das Nilpferd und andere gesellschaftliche Außenseiter lustig. Sein Held, der türkischstämmige Privatdetektiv Kemal Kayankaya, kreuzt bei seinen Nachforschungen im Frankfurter Bahnhofsviertel in der nicht nur gastronomisch fragwürdigen Lokalität »Heinis Hühnerpfanne« auf und beschreibt die nicht eben Vertrauen erweckende Gestalt des Kellners später wie folgt:

Einen Hals gab es nicht, nur eine Speckrolle, die sich zwischen Kopf und Schulter zwängte. Die Beine waren kurz und krumm, und sein Bauch sah aus, als hätte er einen Fußball verschluckt.
»Was wünschen der Herr, äh?«
Als sollte ich ihn streicheln, streckte er mir kokett den Fußball entgegen.
»Scotch, Kaffee und ein bisschen frische Luft.«
»Sofort.«
Er drehte sich um und tanzte mit derbem Hüftschwung hinter die Theke. Er hatte etwas von einem schwulen Nilpferd.

Man könnte angesichts dieser Beispiele vermuten, solch abschätzige Nilpferd-Bemerkungen deutscher Prosaisten seien möglicherweise ihrem Alter, ihrer Nationalität oder gar dem Zeitgeist geschuldet, der sie, ohne dass sie etwas dafür können, umweht. Aber nein: Häme, Spott und andere Garstigkeiten haben die Verfasser von Geschichten und Erzählungen, Romanen und Novellen, Märchen und Sagen in jedem Alter, in jeder Kultur und zu jeder Zeit über dem Nilpferd ausgekübelt.

Der Franzose Guy de Maupassant (1850–1893) etwa meinte in seiner in dem Band ›Die Totenhand und andere phantastische Erzählungen‹ abgedruckten Geschichte »Der Horla«: *Ah, der Elefant, das Nilpferd, wie viel Anmut ward an sie verschwendet! Und welche Eleganz an das Kamel!* Der Brite David Lodge (geboren 1935) ließ in seinem Roman ›Ortswechsel‹ von 1975 den Literaturdozenten Morris Zapp dezent nilpferdkritische Gedanken über seine »Mitarbeiter im Weinberg der Literatur« wälzen: *Aus seiner Sicht waren das wirre, wankelmütige, verantwortungslose Gesellen, die sich im Relativismus wälzten wie Nilpferde im*

Schlamm und kaum einmal die Nase an die Luft gesunden Menschenverstandes steckten. Und sein Landsmann Peter Ustinov (geboren 1921) lässt in seinem Roman ›Der alte Mann und Mr. Smith‹ von 1990 einen stark schwitzenden Prediger namens Reverend Henchman vor den versammelten Betbrüdern und -schwestern in der Stained Glass Church of Many Colours den einen oder anderen Witz auf Kosten des wehrlosen Dickhäuters machen:

»Gott hat Humor! Verflixt, den muss er haben! ... Wenn man nach den Kreaturen geht, mit denen er seine grüne Erde geschmückt hat ... das Nilpferd ... Schon mal eines gesehen?« (Yeah!) »Nun, wer sich ein Nilpferd ausgedacht hat, der muss einfach Humor haben, versteht ihr?«

Der »Alte Mann« als einer der beiden Protagonisten verstand ganz offensichtlich und schlug deshalb rund 70 Seiten später in eine ähnliche Kerbe, indem er sich über das Gebalze liebeskranker Hippos und ihren Sinnenrausch lustig macht. Doch das ist, bei allem Verständnis für die schwere Arbeit der Humorproduktion und für die eine oder andere Zote, allerunterste Schublade! Wie gut, dass man in solchen Momenten der Verzweiflung auch ein paar freundlicheren Stimmen aus dem epischen Literaturlager lauschen kann. Der Stimme des Amerikaners Samuel Langhorne Clemens alias Mark Twain (1835–1910) zum Beispiel, der einst – leider ist mir entfallen, wo genau – kundtat: *Vermutlich besteht eine Verbindung zwischen einer Rose und einem Nilpferd, und doch würde nie ein junger Mann auf die Idee kommen, seiner Geliebten einen Strauß Nilpferde zu überreichen.* Der Stimme des Düsseldorfers Heinrich Spoerl (1887–1955) etwa, der in seinem humoristischen Roman ›Die Feuerzangenbowle‹ von 1933 fragte:

»Was ist der Unterschied zwischen einem Nilpferd?«
Das war zu hoch für Herrn Knoll. ›Der Unterschied zwischen einem Nilpferd und was?‹

»Weiter nichts. Der Unterschied zwischen einem Nilpferd!«

»— —«

»Am Lande läuft es und im Wasser schwimmt es, ha-ha.«

Oder der Stimme des Briten Charles Lutwidge Dodgson alias Lewis Carroll (1832–1898), der in seiner ›Alice im Wunderland‹-Fortsetzung ›Alice hinter den Spiegeln‹ von 1871 der Nachwelt einen nonsens- sowie nilpferdstrotzenden Dialog zwischen der Weißen Königin und Alice hinterlassen hat. Die Weiße Königin erzählt, dass Goggelmoggel mit einem Korkenzieher an die Haustür gekommen sei, und zwar habe er dringlich ein Nilpferd gebraucht. *Nun traf es sich aber leider, dass ausgerechnet an diesem Vormittag keines im Haus war. »Gewöhnlich wohl schon?«, fragte Alice verwundert. »Nein, eigentlich nur donnerstags«, sagte die Königin.*

Selbst in den literarisch weniger hoch angesehenen Genres der Schauergeschichte und der Fabel hat sich das Nilpferd mehr oder minder unbemerkt eingenistet. Edgar Allan Poe (1809–1849) als der Horror-Großmeister der Prä-Stephen-King-Ära benutzt die Tiere in seiner am »trostlosen Fluß Zaire« spielenden Kurzgeschichte »Siope« (Originaltitel: »Silence«, erstveröffentlicht in ›The Baltimore Book‹, 1837) als 1A-Gruselverstärker:

Da begab ich mich tiefer in morastige Abgeschiedenheit, und watete hinein in die Lilienwildnis, und rief den Flusspferden, die zwischen Sümpfen hausen, in morastiger Abgeschiedenheit. Und die Flußpferde horchten auf meinen Ruf, und drangen, ganz Behemoth, bis zum Fuß jenes Felsens, und grölten laut & erschreckend unterm Monde.

Die Geschichte »Die Liebesleute« des amerikanischen Schriftstellers James Thurber (1894–1961) kommt dagegen, wie's der Gattung der Fabel frommt, eher lehr- denn spannungsreich daher. Der der Fabel immanente moralische Lehrsatz lautet in diesem Falle »Lache, und die Welt lacht mit dir; liebe, und du stehst mit deiner Liebe allein« und wird am Beispiel eines Graupapagei-Ehepaares und eines benachbarten Nilpferd-Pärchens auf seine Wahrheit überprüft. Die Flattermänner bespötteln von ihrem günstig gelegenen Aussichtspunkt hoch oben das Turteln der schmusenden Dickhäuter, nennen die Nilpferd-Dame eine »umgestülpte Badewanne« und meinen, die sich verliebt im Morast suhlenden Hippos seien »so attraktiv wie ein Küstendampfer, der mit völlig durchweichten Basketbällen beladen ist«. Als das liebestolle Schnaufen und Prusten allen scharfzüngigen Kommentaren zum Trotz kein Ende nehmen will, denken die Papageien sogar daran, den Afrikanischen Sicherheitsdienst (ASD) zu alarmieren: »Wenn zwei so riesige, plumpe Geschöpfe, die schon längst anständige Fossilien hätten werden müssen, derart ungeniert ihre Gefühle zur Schau stellten, dann gefährdeten sie damit möglicherweise die Sicherheit des Dschungels.« Wie der Nachbarschaftsstreit indes ausgeht, das werde ich Ihnen nicht verraten. Die Auflösung findet sich in Thurbers 1973 erschienenem Buch ›75 Fabeln für Zeitgenossen‹.

Nach all diesen eher kürzeren Nilpferd-Episoden, die in der Literaturgeschichte zwar keine gewaltigen, aber doch merkliche Spuren hinterlassen hatten, kam das Erscheinen des Roman-Zweitlings des englischen Autors Stephen Fry (geboren 1957) einer mittelschweren Sensation gleich. Das zuvor bereits als Stückeschreiber, Kolumnist, Schauspieler, Fernsehwitzbold und Librettist aufgefallene Multitalent veröffentlichte nach ›Der Lügner‹ nun die vermeintlich deutlichste Hippo-Hommage aller Zeiten: ›Das Nilpferd‹ (1994). Doch wenngleich sich die Rezensenten an Superlativen überboten, von einem »Feuerwerk der Aphoristik« schwärmten (›The Times‹), als »die geistigen Vorfahren des Nilpferds unverkennbar die Marx Brothers« ausmachten (›Literary Review‹) oder das Buch ob seiner »knüppeldicken Sexualitäten, haarsträubenden Albernheiten, raffinierten Anspielungen, groben Witze und geistreichen Witze« schier in den Himmel lobten (›Frankfurter Allgemeine Zeitung‹) – mit Nilpferden an und für sich hat das sofort auf Platz 1 der britischen Bestsellerlisten platzierte Werk eigentlich herzlich wenig zu tun. Vielmehr handelt es von einem alternden und zynischen Schürzenjäger und Dichter namens Ted Wallace, von Gratisgetränken, Gurkensaft, Geistheilungen und Pferdegebissen. Hippopotamalogen reservierten dem Werk mit dem aussagekräftigen Titel nichtsdestrotrotz einen Ehrenplatz im Bücherregal. Zumal das Cover eine altertümliche rote Badewanne zeigt, aus deren linker Seite der Autor hervorlugt und deren rechten Teil der tierische Titelheld bewohnt, was Stephen Fry zu der Richtigstellung veranlasste, entgegen anders lautenden Gerüchten »noch nie mit einem Nilpferd gebadet« zu haben.

Wer ehrlich zu sich selbst ist, muss diesem zweifelsfrei großartigen Roman nach sorgfältiger Lektüre nur bedingte Nilpferdtauglichkeit attestieren. ›Das Nilpferd‹ also als hippopotame Mogelpackung: Gibt es denn, so fragten sich Flusspferdfreunde allerorten, in der den Gesetzen des Verses trotzenden Spielart der Prosa nicht ein einziges Werk, das ihr moppeliges Lieblingstier zur definitiven Hauptfigur und zum eigentlichen Helden erkoren hat? Allen Mühseligen und Beladenen sei gesagt: Doch, eines gibt es. 1902 ist es in der »Herzogl. Sächsischen und Fürstlich Schaumb.-Lippischen Hofverlagsbuchhandlung von J. C. C. Bruns« zu Minden erstmals erschienen. Der in der deutschen Literaturgeschichte nur als originell-absurde Fußnote verzeichnete Paul Carl Wilhelm Scheerbart (1863–1915) hat es geschrieben. Und betitelt ist es: ›Immer mutig!‹ Doch erst der Untertitel deutet an, wo's wirklich langgeht: »Ein phantastischer Nilpferderoman mit 83 merkwürdigen Geschichten.« Was man nun darunter zu verstehen hat? Ein der Wanderlust frönender Dichter verläuft sich im Gebirge, kriegt erhebliches Muffensausen, weiß vor lauter Höhenangst nicht mehr weiter – da erscheint ihm »ein kleines Nilpferd, das kaum halb so groß war als ich selbst«. Der freundliche Dickhäuter beruhigt den nervösen Bergkraxler, sagt vertraut »Onkelchen« zu ihm, bittet ihn in seine mit einem großen grünen Ofen und einer dunkelgrauen Plüschdecke hübsch ausstaffierte Wohnung und macht sich anheischig, den Verlaufenen nach allen Regeln der Kunst retten zu wollen. Eines allerdings bittet sich das Nilpferd, das sich im späteren Verlauf als der ägyptische Pyramideninspektor Ribbodi vorstellt, für seine Hilfestellung aus: Poesie. Und so reiht der Ich-Erzähler zu des Hippos Vergnügen Clownerien und Späße, Träume und Scherzos, Märchen und Ulk aneinander. Um sich am Ende, nach dem Vortrag der 83 in seinen zahlreichen Taschen verstauten kurzen bis sehr kurzen Geschichten durcheinander von Wahn und Wirklichkeit, in einem Roggenfeld zwischen Kornblumen und seinem Dackel wiederzufinden. Das Nilpferd ist fort. Und der heil den Heimweg antretende Dichter denkt bei sich: »Das ist der niemals erschöpferische Reichtum der Welt!«

Was das alles soll? Was das zu bedeuten hat? Ob es einen tieferen Sinn gibt? Keine Ahnung, fragen Sie mich was Leichteres. Klar ist nur: Ein nilpferdigeres Stück Prosa hat es – die Märchen der Massai in Tansania, der Sanga in Zaire, der Ambundu in Angola oder der Zulu in Südafrika einmal außer Acht gelassen – in der Literaturgeschichte bis heute nicht gegeben. Zumindest in der so genannten Erwachsenenliteratur nicht. Bei den Büchern allerdings, die sich an Kinder und Jugendliche wenden, sieht die Sache schon ganz anders aus. Da scheint es, als sei kein anderes Geschöpf auf der Welt besser dafür geeignet als das Nilpferd, absurde Abenteuer zu erleben und hanebüchene Situationen zu überstehen.

Heldenhafte Hippos jedenfalls gibt es auf der ganzen Welt. In der Tschechischen Republik zum Beispiel, wo Libuse Palaček ›Stupsi‹ veröffentlicht hat, die (so der Untertitel) »Geschichte vom kleinen Flusspferd, das auf der Suche nach sich selbst ist« – und sich nach zahllosen Eskapaden natürlich auch findet. In Belgien, wo Ria Baens die Geschichte von ›Neeltje

Nijlpaard‹ erzählt, die vor lauter Fresserei so groß geworden ist, dass sie nicht mehr durch die Tür passt. In den USA, wo Roger Duvoisin ›Veronika, das Nilpferd‹ gleich mehrere Ausflüge in die Wolkenkratzer-Städte unternehmen lässt. In der Schweiz, wo uns Peter Fahr mit ›Nono Nilpferd‹ bekannt macht. In Japan, wo Yukata Sugita dafür sorgt, dass ›Das Nilpferd Anti Lo Pe‹ Felswände hinaufklettern kann. In Australien, wo Hazel Edwards ungestraft behaupten kann: »There's a Hippopotamus on our Roof eating Cake«. In Frankreich, wo Christine Chagnoux die Kunststückchen von ›Petit Potam im Zirkus‹ aufgeschrieben hat. In Österreich, wo Susanne Fülscher sich die Frage stellt: »Was macht ein Nilpferd in Paris?« In England, wo Jonathan Shipton unter dem Titel ›How to be a Happy Hippo‹ die liebevolle Beziehung zwischen Nilpferdsohn und Nilpferdpapa aufgezeichnet hat. In Deutschland, wo Lothar Otto seine Leser mitnimmt auf die Reise nach dem entlaufenen Zirkusnilpferd »Ottilie«. Oder in Schweden, wo sich Lena Landström etwas besonders Schönes ausgedacht hat, das sie so schlicht wie eindringlich ›Die Geschichte vom Nilpferd‹ genannt hat.

Die Zahl der Kinderbücher, die ein Nilpferd statt des üblichen Löwen, Hundes oder Bären zum Helden ihrer Geschichte erkoren haben, geht weltweit inzwischen in die Hunderte. Sie heißen ›Manege frei für Katharina‹ (Gerda Anger-Schmidt) oder ›Ein Nilpferd kommt‹ (Peter Fink), ›Jupa, das Nilpferd‹ (Hans Gerhard Berge) oder ›Nilpferde im Kirschbaum‹ (Gerald Herrmann), ›Viktor, das fliegende Nilpferd‹ (Guy Counhaye) oder ›Ein Nilpferd kommt selten allein‹ (Margaret Mahy und Steven Kellogg). Sie sind lustig (Józef Wilkon: ›Das Pferd am Nil‹) oder traurig (Arne Norlin: ›Die Geschichte vom traurigen Nilpferd‹), abenteuerlich (Ursel Scheffler: ›Das rote Nilpferd‹) oder philosophisch (Donna Bee: ›Norbert der Nachtwandler‹). Sie sind von Männern geschrieben (Thomas Schweizer: ›Ich und das Nilpferd‹) oder von Frauen (Mwenye Hadithi: ›Hippo will ins Wasser‹).

Und manchmal sogar von renommierten literarischen Größen. Gerhard Mensching (1932–1992) etwa, 1989 mit dem Literaturpreis der Lese- und Erholungsgesellschaft Bonn (LESE) ausgezeichnet und mit dem Roman ›Die abschaltbare Frau‹ (1991) sowie der Novellensammlung ›Die violetten Briefe‹ (1989) zu einem Begriff in der deutschen Literatur geworden, veröffentlichte 1991 sein Kinderbuch ›Großvaters Geschichten vom Nilpferd und der Raupe‹. Thomas Rosenlöcher (geboren 1947) – mit dem Georg-Maurer-Preis (1989), dem Hugo-Ball-Förderpreis (1990) oder dem F.-C. Weiskopf-Preis der Ostberliner Akademie der Künste (1991) bereits mehrfach dekoriert und ob seiner Gedichtsammlungen (›Ich sitze in Sachsen und schau in den Schnee‹) und Essaybände (›Ostgezeter‹) im Literaturbetrieb eine feste Größe – veröffentlichte 1991 seine komische Geschichte ›Der Mann, der ein Flußpferd war‹.

Der allererste jedoch, der sich als veritabler Großschriftsteller herabließ, ein Kinderbuch zum Thema »Nilpferd« zu verfassen, war der Mitbegründer der legendären Gruppe 47, Wolfdietrich Schnurre (1920–1989). Der gebürtige Frankfurter hatte die deutsche Nachkriegsliteratur mit Werken wie ›Die Rohrdommel ruft jeden Tag‹ (1951), ›Sternstaub und Sänfte‹ (1953) oder ›Kassiber‹ (1956) entscheidend mitgeprägt und war für seine Verdienste als Erzähler, Lyriker und Essayist mit zahlreichen Preisen geschmückt worden – dem Preis »Junge Generation« zum Kunstpreis Berlin etwa (1958), dem Immermann-Preis (1959) oder dem Georg-Mackensen-Literaturpreis (1962). Krankheitsbedingt – er litt 1964/65 schwer an der Nervenentzündung Polyneuritis – musste sich Schnurre in den sechziger Jahren umorientieren. Er widmete sich fortan dem Verfassen von Kinderbüchern – und bescherte seinen Lesern 1970 die Nilpferd-Geschichte ›Die Wandlung des Hippipotamos‹. Das Buch ist zwar recht schmalbrüstig und nur schwarzweiß illustriert, dennoch unter Antiquaren ein heiß begehrtes und teuer gehandeltes Werk. In der Geschichte geht es um ein philosophisch angehauchtes Nilpferd, seinen Heißhunger auf Sumpfdotterblumen und seine Gewichtsprobleme. Was sich genau ereignet, sei an dieser Stelle nicht verraten. Der letzte Satz soll, die Neugierde zu wecken und zugleich den Appetit zu zügeln, genügen: »Ich hass' meinen Bauch, doch ich lieb' meine Seele.«

Das Nilpferd und die Gastronomie

Helme Heine, der sich mit seinen ›Na warte, sagte Schwarte‹-Bestsellern in Krabbelgruppen und bei Jugendbuchhändlern so etwas wie literarischen Ruhm erschrieben hat, mag man gewissen dichterischen Charme und das Talent zur Kinderbelustigung durchaus nicht absprechen. Mit seiner Nilpferdfreundlichkeit hingegen scheint es nicht weit her zu sein. Sein Gedicht »Mahlzeit« jedenfalls, enthalten in dem Band ›Sieben wilde Schweine‹, ist lyrisch alles andere als eine Leckerei – und hippopotamologisch eine Katastrophe. Erzählt es doch von einem Krokodil, das nacheinander einen »Reiher«, »zwanzig Eier«, einen »Elefanten«, gefolgt von einem »Unbekannten« sowie »ein Nilpferd und den Missionar, der leider knochig war«, verzehrt. Über Geschmack lässt sich bekanntlich nicht streiten. Aber sich aus purer Fresslust noch ein komplettes Hippo vom Schlund bis zum Schwänzchen einzuverleiben, das überfordert sowohl des Krokodils Magen als auch des Nilpferdfreunds Vorstellungsvermögen.

Ein Essverhalten, wie es Helme Heines rustikales Reptil an den Tag legt, mögen gemeine Nilpferdliebhaber nicht einmal zum Spaß goutieren. Auch mit den Ernährungsgepflogenheiten afrikanischer Naturvölker, die nicht zuletzt in Zeiten extremer Hungersnöte Nilpferdfleisch durchaus als Delikatesse zu schätzen wissen, haben sie bei aller Dritt-Welt-Bewegtheit und allem Verständnis für das Bauchgrimmen des kleinen Mugobongo (danke, Arnulf Rating!, danke, Heinrich Pachl!) erhebliche Schwierigkeiten. Und das »Rezept für ein Nilpferdsandwich« des durch seine Songtexte für die chaotische US-Rockgruppe »Dr. Hook and the Medicine Show« (»Sylvia's Mother«) bekannt gewordenen amerikanischen Lästermauls Shel Silverstein halten sie wahlweise für eine bodenlose Unverschämtheit oder für schiere Blasphemie:

A hippo sandwich is easy to make.
All you do is simply take
One slice of bread,
One slice of cake,
Some mayonnaise,
One onion ring,
One hippopotamus,
One piece of string,
A dash of pepper –
That ought to do it.
And now comes the problem ...
Biting into it!

Selbst der zumindest im deutschen Sprachraum (sprich: Bundesrepublik, Schweiz, Österreich, Be-Ne-Lux, Tansania, Togo und Namibia) profundeste Vorschlag für eine leckere Hippo-Hauptspeise lässt sie fast automatisch an unschöne Dinge wie Folterkammern, Voodoo-Riten oder Kettensägenmassaker denken.

Das Rezept, das Vicco von Bülow alias Loriot den Gourmetgurus hierzulande bereits vor Jahrzehnten anempfahl, ist in seiner rabiaten Radikalität aber auch nur denjenigen Schmeckleckern anzuraten, die mit einem eher unempfindlichen Magen gesegnet sind: Für »Nilpferd in Burgunder« nehme man ein Hippo, wasche es und koche es in 2000 Liter Burgunder mit einigen Zwiebelchen, Möhrchen und Nelken ein bis zwei Wochen. »Herausnehmen, abtropfen lassen und mit Petersilie servieren.«

Verständlich, dass Hippopotamologen einer Einladung zu einem gepflegten Abendessen nachzukommen sich weigern, wenn ihnen der Gastgeber beziehungsweise der Gastronom ein ebensolches Menü zu kredenzen in Aussicht stellt. Verständlich aber auch, dass zu den Lieblingsgetränken des eingefleischten Nilpferdianers der »Hippopotamus Caipirinha« gehört – ein selbst dem US-Magazin ›Newsweek‹ nicht unbekannter Hirnvernebler, der dem durstigen Brasilienreisenden ausschließlich in einer der beliebtesten Szenebars in Rio de Janeiros legendärem Stadtteil Ipanema eingeflößt wird. Der Drink allerdings beinhaltet mitnichten, wie Elefantenfreunde oder Nashornliebhaber jetzt spöttisch einwenden könnten, einen Teelöffel Nilpferdblut oder einen Fingerhut Hippo-Urin. Er besteht vielmehr (und jetzt sei die genaue Rezeptur im Original-Speisekarten-Englisch verraten, damit es keine Alkoholexzesse oder eingezogenen Führerscheine gibt) aus:

1 lime, 1 tbsp. tobacco, 1 oz. cachaca (= brazilian sugar cane alcohol), 3–4 ice cubes.
Cut lime into quarters, sprinkle on sugar and mash together. Add cachaca and ice cubes and serve in tumbler.

Warum das hochprozentige Kaltgetränk nun ausgerechnet das Nilpferd im Titel führt? Weil der Club, in dem man es ausschenkt, »Hippopotamus« heißt. Das mag zwar, alldieweil man in Brasilien abseits von Zoos und Wanderzirkussen seit Jahrhunderten keines Nilpferdes in freier Wildbahn mehr ansichtig geworden ist, ziemlich merkwürdig erscheinen; ist aber, wenn man global denkt und guckt, alles andere als ungewöhnlich. Überall auf der Welt genießt das Nilpferd offensichtlich einen Sympathiebonus, gilt es als freundlich, friedlich, gemütlich. Was dazu führt, dass Wirte auf allen fünf Kontinenten ihre Kneipen und Kaschemmen, Bistros und Bars, Restaurants und Fressbuden gern nach dem leicht dicklichen Säugetier benennen.

Am tollsten treibt man es bei unseren französischen Nachbarn. Dort hat sich, nicht ohne Erfolg, die Restaurantkette »Hippopotamus« breitgemacht. Ein mancherorts bis fünf Uhr in der Früh geöffnetes Schnelllokal, in dem die Speisekarten und die Servietten, die Streichholzschachteln und die Namensschilder des Personals samt und sonders mit dem lustig grinsenden Gesicht des Namenspatrons versehen sind. Vor allem in Paris erfreut sich der Konzern erstaunlicher Beliebtheit. In der Hauptstadt und der dazugehörigen »Banlieue« gab es nach letzten Zählungen rund 30 Hippopotamus-Niederlassungen – nahe der Bastille auf dem Boulevard Beaumarchais oder bei der Gare du Nord auf der Rue de Dunkerque, auf den Champs-Elysées oder am Flughafen Charles de Gaulle, Terminal D, Tor 11. Doch auch außerhalb der Hauptstadt existieren Filialen: in Saint-Étienne und Nizza, in Toulouse und Bordeaux. Zudem gibt es – gewissermaßen als Botschafter französischer Esskultur im Ausland – Hippopotamus-Ableger in Brüssel und Casablanca, in Istanbul und Barcelona, in Marbella und Almería und selbst auf der Antilleninsel Guadeloupe.

Auch wenn durch eine solche Kettenbildung Frankreich als so etwas wie die heimliche Heimat des gastronomischen Hippos durchgehen mag – das Tier wurde und wird auch in anderen Teilen der Welt durchaus als Appetitanreger wie als Maskottchen geschätzt. Am Strand von Marbella im spanischen Andalusien können durstige Badeurlauber ihren Brand an der Strandbar »Hippopotamos Beach« löschen. Auf der griechischen Insel Kos können Touristen ihren kleinen Hunger zwischendurch in der Crèperie und Snackbar »Hippo« stillen. Im britischen Warwick können Fish'n'Chips-Verächter sich im karibisch-afrikanischen Restaurant »The Hippopotamus« verwöhnen lassen. In Paphos auf Zypern können Urlauber sich im Restaurant »Hippopotamus« überflüssige Pfunde anfressen. Im neuseeländischen Auckland können sich bewegungsunlustige Couch Potatoes von »Hippo's Free Home Delivery« Hähnchen und Hamburger, Fisch und Fritten bequem nach Hause liefern lassen. Im namibischen Katima Mulilo können Weltenbummler in der »Hippo Lodge« Antilopensteak probieren und gleichzeitig den Nilpferden bei ihren Badefreuden im Sambesi zusehen. Im walisischen Blaenffos irgendwo zwischen Cardigan und Aberystwyth können Reisende für eine Mahlzeit und auch eine Nacht im Hotel »Hippo Hall« absteigen. Und im thailändischen Pattaya buhlt »The Hippo Restaurant and Piano Bar« mit eindeutig zweideutigen Angeboten um Kunden, die nicht ausschließlich an guter Küche interessiert sind.

Eine vergleichsweise opulente Nilpferdpopulation gibt es auch in der Gastronomie der Vereinigten Staaten. Der »Hippopotamus Club & Grille« etwa in der College Street von New Haven gilt als Billigschuppen für darbende Schüler und Studenten – zwischen 21 und 23 Uhr gibt's Flaschenbier für 99 Cent und Hotdogs kostenlos dazu. Mit dem Slogan »Die beste Pizza und das beste mexikanische Essen auf dieser Seite des Ala Wai Kanals« bemüht sich das Restaurant »Hippo's« um die Gunst der Fast-Food-Fetischisten in Waikiki auf Hawaii. Die Speisekarte ist komplett auf die Bedürfnisse von Kunden ausgerichtet, die wie der Namenspatron über einen gesegneten Appetit verfügen. Sizilianische Riesenpizzen heißen »Hipp-O-Drome« (besonders fleischig), »Hipp-O-Riffic« (besonders gemüsig) oder »Hipp-O-Olé« (besonders scharf), kosten dafür aber auch bis zu 19,50 Dollar. Im Gegensatz dazu gehen die mexikanischen Spezialitäten preislich fast in Richtung Kinderportion, Seniorenteller oder Armenspeisung: »El Hippo«, eine Tortilla mit Käse, Chili und Rindfleisch, oder »Hippo's Special Burrito«, einen Fladen mit Bohnen, Rindfleisch, Salat und einer extrascharfen Sauce zum Feuermachen, gibt's für jeweils 4,95 Dollar.

Ob die nilpferdlastigen Pizzapioniere aus der Südsee hinsichtlich des Preis-Leistungs-Verhältnisses allerdings mit einer dem Dickhäuter nicht minder verfallenen Fleischklops-Braterei aus San Francisco konkurrieren können? Das Esslokal »Hippo Hamburgers«, 1950 unweit der Golden Gate Bridge gegründet, gibt auf der Speisekarte zumindest zu verstehen, ihre Hackfleischbällchen seien »the biggest and best in the country«. 57 verschiedene Abarten der durch konkurrierende Bruzzelbuden auch in Deutschland zu Ruhm und Ehre geratenen Fleischbrötchen führt das Restaurant voller Stolz in seiner Speisekarte. Wobei weder der »Nudeburger« oder der »Tahitiburger«, der »Gourmetburger« oder der »Welshburger« gegen die Haus- und Hofbulette eine Chance haben: der »Hippoburger« (ein großer Hamburger, ein paar Blätter Kopfsalat, Tomate, koschere Pickles, Bermuda-Zwiebeln und zwei Lagen Käse) gilt im »Hippo's« selbstverständlich als der König der Klopse. »Giraffeburger«, »Tigerburger«, »Gorillaburger« oder »Rhinoburger« dagegen gibt's nur in der »For small Eaters« überschriebenen Kinderabteilung. Wer nach dem Genuss all dieser Feinschmeckereien den Hals nicht voll bekommen hat, wem's daheim noch nach einem saftigen »Hippo Club-Sandwich« (Schinken, Kopfsalat, Tomate, Putenbrust) gelüstet oder wem der Mund beim Gedanken an einen süßen »Hippo Kiss« (Schokoladenkuchen mit Karamelsauce, Nüssen, Sahne und einer Kirsche) ganz wässrig wird, für den hält die Geschäftsführung das ›Hippo Cookbook‹ zum käuflichen Erwerb bereit.

Von einer über 50-jährigen Tradition und ausgebufftem Hippo-Merchandising können die Fresstempel und Imbissbuden, die sich hierzulande mit dem Nilpferd schmücken, allenfalls träumen. In einem Land, in dem die Wirtshäuser bis vor wenigen Jahren noch durch die Bank »Zum schwarzen Bären«, »Goldener Adler« oder »Rössl-Stuben« hießen, existieren derartige Häuser noch nicht lange – oder schon längst nicht mehr. »Milli's Croque- & Pizza-Shop« im schleswig-holsteinischen Henstedt-Ulzburg etwa, dessen Signet eine Brötchen schwenkende Nilpferddame zierte. »Hippo-Nortorf« im niedersächsischen Nortorf etwa, dessen Logo mit zwei den »Happy Hippos« täuschend ähnlichen Nilpferden für Speisen aus dem Holzbackofen warb. »Sisyphos« im nordrhein-westfälischen Wuppertal etwa, dessen Wahlspruch »Küche & Kultur« durch ein kellnerndes Nilpferd schwergewichtig untermauert wurde.

Früher musste, wer in Deutschland unbedingt ein Restaurant oder eine Kneipe betreten wollte, die den geliebten Dickhäuter im Namen führten, ins Badische, ins Rheinische oder gar ins Niedersächsische fahren. In Karlsruhe nämlich wartete in der Karlstraße das Restaurant »Nilpferd«, in Euskirchen in den Herrenbenden die Gaststätte »Zum grünen Nilpferd« auf hippofreundliche Besucher. Die lange Zeit zielgruppengerechteste hippopotamologische Bierschwemme indes, schlicht und einfach »Nilpferd« benannt, eröffnete Gastronomin Monika Holstein Ende der Achtziger im Bonner Stadtteil Bad Godesberg. Die Wirtsfrau, zuvor Besitzerin des Gourmet-Restaurants »Alt Godesberg«, benannte ihr Lokal nicht von ungefähr nach ebendiesem Tier. Als Mitglied im Club der Nilpferdfreunde war sie dies sowohl ihrem Lieblingsviech als auch ihren Vereinsmitstreitern schlichtweg schuldig. Ob's an dem unübersehbaren Maskottchen lag, das seit den Eröffnungstagen über der Theke schwebte, am hölzernen Interieur, den kleinen Wand- und Tischlampen oder anderen Insignien der deutschen Gemütlichkeit, sei einmal dahingestellt. Fakt ist in jedem Fall, dass sowohl polyglotte Hippopotamologen als auch konsumbewusste Trendsetter statt Monika Holsteins Pinte andere Örtlichkeiten zu ihrem Vereinslokal beziehungsweise ihrer Leib-und-Magen-Abfüllstation erwählten. Das »Nilpferd« ist längst von der Bühne abgetreten.

Erfahrungen, die trotz hochtrabender Pläne auch die Firma Gastro-Konzept aus Delligsen auf schmerzhafte Weise machen musste. In der Fußgängerzone von Salzgitter-Lebenstedt eröffnete das niedersächsische Unternehmen im Sommer 1993 den »Prototypen einer neuen Systemgastronomie für Erlebnishungrige«. »Das Nilpferd«, so der Name des mit 150 Plätzen ausgestatteten Lokals, sollte von Deutschlands vermeintlich ödestem Ort aus seinen Siegeszug antreten, sich irgendwann zur »Restaurantkette« nach französischem Vorbild auswachsen und erst in Niedersachsen, dann in ganz Deutschland mehr und mehr Hippos in die Welt setzen. Die Zielgruppe hatten die Planer bewusst weit gefasst: »Erwachsene und Berufstätige, die mittags ihre Mahlzeit außer Haus einnehmen, im Alter von 20 bis 55 Jahren« sollten sich im »Nilpferd« die Mägen füllen. Dazu »Kinder, die außer der reinen Speise im Vordergrund das Erlebnis suchen, und deren Eltern«, »ältere Leute, die dazugehören wollen und die Neuem aufgeschlossen gegenüberstehen« sowie »der ernährungsbewusste Gast, der gerne schon weiß, was er bekommt, bevor er bestellt«. Was konkret bedeutet: Eigentlich sollte jeder kommen – außer Jugendliche, die eh nur rumstänkern und Techno hören wollen.

Um dies hinzukriegen, griffen Gastro-Konzept-Geschäftsführer Norbert Lange, sein Marketingleiter Frank Höllger und Restaurantleiter Jürgen Pietschmann ganz tief in die Originalitätskiste. Sie ließen vor der Eröffnung der Futterkrippe Honorarkräfte mit Nilpferdkopf und Werbezetteln durch die Lebenstedter Häuserschluchten ramentern. Sie schmückten die Stuhllehnen und die Stehtische, die Servietten und das Personal, die Speise- und die Getränkekarten mit putzigen Vorder-, Hinter- oder Seitenansichten des Namenspatrons. Und dachten sich für ihr gastronomisches Angebot so brachial lustige wie appetitanregende Begriffe aus. Alsbald firmierte eine »Tomatencremesuppe mit Schmand« unter »heißem Nilwasser«, gab's extra große Portionen »für Leute mit Nilpferd-Hunger« und hieß ein »Gemüseragout in der Mürbteigpastete mit Käse überbacken« die Geschmacksnerven aufs Äußerste stimulierend »Mangrovenmampf«.

Die Idee einer republikumspannenden Restaurantkette ging in die Hose, »Das Nilpferd« nach nur wenigen Wochen schon kurz hinter Braunschweig baden. Vielleicht hätten seine Macher bedenken sollen, dass Witzigkeit durchaus seine Grenzen hat. Dass ein Blick in eine gläserne Küche ein »Warzenschweinbrezel« benanntes Gericht nicht unbedingt schmackhafter macht. Und dass man dem anspruchsvollen Gast mit verfeinerten Geschmacksnerven nicht einfach – wie geschehen – einen »Nilpferdschoppen, halbtrocken«, sondern einen hippopotamologisch wirklich korrekten Wein anbieten muss. Einen solchen nämlich gibt es: In Südafrika wird ein mit einem Alkoholanteil von 13,5% versehener »Sauvignon Blanc« von 1998 unter dem schönen Label »Hippo Creek« produziert und vertrieben.

Das Nilpferd und der Film

Ein Wein wie besagter »Hippo Creek« mag für Nilpferdliebhaber zwar den Höhepunkt der Winzerkunst markieren, dürfte höheren Geschmacksansprüchen allerdings nicht genügen. Wenn die üblichen Verdächtigen sich zu Schickeria-Events, High-Society-Partys oder Glamour-Galas treffen, kreisen für gewöhnlich Flaschen merklich edleren Inhalts. In immer mehr Fällen jedoch genügt den Feierfreudigen die alkoholische Dröhnung nicht mehr. Statt hochprozentiger Flüssigkeiten machen dann bunte Pillen oder weiße Pülverchen die Runde. In solchen Augenblicken kann man sicher sein, dass entweder Mafiosi einen Geburtstag begehen, Rockmusiker einen Megahit feiern oder Filmstars zur Premiere ihres neuen Kinowerks geladen haben.

Inmitten all der Koksnasen, Schnapsleichen und Edeljunkies gibt es aber immer wieder Hauptdarsteller spektakulärer Leinwanderfolge, die gar nicht erpicht sind auf Rauschmittel dieser oder anderer Art. Stattdessen wollen sie von Gratulanten, Speichelleckern und dem üblichen Pressegeschmeiß tunlichst in Ruhe gelassen werden, um sich in aller Abgeschiedenheit an einem Ballen Heu, einem Napf voll Pansen oder einem Sack mit Erdnüssen gütlich zu tun. Tiere, das dürfte damit bewiesen sein, sind nicht nur die sympathischeren, sondern auch die bescheideneren Filmstars. Erfolgreicher als all ihre menschlichen Mitbewerber sind sie allemal. Denn während von George Clooney in ein paar Jahren niemand mehr reden und von Julia Roberts allein ihr Mund in Erinnerung bleiben wird, haben sich die animalischen Akteure mit ihren bahnbrechenden Auftritten für immer und ewig unsterblich gemacht. Die Katzen aus ›Aristocats‹, das ›Schweinchen namens Babe‹, der Bär Balu aus dem ›Dschungelbuch‹, die anarchistischen Nager aus ›Mäusejagd‹, der hilfreiche Collie »Lassie«, der schielende Löwe Clarence aus ›Daktari‹, der fliegende Elefant »Dumbo«, der Bernhardiner Bootsmann aus ›Ferien auf Saltkrokan‹, das erotomane Schaf Daisy aus ›Was Sie schon immer über Sex wissen wollten, aber nie zu fragen wagten‹, das freundliche Fohlen »Flicka«, die Ameise Z-4195 aus ›Antz‹, der abenteuerlustige Delfin »Flipper«, der Knethund aus ›Wallace & Gromit‹, der titelgebende Nager aus ›Und ewig grüßt das Murmeltier‹, Pippi Langstrumpfs Meerkatze »Herr Nilsson«, der Riesenaffe »King Kong«, der Special-Effects-Hase »Roger Rabbit«, die Käfer-Kommune aus ›Das große Krabbeln‹ und natürlich die Dinosaurier aus dem ›Jurassic Park‹ – sie alle bleiben unvergessen und unerreicht.

Ein Filmstar aus der Familie der Nilpferde ist – Sie werden es bemerkt haben – nicht darunter. Bei aller Sympathie nämlich, die man dem Hippopotamus sicherlich auch in der Kinobranche entgegenbringt – Hollywood und die europäischen Filmindustrien greifen beim Casting für tierische Hauptrollen eher auf kleinere, wendigere und vielseitiger einsetzbare Vierbeiner zurück. Natürlich hätte man sich bei ›Mein Partner mit der kalten Schnauze‹ (Originaltitel: ›K-9‹, Regie: Rod Daniel, USA 1988) auch ein Nilpferd statt eines Schäferhundes an der Seite des Verbrecher jagenden James Belushi vorstellen können. Natürlich hätte Eddie Murphy als »Dr. Doolittle« (Regie: Betty Thomas, USA 1997) auch einmal ein philosophisches Gespräch mit einem Nilpferd statt mit dem handelsüblichen computeranimierten Getier führen können. Und natürlich hätte die Romanze zwischen Matt Damon und Penelope Cruz auch funktioniert, wenn sie statt ›All die schönen Pferde‹ (Originaltitel: ›All the pretty horses‹, Regie: Billy Bob Thornton, USA 2000) ein wenig schwergewichtiger ›All die schönen Nilpferde‹ geheißen hätte.

Aber all das sind schöne Träume. Das Nilpferd wird in der Filmbranche auf schamloseste Weise vernachlässigt. Mit unverschämter Dreistigkeit ignorieren Produzenten und Regisseure die zumindest rudimentär vorhandenen schauspielerischen Fähigkeiten des Dickhäuters – von seiner unbestrittenen Leinwandpräsenz einmal ganz zu schweigen. Ganze zwei Spielfilme gibt es in der knapp über 100-jährigen Geschichte der Kinematographie, die die Worte »Nilpferd« oder »Flusspferd« im Titel führen – beide haben, streng genommen, mit dem hübschen Tier herzlich wenig zu tun.

Der neuere von beiden ist in deutschen Lichtspieltheatern und selbst im Mitternachtsprogramm kulturbeflissener TV-Kanäle bis heute nicht einmal gezeigt worden. ›Nadia et les Hippopotames‹ (zu Deutsch: ›Nadia und die Nilpferde‹) lief als französischer Beitrag im Mai 1999 im offiziellen Wettbewerb des internationalen Filmfestivals von Cannes. Regisseurin Dominique Cabrera, allenfalls Cineasten durch ihre akribischen Dokumentarfilme sowie ihre auf diversen Festivals gezeigten Spielfilme ›L'autre côté de la mer‹ (1996) und ›Demain et encore demain‹ (1997) ein Begriff, benutzt die Figur des Hippos als Symbol für sozialen Widerstand. »Heute muss immer alles ›leicht‹ sein: fettfreies Fett, alkoholfreier Alkohol, zuckerloser Zucker«, erklärt Serge (Thierry Frémont) relativ am Anfang seine politisch-revolutionäre Theorie, »und was folgt dann? Lebloses Leben, geschichtslose Geschichte. Da sind mir Nilpferde lieber.« Serge hat sich den Dickhäuter ausgeguckt, um anderen seine Auflehnung gegen den Konsumismus, seine Ablehnung des herrschenden Gesellschaftssystems, seinen Widerstand gegen den Wahnsinn der Frustration plausibel zu machen.

Und er findet Zuhörer – ›Nadia et les Hippopotames‹ spielt schließlich zur Zeit der großen französischen Streiks im Winter 1995. Ganz Frankreich liegt lahm. In Paris ruht der Metrobetrieb. Die Straßen sind mit schier endlosen Autoschlangen verstopft, immer mehr Menschen gehen zu Fuß oder benutzen das Fahrrad. So auch Hauptfigur Nadia (Ariane Ascaride), die auf der Suche nach Gérard (Pierre Berriau) ist, dem Vater ihres Sohnes Christopher. Sie hat ihn seit der Geburt des Kindes vor einem halben Jahr nicht mehr zu Gesicht bekommen. Doch glaubt sie felsenfest, ihn unlängst im Fernsehen erblickt zu haben – in einer politischen Reportage über die streikenden Eisenbahner am »Gare d'Austerlitz«. Beide Ebenen – die politische und die private – vermischt Dominique Cabrera im Laufe des Films auf kunstvoll verschachtelte Weise. Und outet sich schließlich in einem Interview als Alter Ego des merkwürdigen Agit-Prop-Philosophen Serge, indem sie dem fälschlicherweise als plump und unbeweglich diskriminierten Flusspferd Gerechtigkeit widerfahren lässt und ihm sogar einen revolutionären Geist attestiert. »Man verlangt heute von uns, zahm zu sein wie Lämmer, flexibel, austauschbar und bindungslos«, sagt die Regisseurin, »wir aber sollten stolz sein auf unsere Schwerfälligkeit. Wir sollten sie sogar einfordern. Das Nilpferd ist ein Schwergewicht. Das Gewicht derer, die Geschichte, Tradition und Rechte haben. Nilpferde können außerdem sehr schnell laufen ...«

Der ältere Film, der sich im Titel mit einem Nilpferd schmückt, ist wesentlich primitiverer Natur und stammt aus dem Jahr 1979. Nachdem sie sich in ›Vier Fäuste für ein Halleluja‹, ›Zwei Himmelhunde auf dem Weg zur Hölle‹, ›Die rechte und die linke Hand des Teufels‹ oder ›Zwei außer Rand und Band‹ bereits ausgiebig herumgeprügelt hatten, legten die notorischen Schlagetots Bud Spencer und Terence Hill als ›Das Krokodil und sein Nilpferd‹ (Originaltitel: ›Io sto con gli ippopotami‹, Regie: Italo Zingarelli, Italien 1979) aus Gründen des Natur- wie Umweltschutzes blutrünstigen Großwildjägern ihr perfides Handwerk. Sie taten das mit reichlich Schlägen in diverse bärtige Gesichter, in diverse Mägen und unter diverse Gürtellinien. Guckten dabei gewohnt schelmisch aus der Wäsche. Und sonderten, derweil sie eine Fresse nach der anderen polierten, die üblichen (damals sagte man noch: »lockeren«) Sprüche ab, die man seinerzeit ungeheuer komisch fand und über die beinharte Fans noch heute stunden- beziehungsweise seitenlange Internetdiskussionen führen.

Wenn Nilpferde sich dagegen nicht nur im Titel dicke tun, sondern in einem Spielfilm die ganze Pracht ihres Körpers einmal leibhaftig herzeigen, dann tun sie dies weder als Haupt- noch als Charakterdarsteller, sondern als die sprichwörtliche dicke Überraschung. So in ›Wittgenstein‹ von Derek Jarman (Großbritannien 1992). In der opulent bebilderten Spielfilmbiografie des in Wien geborenen und in Cambridge gestorbenen Philosophen ließ der englische Avantgarderegisseur ein ausgewachsenes Hippo-Exemplar unter dem Tisch der Hauptfigur auftauchen. So in ›Roselyne‹ von Jean-Jacques Beineix (Originaltitel: ›Roselyne et les lions‹, Frankreich 1988). Der durch ›Diva‹ (1980) und ›Betty Blue‹ (1985) bekannt gewordene Filmemacher mogelte in seine weitgehend mit Löwendressuren operierende Zirkus-Lovestory einen wunderbar unaufgeregten Nilpferdauftritt hinein. So in ›Der Neger Erwin‹ von Herbert Achternbusch (Bundesrepublik 1980). Der anarchistische Regisseur ließ seinen Film mit dem unvergessenen Bild enden, in dem Gastwirtin Susn, nur mit einem Nachthemd bekleidet, auf einem Hippo, das als einzige Kreatur den Niedergang eines Großwildparks überlebt hat, in den Fluss reitet und aus dem Nilpferd ein rechtes Isarpferd macht. So in ›Ein wahres Verbrechen‹ von Clint Eastwood (Originaltitel: ›True Crime‹, USA 1999). Eastwood alias Reporter Steve Everett löste zwar sein Versprechen ein und besuchte mit seiner Tochter den Zoo von Oakland, ließ aber kurz vor dem Dickhäutergehege und trotz des Dauergequengels »Wo ist das Nilpferd? Ich will jetzt zum Nilpferd!« seine Tochter und alles Weitere stehen und liegen, um den zu Unrecht zum Tode verurteilten Schwarzen Frank Beachum vor der Hinrichtung zu bewahren.

Im internationalen Animationsfilm ist die Nilpferdquote denn schon ein wenig höher. Kein Wunder – in Puppen-

beziehungsweise Zeichentrickfilmen können die Regisseure die Dickhäuter schließlich nicht nur als Blickfang in die Ecke stellen, sondern sie singen, sprechen, aufrecht gehen und sogar tanzen lassen. Letzteres Kunststückchen haben sie erstmals in Walt Disneys Epoche machendem Zeichentrickspektakel ›Fantasia‹ (USA 1940) vorgeführt. In dem 90-minütigen visuellen Meisterwerk ließen die Disney-Animateure Zeichentrickfiguren jeglicher Art zur Musik von Bach, Beethoven, Schubert, Tschaikowsky und Stravinsky ein wunderbares Ballett tanzen. In der Episode »Dance of the Hours« zeigen neben Alligatoren und Straußen diverse von Preston Blair entworfene Nilpferde zur Musik des italienischen Komponisten Amilcare Ponchielli ihre Beweglichkeit und Eleganz. Allen voran das mit einem hübschen Balletträckchen ausstaffierte Nilpferdfräulein »Hyacinth«, das seine Beinchen herzallerliebst wirft und auch sonst eine gute Figur abgibt. Das übrigens ist kein Wunder – für die Bewegungen der fülligen Dickhäuterin hatten die Disney-Zeichner der renommierten sowjetischen Ballerina Tatiana Riabouchinska auf die eleganten Füße geschaut. Sie ließen die Tanzikone und ihren nicht minder populären Mann David Lichine zu der ausgewählten Musik ihre Pirouetten drehen, filmten das Ganze ab und verwandelten ihre Bewegungen in mühevoller Kleinarbeit schließlich in die rührenden Tanzschritte einer Hippodame und eines Alligators.

Gegenüber der selbst 60 Jahre später noch immer viel gepriesenen Hyacinth fielen die anderen Nilpferde, die bislang durch die Zeichentrickgeschichte stampften, deutlich ab. Ist jemandem etwa der 1923 von Lyman H. Howe produzierte US-Kurzfilm ›Mrs. Hippo‹ ein Begriff? Hat jemand schon einmal von dem 1924 von Otto Messmer für die »Pat Sullivan Cartoons« erstellten Kater-trifft-Nilpferd-Spaß ›Felix hyps the Hippo‹ gehört? Ist jemandem schon einmal das 1953 von Connie Rasinski animierte Meisterwerk ›The Helpless Hippo‹ untergekommen?

Erinnert sich etwa jemand an die namenlos gebliebenen Hippos, die in Disneys ›Robin Hood‹ (Regie: Wolfgang Reitherman, USA 1973) die mit mittelalterlichen Hellebarden ausgestattete und martialisch dreinschauende Leibgarde des bösen Prinz John geben? Entsinnt sich jemand des zu Beginn der Sechziger in den Cartoon-Studios von Hanna-Barbera geborenen Nilpferdherrn »Peter Potamus«, der sich trotz schicken Tropenhelms, der TV-Cartoonserie ›Peter Potamus and His Magic Flying Balloon‹ (1964) und der später beim Sender ABC laufenden ›Peter Potamus Show‹ (ab 1966) nie entscheidend gegen die hauseigene Konkurrenz Tom & Jerry, Familie Feuerstein, die Jetsons oder Yogi Bär durchsetzen konnte? Kennt jemand den tschechischen Trickfilm ›Die Nilpferdmutter ist ein Vater‹ (Originaltitel: ›Hrosi maminka je tatinek‹, Regie: Sarlota Zahradkova, ČSSR 1988), in dem sich zwei kleine Nilpferdkinder beim Mutter-Spielen entscheiden, zukünftig doch auf Vater umzuschulen, weil das weniger Arbeit und Stress macht? Oder ist schon einmal jemand über ›Kwab het Cloecke Nijlpaard‹ (zu Deutsch: ›Kwab, das brave Nilpferd‹) gestolpert, das der niederländische Trickfilmpionier Marinus Hollanders 1926 in seiner »Tekenfilmfabriek Hollandia« zur Welt brachte, aber zwei Jahre und etliche Kurzfilme später nach dem Abenteuer »Kwab in Egypte« schon wieder zu Grabe trug?

Relative Berühmtheit hat neben Hyacinth allenfalls noch ein Zeichentrick-Hippo namens Hugo erlangt. ›Das Nilpferd Hugo‹ (Originaltitel: ›Hugo the Hippo‹/›Hugo, A Vizilo‹, USA/Ungarn 1975) jedenfalls, ein abendfüllender Comicspaß unter der Regie von Bill Feigenbaum und József Gémes, fand unter kleinen wie größeren Besuchern durchaus sein Publikum. Die spannende und zugleich vergnügliche Geschichte erzählt von Bewohnern der Insel Sansibar, die sich erst durch die selbstlose Hilfe mutiger Nilpferde vor angreifenden Haien retten können. Doch wer denkt, die Menschen wären ihren Beschützern fortan für ihr ganzes Leben in Dankbarkeit verbunden, irrt gewaltig: Durch die Intrigen des heimtückischen

Ministers Aban Khan werden sie statt behätschelt und geliebt verfolgt und getötet. Nur Hugo, ein junges und zudem rosafarbenes Nilpferd, entgeht den blutrünstigen Schlächtereien. Und schart, um es den fiesen Einheimischen heimzuzahlen, wie weiland der Rattenfänger von Hameln, die Kinder von Sansibar als Rächer wie als Retter um sich.

In den USA wurde ›Hugo the Hippo‹ ein veritabler Kinoerfolg. Hierzulande indes wagte kein Filmverleih Hugos Kinoeinsatz – das mutige Flusspferd wurde deutschen Zeichentrickfreunden allein durch diverse Fernsehausstrahlungen (deutsche Erstaufführung am 26. Dezember 1983 in der ARD) und später durch die obligatorische Videoauswertung ein Begriff.

Apropos: Beide Medien haben das Ansehen des Nilpferds zwar nicht eben gemehrt oder gestärkt, uns aber doch mit ein paar Hippo-Exemplaren bekannt gemacht, die den Weg auf die Kinoleinwand niemals gefunden hätten. »Benjamin Blümchen« etwa, der notorisch »Töröö!« vor sich hintrompetende Gute-Laune-Elefant, durfte einst eine eher niedliche denn abenteuerliche Episode mit einem Nilpferdbaby absolvieren. Im ZDF lief über ein Jahr und mit gutem Erfolg die für Kinder zwischen drei und sechs Jahren gedachte Serie ›Klein Hippo‹, eine ursprünglich in Frankreich von Bernard Deyriès konzipierte Reihe, die unter dem Titel ›Little Hippo‹ im Dezember 2001 sogar zu einem Spielfilm-Einsatz in den deutschen Kinos kam. Selbst die altehrwürdige »Augsburger Puppenkiste« – eigentlich im Tierreich eher auf Drachen (Frau Mahlzahn in ›Jim Knopf‹), Dinosaurier (Urmel in ›Urmel aus dem Eis‹), Katzen (›Kater Mikesch‹), Fledermäuse (Tutulla in ›Kleiner König Kalle Wirsch‹), Löwen (›Der Löwe ist los‹) oder zuletzt Ratten (›Monty Spinnerratz‹) abonniert – hat uns ein pfiffiges Flusspferd an Fäden hinterlassen: die Hippodame Elinor nämlich, neben dem Affen Bubu und dem Vogel Zapp im fernen Kokopalmario Casas einer der tierischen Marionettenschnüffler in der 1991er-ARD-Produktion ›Drei Dschungeldetektive‹ (Regie: Sepp Strubel).

Gegen »Heidi« allerdings ist »Elinor« ein ausgesprochen hausbackenes Hippo-Exemplar. »Heidi«, eine Nilpferdpuppe wie ihre Augsburger Artgenossin, ist Hauptdarstellerin eines der provokantesten Kino-Puppenfilme aller Zeiten: ›Meet the Feebles‹ (Regie: Peter Jackson, Neuseeland 1989). Der Filmemacher aus Neuseeland – hierzulande durch den Splatterfilm ›Braindead‹ (1991), die todessehnsüchtige Mädchengeschichte ›Heavenly Creatures‹ (1994) und die mit Oscars prämiierte Tolkien-Verfilmung ›Der Herr der Ringe‹ (2001) bekannt geworden – lotet im in der Regel der Harmlosigkeit verbundenen Genre des Puppenfilms die Grenzen der Geschmacklosigkeit und der Perversion aus. Und Nilpferdfräulein Heidi ist es, die das Ganze auf die Spitze treibt. Als Star einer aus unterschiedlichen Tieren zusammengesetzten Varieté-Truppe mag es der hippopotame Miss-Piggy-Verschnitt nicht mehr mit ansehen, wie sich sein Lover, der walrossige Showproduzent, Pornokönig und Drogendealer Bletch, mit einer notgeilen Siamkatze statt mit ihr sexuell verlustiert. Als dann noch ein süßer Igel, ein erotisch aufgeladener Pudel, ein rattiger Assistent, ein am Vietnamtrauma leidender Frosch und ein höchst kopulationsfreudiger Hase die Szenerie betreten, ist es um Heidi geschehen. Sie kriegt es im Kopf und mäht in Rambomanier nieder, was immer ihr in die Quere kommt. Die Kritiker hierzulande zeigten sich seinerzeit höchst irritiert, die Zuschauer indigniert. Wer mit ›Der Hase Cäsar‹, ›Die Museumsratten‹, ›Der Spatz vom Wallrafplatz‹ und ›Sesamstraße‹ aufgewachsen war, konnte mit einer solchen Bande Ekel erregender, sexuell ausgehungerter, sich an Gewalttätigkeiten delektierender und jede Niedlichkeit negierender Puppen keine Freundschaft schließen. ›Meet the Feebles‹ entpuppte sich bei seinem deutschen Kinostart im Mai 1991 als grandioser Reinfall. Von Nilpferdmädchen Heidi, der im Blutrausch zu perverser Höchstform auflaufenden Massenmörderin, hat man nie wieder etwas gehört.

Wenn also die Nilpferde im Spiel-, Zeichentrick- und Puppenfilm nicht über Rollen als Stichwortgeber, Nebendarsteller oder Knallchargen hinauskommen, dann bleibt dem Enthusiasten immer noch der gute alte Dokumentarfilm. Tierfilme erfreuen sich seit etlichen Jahren wachsender Beliebtheit, weil sie zusehends kritischer geworden sind, politisch engagierter und zuweilen mit spektakulären Bildern aufwarten, die man so noch nicht gesehen hat. Obwohl nur auf Dokumentarfilm-Festivals gezeigt oder in der Bildungsschiene öffentlich-rechtlichen Fernsehens, haben es manche Streifen und ihre Macher zu bescheidener Popularität gebracht. Karl Kels etwa beschrieb in seinem Film ›Flusspferde‹ humorvoll und mit verfremdeten rhythmisierten Bildern den untauglichen Versuch des Wiener Zoos, eine schmutzige Wand des Nilpferdgeheges hübsch ordentlich zu weißen. Ernst Sasse begleitete mit eindrucksvollen Nahaufnahmen ›Flusspferde in Uganda‹. Andrea Maggi ermöglichte uns mit ›Schwerelose Dickhäuter‹ nie dagewesene Einblicke in ›Die Unterwasserwelt der Nilpferde‹. Dem Ehepaar Klaus und Annette Scheurich gelangen an der Elfenbeinküste für ›Im Zauberwald der Zwergflusspferde‹ die ersten Filmaufnahmen des überaus scheuen Nilpferdverwandten in freier Wildbahn. Der weltberühmte Unterwasserfilmer Jacques Cousteau und sein Sohn Philippe begaben sich 1973 per trojanischem Nilpferd in die unmittelbare Nähe der Kolosse – der Film ›Hippo!‹ zeigt, dass ihr filmisches Unterfangen so risikolos und die solcherart bespitzelte Flusspferdfamilie so angetan nicht war. Selbst der renommierte britische Kunstfilmer Peter Greenaway widmete sich in seiner Prä-Spielfilm-Ära für einen Moment den Nilpferden. In seinem wunderbar komponierten dokumentarischen Feature ›Making a Splash‹ von 1984 über das Element Wasser, seine Geräusche und seine Bewohner schweben zu minimalistischer Musik ein paar Nilpferde geradezu verzückt durchs Bild.

Der ultimative Film über Nilpferde und seine Verehrer entstammt allerdings nicht der Bilderwerkstatt eines Kinogenies wie Peter Greenaway. Und auch nicht der Ideenschmiede des finnischstämmigen Dokumentaristen Paul Alexander Juutilainen, der seinen 1997 beim »Cinequest San José Film Festival« preisgekrönten 70-Minüter zwar ›Herbert's Hippopotamus‹ (USA, 1996) nannte, darin aber mitnichten über Nilpferde schwadronierte, sondern über das Wirken des deutsch-amerikanischen Philosophen Herbert Marcuse.

Nein – der Nilpferdfilm schlechthin ist in der Kreativabteilung einer deutschen Journalistin namens Karin Funke-Dudel entstanden. Die Berlinerin, Leiterin eines Kleinunternehmens mit dem viel sagenden Namen »Hippopress-TV«, nahm 1988 den 45. Geburtstag des legendären Berliner-Zoo-Flusspferds »Knautschke« zum Anlass, eine halbe Stunde lang allerlei Wissenswertes, Lustiges, Vergessenswertes und Abgedrehtes zum Thema Nilpferd loszuwerden. Sie besuchte dabei den Hippo-Veteran und seine Sippe vor Ort, machte in Geschenkboutiquen Station, befragte Politiker über ihre charakterliche Nähe zu den Schwergewichten, lauerte Vertretern der Flusspferdlobby auf, gab Einblicke in die hohe Kunst des Dickhäuterrodeos, ging möglichen Ursachen für die grassierende Hippophilie auf den Grund und ließ einen leibhaftigen Philosophieprofessor am Rande von Knautschkes modrigem Becken tief im kollektiven Unbewussten gründeln: »Diese Tiere zeigen, wie der Mensch eigentlich ist, wenn er seinen Verstand ablegt, nämlich naiv und triebbestimmt. Und das zu sehen freut uns. Es ist unsere eigene Kindheit, die wir wiedererkennen.« Der Film lief im Mai 1988 zur besten Sendezeit im ZDF, eingebettet zwischen ›Derrick‹ und dem ›heute journal‹. Der Titel der originellen Hommage klingt wie eine Warnung: ›Wohin die Liebe zum Nilpferd führen kann!‹

Das Nilpferd und die Liebe

Den höchsten Grad hat Liebe nicht erreicht/Die scheu noch vor den Blicken andrer weicht«, schrieb ganz richtig schon vor rund 400 Jahren der englische Dichter John Donne in einem seiner Sonette. Heutzutage macht niemand mehr ein Geheimnis aus seinen amourösen Vorlieben und sexuellen Gelüsten. In Kleinanzeigen, im Fernsehen oder im Internet suchen Frauen Männer, Männer Frauen, Frauen Frauen, Männer Männer, Paare Paare, Männer zwei Frauen, Frauen zwei Männer, Männer eine Frau und einen Mann, Frauen einen Mann und eine Frau, Männer Minderjährige, Frauen Brustbehaarte und Menschen jeglichen Geschlechts den einen oder anderen Vierbeiner für einen erotischen Flash der ganz besonderen Art.

Nun hat so manch menschlicher Liebesakrobat schon ein gepflegtes Liebesspiel mit seinem Goldhamster, seinem Riesenschnauzer oder seiner Karettschildkröte hinbekommen. Die Liebe zum Nilpferd indes ist in der Regel mehr platonischer denn körperlicher Natur – an der erdrückenden Frage, wer von beiden denn nun oben liegen darf, ist bisher noch jegliche innige Beziehung kläglich gescheitert. In Ermangelung eines handhabbaren tierischen Partners greifen liebesbedürftige Menschen, die eigentlich heiß auf Hippos sind, deshalb bevorzugt auf menschliche Exemplare zurück, die den Hang zum Nilpferd zur Gänze oder zumindest ansatzweise teilen. Stellen solch hippomane Kandidaten ihre Liebe auf ein stabiles Fundament, schmücken sie ihre Verlobungs- beziehungsweise Heiratsannoncen gern mit niedlichen Comic-Dickhäutern, die ihre Nasen turtelnd aneinander reiben, die Blicke verschämt senken oder gar prallen Bauches von bevorstehendem Nachwuchs künden.

Wem all dies zu infantil oder banal erscheint und der Größe des Augenblicks eigentlich nicht angemessen, der sollte zum Hochzeiten – statt jetsetmäßig nach Las Vegas zu düsen oder bodenständig den lokalen Kirchenmann als Zeremonienmeister zu bemühen – künftig nach Berlin reisen. Der Zoologische Garten der Hauptstadt nämlich stellt für Heiratswillige seit einigen Jahren eine ganz besondere »Location« zur Verfügung – das Nilpferdhaus. »Wir haben 1996 gemeinsam mit dem Standesamt in Mitte angefangen, uns für außerhäusige Eheschließungen einzusetzen«, sagt Sylvia Brenke, Standesbeamtin im Berliner Bezirk Tiergarten. Der Möglichkeiten, den Bund des Lebens in eher ungewöhnlichem Ambiente zu schließen, gibt es in einer Millionenstadt wie Berlin natürlich viele. Das »Hippoquarium« des Zoos allerdings gilt unter eventfreudigen Ringetauschern als der absolute Renner. Die im September 1997 eröffnete hochmoderne Hippo-Heimstatt kann so in kleinen Schritten ihre stolzen 16 Millionen Euro Baukosten einspielen. Obwohl die Gebühren für eine Trauung in Nilpferdbegleitung (250 Euro für den Tierpark, 50 Euro fürs Standesamt und ein wenig Grünzeug für die tierischen Trauzeugen) die einer ordinären Vermählung um einiges überschreiten, stehen Brautleute dutzendweise Schlange. »Ich war im sechsten Monat schwanger. Da dachten wir: Eine Heirat mit Flusspferden im Hintergrund, das passt«, erzählt etwa Hippo-Hochzeiterin Ingunn Buchmann über ihr Ja-Wort unter Dickhäutern.

Erfahrungen wie diese prägen natürlich fürs Leben. Und setzen ungeahnte Leidenschaften frei. Das eine Paar erwirbt vor Begeisterung eine Jahreskarte für den Zoo, das andere sammelt fortan Kinderbücher mit Hippo-Geschichten, ein drittes bittet um Aufnahme in den Club der Nilpferdfreunde.

Dass sie ihre Liebe zum Nilpferd allerdings derart vehement ausleben wie Gary und Teresa Warth aus Simbabwe, ist nicht bekannt. Das Farmerehepaar im Südosten des südafrikanischen Landes ist seit Mitte der neunziger Jahre nicht nur dafür bekannt, ein wachsames Auge auf die Nilpferd-Population im Gonarezhou-Nationalpark zu haben – seit geraumer Zeit teilt es sogar mit einem leibhaftigen Exemplar Tisch und Bett. Besagtes Hippo hört auf den Namen »Hippy« und wurde, im zarten Alter von gerade einmal drei Tagen durch die Kugel eines Jagdgewehrs der Mutter beraubt, von den Warths kurzerhand adoptiert. Ersatzvater Gary baute hinter dem Haus eine auch für ausgewachsene Nilpferde ausreichend große Badewanne von mittlerer Pool-Größe, Ersatzmutter Teresa brachte den gerade einmal 90 Zentimeter großen und schlappe 30 Pfund schweren tierischen Nachwuchs per ausgeklügelter Milch-&-Müsli-Kur (dreimal täglich zweieinhalb Liter) wieder auf Normalgewicht, und Ersatzbruder Stephen erlaubte »Hippy« nach gründlicher Ganzkörperreinigung so manches Viertelstündchen Dösen auf seiner geräumigen Matratze. Ausreichend Schlaf bekam das Tier aber erst, nachdem Familienoberhaupt Gary einen so genannten »Beanbag« organisiert hatte. Der mit Kügelchen gefüllte Sack in Mega-XXL-Größe passte sich der opulenten Körperform des Nilpferds auf vortreffliche Weise an und erlaubte eine unfallfreie, bequeme und damit angenehme Nachtruhe. Angst vor dem Moment, an dem ihre Jüngste aus dem Haus gehen könnte, haben die Warths nicht: »Zurück in die Wildnis kann Hippy nicht mehr. Wir werden für sie einen Teil unseres Landes einzäunen.«

Ein Miteinander, das im Süden Afrikas anerkennende Worte geerntet hat, im Westen Europas hingegen den Staatsanwalt auf den Plan riefe. Zuletzt hat im Sommer 2000 die belgische Regierung ihren Untertanen per Dekret zu verstehen gegeben, welche Tiere in der Wohnung beziehungsweise im Garten gehalten werden dürfen und welche nicht. Nur noch 63 Säugetierarten, so die Anordnung von Umweltministerin

Magda Aelvoet, darf eine belgische Familie fortan Kost und Logis gewähren. Zebra oder Waschbär, Bison oder Dromedar, Lama oder Känguru sind amtlicherseits genehmigt, Giraffe oder Jaguar, Elefant oder Bär, Wolf oder Nilpferd dagegen nicht. Die belgische Regierung will durch ihren Erlass der oft nicht artgerechten Tierhaltung in ihrem Land einen Riegel vorschieben. Danach dürfen nur noch solche Säugetiere in Privathaushalte gelangen, die bei Urlaub, Krankheit oder Tod des Besitzers von Angehörigen oder Nachbarn problemlos versorgt werden können. Auswirkungen hat eine derartige Regelung natürlich auch auf den Handel. Bisher durfte, sofern nicht internationale Artenschutzabkommen dagegen sprachen, in Belgien jedes Tier gekauft und verkauft werden. Jetzt sind den Tierhändlern zwischen Lüttich und Antwerpen Daumenschrauben angelegt – den Tierfreunden nur bedingt. Wer etwa seinen Hang zum Hippo weiterhin pflegen will, der findet auch künftig Mittel und Wege. Johan Desserano, Vorsitzender des Verbandes der belgischen Tierhändler: »Wer sich unbedingt ein Nilpferd kaufen will, kann das jederzeit tun. Er wird sich dann auf dem Schwarzmarkt oder im Ausland umschauen.«

Wer, um seinem Partner nah zu sein, derartige Hürden überspringen muss, entscheidet sich dann doch häufig für die einfache Liebesvariante. Die überwältigende Mehrheit der Liebenden jedenfalls schiebt die klassische Nummer: Mann vereint sich mit Frau, Hippomännchen vereint sich mit Hippoweibchen. Ein eigentlich unspektakulärer Vorgang. Der allerdings höchst spektakulär zu werden verspricht, wenn sich das Tête-à-tête in der Öffentlichkeit abspielt. Wann immer in einem Zoo irgendwo auf der Welt ein Nilpferdbulle zum Zwecke amourösen Glückes einer Nilpferddame zugeführt wird, machen die lokalen Medien ein rechtes Rührstück daraus. Und je ungewöhnlicher das schwergewichtige Liebespaar den Journalisten vorkommt, umso dickere Schlagzeilen produzieren sie. Sie wollen Beispiele? Bitte schön:

»Nilson soll Rosi glücklich machen«, hieß es im September 1989 in den ›Stuttgarter Nachrichten‹. Flusspferddame »Rosi« nämlich litt nach dem Tod ihres innigst geliebten, durch das allzu gierige Verschlingen eines schnöden Tennisballs grausam aus der Welt gerafften »Egon« sexuelle Not. Bis sich der örtliche Tierpark »Wilhelma« anschickte, ihr einen frisch eingekauften Jungbullen als neuen Lover und tunlichst auch als Vater weiterer Kinder anzudienen. Unter den mehr neugierigen als fachkundigen Blicken schwäbischer Zoobesucher machte der stämmige Freier der trauernden Witwe charmant und letztlich auch erfolgreich den Hof. Was die enthusiasmierte Zoo-Spitze dazu anregte, den bis dahin noch namenlosen »Rosi-Beschäler« per Publikumsbefragung taufen zu lassen. Da »Rommele« allzu sehr nach einer Verballhornung des seinerzeitigen CDU-Oberbürgermeisters klang und »No-ball« allzu deutlich an das tragische Dahinscheiden »Egons« nach 20 Jahren glücklicher Ehe gemahnte, entschied sich die Jury unter fast 1500 Zuschriften für »Nilson«, den Vorschlag der Grundschülerin Christiane Ludwig aus Plattenhardt. »Ich dachte dabei an den Nil«, gab die Siegerin zu Protokoll, »und an Samson aus der Sesamstraße.«

»Hettie aus Leipzig liebt Harvey aus Windsor«, hieß es im Februar 1991 mitnichten im ›Goldenen Blatt‹ oder einer anderen Vertreterin der Adelspresse, sondern im ›Express Leipzig‹. Die sächsische Nilpferdlady »Hettie« war seinerzeit herren-, der britische Nilpferdbulle »Harvey« gleichzeitig damenlos. Was Zoo-Verteter aus beiden Ländern dazu veranlasste, eingedenk englisch-(nieder)sächsischer Monarchietradition die beiden Singles vor den Toren des englischen Königsschlosses miteinander zu vermählen. Die solcherart Verkuppelten schritten schleunigst zur Fortpflanzungstat, was die britischen Tabloids zu spitzen Schreien der Ekstase verleitete. Und den deutschen Boulevard zu dem herrlich missratenen Merksatz: »Ein sächsisches Mädchen sorgt im englischen Windsor für Vaterfreuden.«

»Hurra, ich krieg 'ne neue Frau!«, hieß es im November 1998 im Kölner ›Express‹. Zwei Jahre lang hatte Bulle »Albert« nämlich Frust geschoben. Erst hatte der aus Leipzig ins Rheinland verzogene Hippo-Mann mit seiner kindlichen Verspieltheit die elf Jahre ältere und an guten Sex gewöhnte Hippo-Lady »Antoinette« derart gelangweilt, dass sie nach ein paar aggressiven Ausrastern entnervt um ihre Versetzung in den Disney-Zoo von Orlando bat. Und dann hatte er über Monate den schmollenden Single gegeben, bis der Wiener Zoo »Schönbrunn« ein Einsehen hatte. Die Österreicher stellten ihm unter großer Anteilnahme der Bevölkerung Flusspferdmädchen »Jenny« zur Seite. Als die beiden sich nach Wochen vergitterten Aneinander-Herumschnupperns erstmals auf ein gemeinsames Bad im Bassin freuten, geschah laut ›Kölner Stadtanzeiger‹ jedoch Folgendes: »Aufgekratzt die Partner, aufgequirlt der Tümpel vom ersten Aufeinandertreffen. Es setzte was bei diesem tonnenschweren Kennenlernen: Bisse, Rempler. Sumo-mäßige Anmache gefolgt von langen Pausen. Sechs bis sieben Stunden lang. Zur Nacht schafften es die Parteien, sich aus der heftigen Bade-Party zur Abkühlung ihrer Gefühle aufs eigene Stall-Territorium zurückzuziehen.« Inzwischen sollen sich die beiden halbwegs miteinander arrangiert haben – warum sollen sie es auch einfacher haben als unsereiner …

»Rosi & Nilson«, »Hettie & Harvey«, »Albert & Jenny« – drei in ihrer Mischung aus Gelassenheit, Glück und Großschnäuzigkeit durchaus typische Beispiele für die moderne Nilpferdbeziehung unserer Zeit. Doch wie bei den Menschen gibt's auch unter den Hippos bisweilen Exemplare, die liebestechnisch einfach aus der Reihe tanzen. Die vielleicht prominentesten Vertreter dieser eher nonkonformistischen Erotikschule heißen »Kalf« und »Ina«. Erstere ist eine Frieslandkuh, Letzterer trotz femininen Rufnamens ein Nilpferdbulle. Im südafrikanischen Örtchen Verona nahe Johannesburg teilen die ungleichen Partner auf der »Heia Safari Ranch« des Rangers Patrick Louis Savanne, Schlamm und Baggerloch. Und das von klein auf. Der schlaue Farmer hatte die beiden Waisenkinder schon im zarten Babyalter aneinander gewöhnt. Seither sind sie ein Herz und eine Seele, rücken einander nicht von der Seite, gehen zusammen durch dick und dünn. Und lassen sich weder von den skeptischen Blicken kopfschüttelnder Touristen entmutigen noch dadurch aus der Fassung bringen, dass es trotz wiederholter Versuche mit dem ersehnten Geschlechtsakt partout nicht klappen will. Wenn das nicht wahre Liebe ist …

Das Nilpferd und die Freiheit

Ein Nilpferd wie »Ina« mag sich den Ruf eines Partisanen der Liebe redlich verdient haben – ein Held ist es trotz seiner alle Etikette sprengenden Liaison zu einer wiederkäuenden Milchproduzentin nicht geworden. Helden sind bekanntlich aus anderem Holze geschnitzt. Es sind in der Regel Geschöpfe, die Übermensch-, pardon, Übertierliches zustande bringen. Die ihren Artgenossen durch außergewöhnliche Lebensleistungen ein Beispiel geben. Und nicht müde werden darauf hinzuweisen, dass das Essenzielle all unserer Existenz die Freiheit ist.

Auch unter Nilpferden hat sich dieses Denken im Laufe der Geschichte durchgesetzt. Immer wieder hat es Hippos gegeben, denen der Wunsch nach Freiheit und Ungebundenheit beinahe magische Kräfte verlieh. Damit sind nicht jene gewiss bemerkenswerten Tiere gemeint, denen es immer wieder einmal gelingt, für ein paar Stunden oder Tage der Tristesse eines Zoos zu entfliehen oder der Knechtschaft eines Zirkus zu entkommen. Heldenstatus gebührt vielmehr Figuren wie dem Nilpferdbullen »Hugo«, der 1966 die tansanische Hauptstadt Daressalam tagelang unsicher machte, die Plantagen ratzekahl leer fraß, allen Fallen nahezu spielerisch aus dem Weg ging und just in jenem Augenblick spurlos verschwand, als die lächerlich gemachte Polizei seinem Treiben mithilfe großkalibriger Schusswaffen ein Ende bereiten wollte. Heldenstatus gebührt ebenso Figuren wie Hugos Vorgänger »Harald«, der 1956 den Fluten seines südafrikanischen Heimatflusses entstieg, um die Großstadt Johannesburg einmal ordentlich in Panik zu versetzen, und nach einigen vandalistischen Wundertaten den Häschern im Schutze der Nacht entwischte. Figuren wie das nur als »Limonaden-Nilpferd« bekannte Tier, das im Jahr 1955 regelmäßig an einer offenbar besonders attraktiven südafrikanischen Strandbar auftauchte und sich dortselbst gern, ausdauernd und ohne Entrichtung einer Gebühr fotografieren ließ, so ihm die Knipser für seine großzügige Geste nur einen ordentlichen Vorrat der von ihm favorisierten Brause spendierten.

Das Heldenhafte überwunden haben und ins geradezu Legendäre aufgestiegen sind dagegen zwei Nilpferde, die im 20. Jahrhundert durch einen nicht zu stillenden Durst nach Freiheit für Schlagzeilen sorgten – ein leibhaftiges und ein eher imaginäres Exemplar. Letzteres hörte auf den wissenschaftlichen Namen »Hippopotamus mittelhessiensis« und trieb sich im Dezember 1996 weniger in den Fluten der Lahn als vielmehr auf den Seiten des ›Gießener Anzeigers‹ (GA) herum. Auf ihren lokalen Seiten und innerhalb der Rubrik »Rund um die Hochschule« berichteten die Redakteure der Tageszeitung über mehrere Wochen über das Leben eines höchst ungewöhnlichen Nilpferdes. Das selten anzutreffende Schwergewicht ließen sie am 3. Dezember 1996 ohne Vorwarnung in den beengten Räumlichkeiten der »Villa Leutert« auftauchen, wo seinerzeit das Transferzentrum (TZM) beheimatet war – und einen Tag später wieder verschwinden. Die folgenden vorweihnachtlichen Wochen nutzten die Zeitungsmacher zu einer nikolaus- beziehungsweise christkindfreien Pressekampagne ironischen Zuschnitts – die Prominenz der Stadt wie die Leser spielten das Spiel um Wunsch und Wirklichkeit begeistert mit.

Regierungspräsident Hartmut Bäumer etwa warnte die Bevölkerung davor, sich dem entflohenen virtuellen Nilpferd allzu unbedacht zu nähern: »Der Hippopotamus mittelhessiensis kann gerade deshalb eine Gefahr darstellen, weil er auf der Grenze zwischen Fiktion und Realität lebt. Wir wissen seit der Französischen Revolution, wie gefährlich gerade freigesetzte Ideen sein können.« Prof. Volkmar Wolters vom Institut für

Allgemeine und Spezielle Zoologie der Justus-Liebig-Universität Gießen zerstreute per Interview die Bedenken besorgter Tierliebhaber, der fiktive Dickhäuter könne das mittelhessische Klima möglicherweise nicht vertragen: »Gerade die Subspezies mittelhessiensis ist außerordentlich stabil und resistent. Sie ist problemlos in der Lage, in der Lahn zu leben.« Uni-Präsident Prof. Heinz Bauer machte sich höchst offiziell Sorgen um die Verpflegung des entsprungenen Kolosses: »Die Universität kann für das Futter leider nicht aufkommen, unsere desolate Haushaltslage erlaubt es nicht. Ich kann nur hoffen, dass sich die Bevölkerung des Hippos annimmt.« Polizeipräsident Manfred Meise erbot sich, bei der Suche nach dem Nilpferd dahingehend behilflich zu sein, dass er die Hessische Wasserschutzpolizei um die Überlassung eines Ein-Mann-U-Bootes bitten wolle. Und in einer schwer nach Schankwirtschaft ausschauenden »Einsatzzentrale« traf sich eine »Sonderkommission Hippopotamus« (SoKo Hippo) zur Koordination aller Such-, Hilfs- und Rettungsaktionen. Vertreter von Universität und Fachhochschule, Regierungspräsidium und Tageszeitung, Transferzentrum und einer örtlichen Brauerei bildeten diesen kleinen Krisenstab und baten die Zeitung lesende Bevölkerung um sachdienliche Hinweise per Telefon, Fax oder E-Mail.

Das Völkchen zwischen Gießen und Wetzlar, für seinen brüllenden Humor nicht eben berühmt, ließ sich nicht lange bitten. Eine Leserin meinte, mit dem so erfolgreich Versteck spielenden Tier unlängst ein wenig geplaudert zu haben: »Man muss schon sehr früh aufstehen, um ihm zu begegnen. Es war noch dunkel, aber wir erkannten uns sofort. Ich lud ihn zu einem Frühstück ein (zufällig spreche ich seine Sprache) und so kamen wir ein wenig ins Erzählen. Hektik von außen und Langeweile von innen hatten ihn wohl dazu getrieben, auf die Suche nach einem etwas anderen Leben zu gehen. Östlich von Gießen fand er irgendwann ein Gebiet, das ihm sehr zusagte: Wiesen und Teiche! Um dies einmal in Ruhe genießen zu können, bat er mich dringend darum, seinen Ort nicht zu verraten.«

Dieser Hinweis wiederum rief die Taucher des Sportvereins »Grün-Weiß Gießen« auf den Plan. Sie behaupteten gegenüber der Zeitung jedenfalls steif und fest, beim traditionellen Nikolaustauchen in einem der Heuchelheimer Seen nicht dem Knecht Ruprecht, sondern dem gesuchten Nilpferd begegnet zu sein: »Wir entdeckten in sechs Meter Tiefe den meistgesuchten Dickhäuter Mittelhessens. Natürlich ließen wir es uns nicht nehmen, den Hippo als Mitglied der Prüfungskommission beim Tauchlehrgang im Januar 1997 im Hallenbad Pohlheim anzuheuern.« Eine Begegnung der dritten Art, deren Wahrheitsgehalt jedoch zu Zweifeln Anlass gibt. Gleichzeitig will nämlich eine Dame aus dem benachbarten Linden das umtriebige Tier als Tramper in ihrem Auto mitgenommen haben. Meinte ein Mitarbeiter des Mathematischen Instituts der Uni, das Nilpferd habe es sich zweifellos zwischen Lehrbüchern und Fachzeitschriften in der institutseigenen Bibliothek gemütlich gemacht. Behauptete ein Scout der Deutschen Pfadfinderschaft, das Verkehrschaos auf der Lahnbrücke in Bellhausen sei mitnichten, wie offiziell kolportiert, durch Baustellenschmutz hervorgerufen worden, sondern durch einen Riesenhaufen Nilpferddung. Und glaubte ein technischer Experte herausgefunden zu haben, dass eigentlich nur ein Nilpferd als Ursache für die Beschädigung der Landwehr in Lollar infrage komme – die Hochwassergefahr heraufbeschwörende Zerstörung der Staustufenkuppe und großer Teile des Betonabflusses sei wohl der Tatsache geschuldet, dass das verschwundene Nilpferd das Wehr mit dem schrägen Abfluss bei fröhlichen Planschereien als Hipporutsche benutzt habe.

Wo das Tier in der Zwischenzeit denn nun wirklich gesteckt hat, das haben in letzter Konsequenz nicht einmal die findigen Journalisten des ›Gießener Anzeigers‹ herausgefunden. Aus gutem Grunde vielleicht. Die »Soko Hippo« nämlich überraschte eines Tages mit der sensationellen Nachricht, den Aufenthaltsort des Tieres nunmehr ausgemacht zu haben: »Unsere Recherchen haben ergeben, dass sich der Hippo im Verlagsgebäude des Gießener Anzeigers aufhalten musste. Hinweise auf das dort vorhandene Schwimmbad haben sich zu einer heißen Spur verdichtet. Wir fanden den Hippo im Bade und haben ihn sofort festgenommen.« Fortan fristete das arretierte Tier ein zwar langweiligeres, aber zumindest sicheres Dasein als Maskottchen auf den Hochschulseiten der Tageszeitung. Und auch dem Transferzentrum, in dessen Räumlichkeiten die Abenteuer des Hippopotamus mittelhessiensis ja begonnen hatten, blieb es zumindest ideell verbunden: Nachdem die TZM-Mitarbeiter ihr bescheidenes Domizil in der »Villa Leutert« aufgegeben und stattdessen eine großzügige Etage in der neuen Zwecken zugeführten Steubenkaserne bezogen hatten, erinnerte eine unübersehbare Hippo-Figur vor dem Eingang an aufregende Zeiten.

Das leibhaftige Nilpferd, dessen Freiheitsbestrebungen des Berichtens wert sind, hörte auf den schönen Namen »Huberta« beziehungsweise »Hubert«. Denn bevor der weltweit für Aufregung sorgende Koloss am Ende seiner Eskapaden nicht zweifelsfrei als Dickhäuter weiblichen Geschlechts bestimmt worden war, firmierte er unter seinem falschen maskulinen Kosenamen. Die südafrikanische Hippo-Dame, deren Geschichte G. W. R. Le Mare, einen Reporter der englischsprachigen südafrikanischen Tageszeitung ›Natal Mercury‹, im Jahr 1931 sogar zur Veröffentlichung eines kleinen Buches mit dem Titel ›The Saga of Huberta‹ anregte, hält einen bis heute unerreichten Rekord – sie begab sich vor etwas mehr als 70 Jahren auf eine insgesamt dreijährige und 1600 Kilometer lange Wanderschaft in Richtung Kap der Guten Hoffnung.

Geboren – so vermuten zumindest die lokalen Huberta-Geschichtsschreiber – im Jahr 1927 bei St. Lucia an der südafrikanischen Ostküste und aufgepäppelt ein paar Kilometer weiter südlich in den Sümpfen von Richards Bay, begann die junge Dame, inzwischen zu imposanter Größe und gut zwei Tonnen Lebendgewicht gelangt, schon im Jahr 1928 mit dem Versuch, sich einen Eintrag ins ›Guinness Buch der Rekorde‹ zu erwandern. In New Gelderland nahe der Ortschaft Stanger erschien sie am 22. November jenes Jahres ein paar ungläubig dreinblickenden Arbeitern einer Zuckerrohrplantage – als ob nichts wäre, saß sie eines Morgens inmitten der Felder und tat sich in aller Seelenruhe an einem Zuckerrohrfrühstück gütlich. Die Jungs waren doppelt irritiert – zum einen war ihnen der Hippo-Appetit auf Süßes fremd, zum anderen galten Nilpferde in dieser Gegend der Provinz Natal seit 30 Jahren als ausgestorben.

Die Plantagenarbeiter behielten die sensationelle Nachricht nicht für sich – und prompt stand der gesamte Landstrich entlang des Indischen Ozeans Kopf. Das Nilpferd war auf einen Schlag *das* Gesprächsthema bei Jung und Alt. Ein cleverer Fuhrunternehmer in Stanger bot Bustouren zum Zuckerrohrkoloss an: »To the mighty hippo and back – 6 d only«, hatte er mit Kreide an sein Gefährt geschrieben. Und die Provinzverwaltung versuchte sich angesichts der offenbar friedlichen Absichten des Tiers sogar in der Rolle der Kupplerin – sie erlaubte dem Zoo im weit entfernten Johannesburg, das vermeintlich männliche Nilpferd (für eine Dickhäuterdame schicken sich derartige Abenteuer schließlich nicht ...) als neuen Gemahl für ihr verwitwetes Hippo-Weibchen »Venus« einzufangen.

Doch das inzwischen zu Unrecht »Hubert« getaufte Nilpferdmädchen gelüstete es weder nach lesbischen Beziehungen noch nach einer Existenz als zoologische Sensation. Als die Häscher sich ihr näherten, spielte sie mit ihnen Katz und Maus, tauchte mal hier ab und mal dort auf, machte hier aus Gründen der Körperertüchtigung einen Ausflug in die Mbozana-Sümpfe, dort aus Gründen der Nahrungsaufnahme einen Abstecher in noch jungfräuliche Zuckerrohrfelder. Und als die Johannesburger Jäger glaubten, sie nach all der Hatz denn doch gestellt zu haben, hüpfte sie einfach in ein bereitstehendes Wasserloch – und war damit jeglicher Sorge ledig. Der Tümpel nämlich galt dem Stamme der Zulus als heiliger Ort. Ihr mythenumrankter König Shaka soll genau hier einst Kriegsrat gehalten haben – und das Nilpferd, dortselbst ruhend von all den Strapazen, galt ihnen fortan als Inkarnation ihres unvergessenen Anführers. Da konnten die Jägersmänner toben, wie sie wollten: Hippo-Dame »Huberta« stand nun unter dem besonderen Schutz der Zulus. Und ließ es sich in dieser Rolle merklich gut gehen. Ihre neuen Freunde sorgten sich rührend um ihre körperliche Unversehrtheit – und vorbeituckernde Eisenbahnpassagiere um ihr leibliches Wohl. Kaum hatte sich nämlich die neue Wohnstatt des bereits landesweit zu Berühmtheit gekommenen Nilpferds herumgesprochen, verlangsamten die Zugführer kurz vor dem heiligen Wasserloch die Fahrt, grüßten die ungekrönte Hippo-Königin mit einem Pfiff der Lokomotive und forderten die Reisenden auf, das mitgebrachte Obst und Gemüse einfach durchs geöffnete Fenster seinem Bestimmungszweck zuzuführen.

Der Kult, den die Bevölkerung um die korpulente Lady trieb, blieb auch den verantwortlichen Politikern nicht verborgen. Manchen galt sie als Sympathieträgerin, manchen als Gottheit, manchen als Heldin. Die Provinzregierung von Natal stellte sie kurzerhand unter staatlichen Schutz, schickte die abwartenden Zoo-Fritzen aus Johannesburg in ihre Heimat zurück und forderte Presse wie Bevölkerung auf, den weiteren Wanderweg der unermüdlichen Dickhäuterin weiterhin wohlwollend und vor allem aggressionsfrei zu begleiten.

Denn für ewig und drei Tage gedachte Huberta sich nicht im Tümpel des seligen Shaka einzurichten. Im Januar 1929 machte sie es sich bei dem Örtchen Tongaat, sieben Kilometer nördlich von Durban, gemütlich: Mitten auf einer einspurigen Brücke hatte sie sich zu einem Nickerchen niedergelegt, aus dem sie erst die unmissverständliche Stoßstange eines überraschten LKW-Fahrers etwas unsanft aufweckte. Den Februar verbrachte sie – schließlich hatte die Urlaubszeit begonnen – sonnenbadend und Touristenmitbringsel verspachtelnd in der Umhlanga-Lagune, den März zumeist dösend auf dem gerade im Umbau befindlichen Beachwood-Golfplatz.

Nach kurzen Abstechern in eine Neubausiedlung und ein stillgelegtes Wasserwerk zog Huberta Anfang April 1929 triumphal in der Provinzhauptstadt Durban ein. Erst sprengte sie eine feine Gesellschaft im Durban Country Club, wo sie ein paar Autos anrempelte, ein paar Zäune umrannte, den Golfplatz ramponierte und eine kurze Stippvisite auf die hochherrschaftliche Veranda unternahm. Dann zog es das neugierige Nilpferd mit Macht in die Innenstadt, wo erst die Whysall's Rand Pharmacy sein Interesse fand, dann ein Hotel nebst Portier, anschließend ein mit einem Judy-Garland-Film bespieltes Kino, schließlich ein mit allerlei nahrhaftem Grünzeug bepflanzter Vorgarten und letztlich der Umhgeni-Fluss, in den es sich dann für eine kleine schöpferische Pause zurückzog.

Ganz Südafrika sprach in diesen Tagen über den vorwitzigen Hippo: das Volk, die Medien, selbst die Provinzregierung in öffentlicher Sitzung. Aber Huberta blieb kein rein südafrikanisches Thema: Zeitungen in London und New York, Kalkutta und Kairo, Sydney und Quebec berichteten über des Nilpferds abenteuerliche Reise. Die setzte sich in den Folgemonaten entlang der so genannten Holiday Coast von Natal und Transvaal in Richtung Süden fort – der absolvierte Tagesdurchschnitt belief sich im Laufe der drei Wanderjahre auf 1,5 Kilometer. Huberta machte Station am Sea Crow Lake, wo man 1898 die letzten Nilpferde der Region erschossen hatte. Verfrühstückte den kompletten Gemüse- und Obstvorrat eines indischen Markthändlers in Sydenham. Beguckte sich die kulturhistorisch interessanten Überreste der Mariannhill-Abtei. Besuchte so gut wie jedes Örtchen der Umgebung. Und badete in jedem Tümpel, jedem Fluss und jeder Lagune, die ihren Weg kreuzte.

1930 überschritt Huberta, ohne es zu wissen, die Grenze zwischen der Provinz Natal und der Kap-Provinz. Das sollte ihr anfangs noch Glück bringen. Denn als sich nun – wie weiland Koryphäen des Tierparks von Johannesburg – Experten des Zoos von Bloemfontein mit Käfigen und Lassos anschickten, das mirakulöse Tier für den eigenen Bestand einzufangen, kamen ihr abermals die Eingeborenen zu Hilfe. Erst hielten Stämme aus der Transkei ihre schützenden Hände über den Hippo – ein Medizinmann hatte seinem Volk erklärt, das Tier sei die

Reinkarnation eines vor Urzeiten verstorbenen Regenmachers. Und dann boten ihm Eingeborene aus der Nähe des Örtchens Berlin Schutz und Obdach – schließlich hatte ein längst verblichener Häuptling seinem Volk im Sterben geweissagt, einst in der Form eines wundersamen Tieres zu ihnen zurückzukehren. Und so wundersame Tiere wie wandernde Nilpferde waren in dieser Region seit annähernd 100 Jahren ausgestorben …

Doch irgendwann sollte auch Huberta einmal das Glück verlassen. Am 24. April 1931 machten vier Jäger ihrer Wanderlust ein jähes Ende und schossen ihr, als sie sich gerade behaglich im Keiskamma-Fluss nahe King William's Town zu einem Mittagsschläfchen niedergelassen hatte, ein paar Kugeln in den Kopf. Die Öffentlichkeit reagierte entsetzt. Die Todesschützen wurden als »Mörder« und »Attentäter« diffamiert und mussten tagtäglich befürchten gelyncht zu werden, das Justizministerium stellte sich auf die Seite des Volkes und machte ihnen den Prozess. Da sie sich jedoch damit herausredeten, in dem badenden Nilpferd partout nicht die Nationalheldin Huberta erkannt zu haben, fiel ihre Strafe glimpflich aus, obwohl selbst das Parlament auf ein hartes Urteil gedrängt hatte. Die vier Unglücksschützen – ein Vater, seine zwei Söhne und ein Schwager – wurden letztlich wegen Jagens ohne Jagdschein pro Nase zu umgerechnet 150 Euro Geldstrafe verurteilt.

Nach dem Tode des sagenumwobenen Nilpferds brachten die Zeitungen in aller Welt seitenlange Nachrufe. Das Kaffrarian-Museum von King William's Town barg die Leiche des erschossenen Tieres, präparierte sie und stellt den ausgestopften Körper noch heute mit einer Mischung aus Trauer, Stolz und Wut in seiner naturgeschichtlichen Abteilung zur Schau. Und selbst in den USA hat sich Hubertas Ruhm bis heute erhalten. Noch Anfang der siebziger Jahre – also 40 Jahre nach seinem tragischen Ende – errichtete die südafrikanische Bildhauerin Sonja Zytkow in der kalifornischen Kleinstadt Sausalito ein (inzwischen einem Erdbeben zum Opfer gefallenes) Denkmal für das vielleicht berühmteste Nilpferd aller Zeiten.

Das Nilpferd und der Tod

Das Ableben der bewegungslustigen Nilpferddame Huberta nach einem fast dreijährigen Marathon entlang der südafrikanischen Ostküste rief Anfang der dreißiger Jahre die Weltpresse auf den Plan. Ob seriöse Zeitung oder Revolverblatt, ob lokale Gazette oder weltweit vertriebener Meinungsführer – das tragische Ende des prominenten Dickhäuters wurde in Nachrichten, Berichten, Reportagen und in allen Sprachen der Welt vermeldet und beklagt.

Auch wenn solch grenz-, ja kontinentübergreifende Trauer wie weiland im Falle Huberta bis heute eher die Ausnahme geblieben ist – der Tod eines Nilpferds ist den Journalisten auch 60 oder 70 Jahre später noch immer ein willkommener Anlass, um ihrem Publikum mit herzergreifenden Geschichten das Augenwasser gleich literweise abzuzapfen. Wenn in freier Wildbahn ein Warzenschwein über die Wupper geht – geschenkt. Wenn in einem Tiergehege ein Tapir hopsgeht – egal. Wenn in einem Zoo ein Zebra das Zeitliche segnet – Schwamm drüber. Doch wenn ein mächtiger Nilpferdbulle seine Seele aushaucht, eine gebärfreudige Nilpferddame für immer die Augen schließt oder gar ein niedliches Nilpferdbaby allzu früh sein Dasein vollendet, dann laufen die Zeilenknechte in den Zeitungsredaktionen und die Mikro-Maniacs in den Rundfunkanstalten zur Höchstform auf. Je tragischer ein Hippo in die Grube fährt, umso anrührender die Storys und umso dicker die Überschriften.

»Jetzt schlachten sie die Hippos ab!«, vermieste die ›Bild am

Sonntag‹ im Juni 1995 ihren Lesern das Frühstück. Dazu fiese Fotos, Grausamkeiten in Wort und Bild und Sätze, die direkt auf die frisch mit Erdbeermarmelade und Zervelatwurst gefüllten Mägen der Kunden zielten. »Überall an den Ufern der Flüsse fließt jetzt Hippo-Blut«, heißt es an einer Stelle, »Sie stoßen ihre Speere durch die dicke Schwarte des Bullen, reißen tiefe, klaffende Wunden in den massigen Körper« an einer anderen. Die Geschichte über sudanesische Wilderer, die die Gier asiatischer Elfenbeinschnitzer durch tausendfachen Nilpferdmord befriedigten, war schon damals nicht neu, ging aber den harmonisch gestimmten sommerlichen Sonntagslesern ordentlich ans Herz. Und führte im Nachgang nicht nur zu einer Unterschriftensammlung des Clubs der Nilpferdfreunde, sondern auch zu einer versuchten Rettungsaktion des einschlägigen Magazins ›Coupé‹, das sich gemeinhin mehr nackter Frauenhaut denn gefährdeter Hippo-Haut zu widmen pflegt. Die Nackedei-Postille aus Wiesbaden, deren publizistisches Knowhow sich bis dato in der peniblen Präsentation ausgewählter, ausgefeilter und außergewöhnlicher Sexualpraktiken erschöpft hatte, appellierte mit aller Vehemenz an ihre tierfreundlichen Leser: »Coupé und Tierfreunde wollen mit ganzer Macht das Abschlachten verhindern. Die Zeit läuft gegen uns, denn schon bald können die armen Nilpferde für immer ausgestorben sein. Sammeln Sie Unterschriften, liebe Leser, und schicken Sie uns diese zu. Coupé-Reporter Jens Biedenkopf wird die Unterschriften zusammen mit einem Protestbrief der sudanesischen Botschaft in Bonn übergeben!«

Die persönliche Betroffenheit hielt sich aufgrund der nicht zu unterschätzenden Entfernung zwischen Khartum und Kaiserslautern allerdings in Grenzen. Anders verhält es sich, wenn ausgerechnet das Lieblingsnilpferd des örtlichen Tierparks ins Gras gebissen hat. Dann setzt es nicht nur tränenreiche Trauertexte seitens der Journaille, sondern rührende Beileidsbekundungen, herzzerreißende Abschiedsszenen und vollgeweinte Taschentücher seitens der Bevölkerung.

So im Dezember 1988, als auf dem Höhepunkt des Boris-Becker-Booms ein Anhänger des Tennissports das Leben des Stuttgarter Nilpferdbullen »Egon« jäh beendete. Ob mit einem Rückhandvolley oder einem Grundlinienschlag ist nicht überliefert – der Ball jedenfalls, den der unbekannt gebliebene Zoobesucher dem Bewohner des Wilhelma-Tiergartens bereits im November in den weit geöffneten Schlund geschmissen hatte, zeigte kurz vor Weihnachten tödliche Wirkung. Der stoffüberzogene Hohlball aus Gummi führte bei Egon zu einem Darmverschluss, eine Operation war nicht möglich. Zum einen, so seinerzeit der Wilhelma-Pressesprecher, hätte die rund sieben Zentimeter dicke Haut des Tieres einen möglichen Einschnitt nicht vertragen, zum anderen sei das Zusammenwachsen einer derartigen Operationsnarbe nahezu ausgeschlossen. Der Tod des Tieres, das ohne die hinterhältige Filzballattacke nach Meinung von Veterinärmedizinern noch gute 20 Jahre zu leben gehabt hätte, nahm man im Schwabenländle mit Bestürzung auf. Die Deutsche Presseagentur (dpa) in der baden-württembergischen Landeshauptstadt verstieg sich nach dem spektakulären Dahinscheiden des Dickhäuters sogar zu der Behauptung, ›Egon‹ und seine nunmehrige Witwe »Rosi« seien in Stuttgart stadtbekannte Persönlichkeiten gewesen.

Dass die per Nachrichtenticker republikweit verbreiteten Umstände, unter denen Egon vom Leben zum Tode befördert worden war, dazu beitragen würden, nilpferdfeindliche Spiel- und Sportgeräte fürderhin aus zoologischen Gärten zu verbannen, blieb indes nur ein frommer Wunsch. Als habe er in einem ›Handbuch perfider Tötungsarten‹ die Tennisballtat von Stuttgart ausgiebig studiert, schickte wenige Jahre später ein bis heute nicht gefasster Hippo-Hasser den 17 Jahre alten Bullen »Schorschi« aus dem Kronberger Opel-Zoo in die ewigen Jagdgründe. »Schorschi wird nie wieder auftauchen«, hieß es mit merklichem Trauerflor Mitte Mai 1996 in der ›Frankfurter Neuen Presse‹. Das Vorgehen im Taunus ähnelte der Wilhelma-Attacke von 1988 bis ins Detail: Tennisball, Darmverschluss, Exitus. Schorschi, der sich die Zeit gern damit vertrieben hatte, allzu vorwitzige Besucher überfallartig mit Brackwasser oder Kotbrocken zu bombardieren, ging elend zugrunde. Seine Nilpferdmama verweigerte darob über Tage die üblichen Grunzgeräusche, Besucher des Tierparks legten Blumenkränze nieder und die Zoodirektion installierte für den Liebling der Massen eine Gedenktafel. Auf der wurde der niederträchtige Tennisattentäter als »(Un-)Mensch« bezeichnet, das Drama hinter dem Drama jedoch dezent verschwiegen. Schorschis Vater nämlich hatte 16 Jahre zuvor auf ähnlich schicksalhafte Art und Weise sein Leben lassen müssen – ihm hatte ein mit zweifelhaftem Humorverständnis ausgestatteter Zeitgenosse einen Regenschirm in den Rachen gestopft ...

Gelangte besagter Hippo-Papa auf diesem Wege posthum zu trauriger Berühmtheit, so eilte Nilpferdlady »Lina« im Wuppertaler Zoo schon zu Lebzeiten ein beinahe legendärer Ruf voraus. Spätestens als der damalige nordrhein-westfälische Ministerpräsident Johannes Rau (SPD) Mitte der achtziger Jahre seinen intimen Briefwechsel mit der von ihm hochverehrten Dame veröffentlicht hatte, war das mollige Frollein weit über die Grenzen der Schwebebahnstadt hinaus bekannt. Umso größer war der Schock, als die Leser der ›Westdeutschen Zeitung‹ im September 1991 die traurige Nachricht vernehmen mussten: »Zu alt, zu schwach: Lina ist tot.« Glücklicherweise beendete die gemütliche Dickhäuterin ihr Erdendasein nicht auf ähnlich tragische Weise wie Artgenosse Egon. Vielmehr starb die betagte Flusspferdfrau, mit immerhin 50 Lebensjahren ältestes Tier des Wuppertaler Zoos, an den altersbedingten Wehwehchen – erst war sie auf einem Auge erblindet, dann verweigerte sie ihre Nahrung und magerte auf lächerliche anderthalb Tonnen ab. Und am Ende, nachdem sie über Jahre mit flaschenweise verabreichten Herzmitteln fit gehalten worden war, machte denn auch die Pumpe nicht mehr mit. Um ihr weitere Qualen zu ersparen, entschied Zoodirektor Dr. Ulrich Schürer, die seit ihrer Kindheit im Wuppertaler Zoo beheimatete Nilpferddame einzuschläfern. Als ihr massiger Körper der Tierverwertungsgesellschaft im westfälischen Marl überantwortet wurde und nicht einmal mehr ein Zahn an die vier Jahrzehnte ihres Wirkens zu erinnern vermochte, war ein besonderes Kapitel der Stadtgeschichte abgeschlossen. Ganz Wuppertal erging sich in aufrichtiger Trauer.

Wie nur wenige Monate später die ganze Schweiz. »Alle trauern um Juba«, hieß es im Januar 1992 in der helvetischen Zeitung ›Blick‹. Die Nilpferddame, getauft nach dem in Äthiopien entspringenden und durch Somalia mäandernden Fluss, galt etliche Jahrzehnte und mehreren eidgenössischen Generationen als unangefochtener Star im renommierten »Zirkus Knie«. Die gebürtige Dänin, 1950 im Kopenhagener Zoo zur Welt gekommen, gab mehr als 30 ihrer insgesamt 41 Lebensjahre eine nicht untalentierte Artistin unter der Zirkuskuppel. Die sowohl kinder- als auch partnerlose Juba tollte dabei mit Elefanten, Pferden oder Kamelen durch die Manege, stand mucksmäuschenstill und statuengleich auf einem Podest im Scheinwerferlicht und gewährte den Clowns gelegentlich ein paar atemberaubende Ausritte. War ihr Arbeitsleben auch anstrengend und ihr Umhervagabundieren im zirkuseigenen Bassinwagen auch aufregend – der Tod ereilte die zweieinhalb Tonnen schwere Dickmadame auf zutiefst profane Weise. Aufs Altenteil zurückgezogen und von Medizinern gut versorgt, verschied die gutmütige Hippo-Lady sanft und entspannt im Schlaf.

Von Entspannung konnte dagegen im Todesfall der Nilpferddame »Tanga« nun wahrlich nicht die Rede sein. Der betagten Nilpferdoma aus dem Münchner Tierpark Hellabrunn, die immerhin zehn Junge zur Welt gebracht und voller Stolz etliche Enkelkinder in einem (groß)mütterlichen Solidaritätsakt noch mitgesäugt hatte, machte die Hitzewelle im Juli

1995 derart zu schaffen, dass sie sich angesichts der nicht enden wollenden subtropischen Temperaturen zur Übersiedlung in den Nilpferdhimmel entschied. Ihr Abschied vom Erdendasein hatte sich für aufmerksame Beobachter und die Tierpfleger angedeutet: Vier Tage lang hatte sie nichts mehr gefressen und sich dadurch so sehr geschwächt, dass sie zum Verlassen ihres Wasserbeckens nicht mehr in der Lage war. Für Hellabrunn war ihr Ableben ein herber Verlust, für die Besucher des Tierparks ein trauriges Ereignis, für die Zoologie gar ein einschneidendes Datum. Schließlich galt die 1934 im Leipziger Zoo geborene und 1941 ins Bayrische umgesiedelte Tanga als das vermutlich älteste Nilpferd der Welt. Sie starb am 12. Juli 1995 mit 61 Jahren, zwei Monaten und 18 Tagen auf dem Buckel. Den gültigen Altersrekord hatte zuvor ein Nilpferdbulle mit 54 Jahren und vier Monaten gehalten.

Auf ein derart langes Leben können, wenn sie von der Bühne des Lebens abtreten, nur die wenigsten Nilpferde zurückblicken. Ein im Jahr 2000 geborenes Hippo-Baby im Kronberger Tierpark etwa brachte es gerade mal auf eine Lebensdauer von 24 Stunden – dann wurde es von seinem Vater, dem Flusspferdbullen »Max«, in einem Anflug von Tobsucht totgebissen. »Eifersuchts-Drama im Opel-Zoo«, schlagzeilte die Postille ›Köln Extra‹ in dicken Lettern. Und die Tierpfleger trugen das insgesamt 15. Junge der immerhin schon 41 Jahre alten Nilpferdseniorin »Tana« zu Grabe, bevor sie ihm überhaupt einen Namen hatten geben können.

Auf andere, jedoch nicht minder spektakuläre Weise hatten in den Jahren zuvor drei schon ausgewachsene Dickhäuter ihr Leben aushauchen müssen. So kündete im Januar 1990 die amerikanische Nachrichtenagentur »Associated Press« (ap) vom traurigen Ende eines Nilpferdlebens im südenglischen Andover: »Der Ausflug der drei Tonnen schweren Nilpferddame Hilda zu ihrem Freund Harvey endete dramatisch. Hilda konnte es wohl nicht erwarten, in trauter Zweisamkeit mit dem Geliebten für Nachwuchs in den englischen Safari-Parks zu sorgen. Während der Fahrt im engen Anhänger überkam das Tier eine innere Unruhe. Hilda sprang auf und versuchte sich umzudrehen. Dabei kam der Hänger ins Schlingern und kippte. Hilda wurde aus dem Hänger geschleudert und nutzte die unverhoffte Befreiung für einen Spaziergang. In aller Seelenruhe graste sie am Rande einer stark befahrenen Schnellstraße westlich von London, legte sogar ein kurzes Nickerchen ein und versetzte dabei manchen Autofahrer in Erstaunen. Die Bemühungen des Tierarztes, die Nilpferddame wieder einzufangen und in einen Ersatzhänger zu verfrachten, wurden Hilda schließlich zum Verhängnis. Es gelang dem Arzt nicht, das schwere Tier zu betäuben und ihm dann schnell genug ein Gegenmittel zu spritzen. Der ungewohnte Stress ging der zehnjährigen Hilda dann doch unter die dicke Haut. Den vermeintlichen Rettungsversuch überlebte sie nicht.« Dieselbe Agentur vermeldete 1992 und 1993 zwei weitere ungewöhnliche Hippo-Todesfälle – beide ereigneten sich seltsamerweise im Octagon-Tierheim der Gemeinde Punta Gorda im US-Bundesstaat Florida. In ersterem Fall sei der betagte Nilpferdbulle »Percy« von mit Kleinkalibergewehren ausgestatteten Rowdys einfach abgeknallt, in letzterem Fall sein Bruder – das im Ruhestand lebende Zirkusnilpferd »Garth« – vom Blitz erschlagen worden.

Doch auch wesentlich schnödere Todesursachen taugen für fette Schlagzeilen, wenn man nur Redakteure mit ausgeprägtem Talent zur Dramatisierung ranlässt. »Herpes schuld?«, fragte im November 1997 ein Berliner Boulevardblatt, nachdem Zuchtbulle »Nante« aus dem Zoologischen Garten mitten im 18. Lebensjahr und kurz nach der Übersiedlung aus dem alten ins neue Flusspferdhaus den Löffel abgegeben hatte. Anhaltspunkte für ihre Virustheorie hatten die Journalisten allerdings nur wenige. Tatsache war vielmehr, dass der beliebte Dickhäuter eine notwendig gewordene Zahnoperation nicht überstanden hatte. Seine unteren Eckzähne waren gestutzt worden – da sie sich bereits in des Hippos Maul gegraben hatten, was seine normale Nahrungsaufnahme erst gestört und am Ende fast unmöglich gemacht hatte. Doch die Betäubungsspritze, die die Veterinäre zu ihrem eigenen Schutz und auch zum Schutz des Patienten setzten, gab ihm den Rest. Der ob seiner Ernährungsprobleme merklich abgemagerte Nante legte wenige Minuten nach Verabreichung der Beruhigungsdosis den Kopf zur Seite, seine Atmung setzte aus, dann stand sein Herz still. Für die Zoogänger an der Spree war das Ableben von Nante ein veritabler Schock. Schließlich war er nicht irgendein Nilpferd, sondern Sohn des wohl berühmtesten Nilpferdpaares der Republik. Während Mama »Bulette« mit stolzen 49 Jahren noch immer die Fluten ihres Berliner Zoodomizils durchpflügt, war der Tod von Papa »Knautschke« im Sommer 1988 für die Hauptstädter ein einschneidendes kollektives Erlebnis gewesen wie vorher vielleicht nur der Bau der Mauer und später der Fall derselben.

Doch eigentlich wird eine solche Einschätzung der wahren Bedeutung dieses speziellen Nilpferds nicht im Entferntesten gerecht. Dass sein letztes Stündlein geschlagen hatte, beschäftigte seinerzeit nicht nur die Berliner, sondern die ganze Republik. »Die größte Berliner Klappe«, überschrieb die ›Süddeutsche Zeitung‹ ihren Nachruf. »Ein zwei Tonnen schwerer Casanova«, war der Nekrolog in der ›Welt‹ betitelt, »Liebling, Zoo«, rief ihm die ›taz‹ hinterher. Die ›Abendzeitung München‹ weinte ein paar dicke Tränen, die ›Stuttgarter Zeitung‹ rief zu »Spenden für ein Flusspferd im Himmel auf«. Und selbst die derart trivialen Dingen unserer Existenz zumindest damals noch reichlich abholde Wochenschrift ›Die Zeit‹ widmete dem Ableben der Berliner Nilpferdikone in ihrem Kulturressort wie selbstverständlich ein paar bewegende Zeilen: »Mitten in der Diskussion über das Schwinden der Leidenschaften im kanadischen Autorenfilm ereilte uns die Meldung von einem blutigen Familiendrama, einer exemplarischen Begebenheit in Berlin: Sohn schlägt Vater, der mit seiner Tochter eine ganze Reihe von Kindern gezeugt hatte, Zahn aus. Vater stellt Essen ein und stirbt. Er teilte sein Los mit dem der älteren Generation in der Halbstadt: Bombennächte überlebt, Blockade mitgemacht und nun umgeschubst von einer Jugend, deren ödipale Kraft so matt ist, dass sie sich erst an Moribunden vergreift. Berlin trauert um Knautschke, den Nestor unter Berlins Nilpferden, der im Alter von 45 Jahren starb. Betroffen aber sind wir alle, Berliner oder nicht, denn irgendwie war sein Tod wie unser aller Ende: ›Er ist mindestens zehn Jahre älter geworden, als er es in Freiheit gekonnt hätte.‹ Das sagte sein Wärter, und es erfüllt uns mit Melancholie: Wollten wir nicht auch wild und gefährlich leben?«

Schlagzeilen und Zwischentöne, die anzudeuten vermögen, dass Knautschke keineswegs ein pflegeleichter Vertreter, sondern eher ein schwieriger Charakter war. Wie sollte es auch anders sein bei einem derart bewegten Leben? 1943, zwei Jahre vor Beendigung des Krieges, erblickte er im Berliner Zoo das Licht der Welt. Dass er überhaupt seinen ersten Geburtstag feiern konnte, war reines Glück: Den Bombenhagel, der 1944 auf Berlin niederging und auch den Zoologischen Garten in weiten Teilen zerstörte, überlebten ganze 90 Tiere – darunter das damals gerade acht Monate alte Nilpferdbaby Knautschke. Da er seine Eltern bei dem Angriff verlor, drohte der Nilpferdknabe als Waise aufzuwachsen, was jedoch ein findiger Zoowärter zu verhindern wusste – er nahm den kleinen Koloss kurzerhand mit nach Hause und päppelte ihn so lange in der heimischen Zinkbadewanne auf, bis er ihm physisch und psychisch für ein elternloses Dasein hinter Tierparkmauern stabil genug erschien. Um ein gedeihliches Erwachsenwerden des drolligen Hippos kümmerten sich neben den dafür bezahlten Tierpflegern vor allem die Nachkriegsberliner – trotz Lebensmittelknappheit fütterten sie ihr unangefochtenes Lieblingstier mit selbst gezogenen Kohlköpfen aus der Laubenpieper-Kolonie und trockenen Brötchen. Selbst ein Küchenmesser, das wie auch immer den Weg in seinen gierigen Schlund fand, soll er dereinst verletzungsfrei heruntergeschluckt, verdaut und wieder ausgeschieden haben.

Knautschke dankte den Berlinern, die in dem Nilpferd seiner großen Klappe wegen eine Art Geistesverwandten erkannt haben dürften, in den Folgejahrzehnten ihre Gutherzigkeit. Er zeigte sich stets friedlich und geduldig, riss sein Maul auf, wenn Schulkinder ihn quengelnd darum baten, und erwies sich als derart fortpflanzungsfreudig, dass erst der Berliner Zoo und dann Tierparks in der ganzen Welt die Nilpferdzucht in seine Hände beziehungsweise seine Lenden gaben. Sein erstes Kind zeugte er mit sechs Jahren. Dem von der Berliner Zoodirektorin Dr. Katharina Heinroth und ihrem sächsischen Kollegen Dr. Karl Max Schneider im kalten Kriegsjahr 1949 initiierten deutsch-deutschen Techtelmechtel mit der Leipziger Nilpferddame »Grete« – die allen ideologischen Unstimmigkeiten zum Trotz zum Zwecke der Empfängnis für ein Schäferstündchen nach Berlin entsandt worden war – entstammte das Mädchen »Bulette«, in späteren Jahren seine unangefochtene Lieblingsfrau. Insgesamt setzte er höchstpersönlich 32 Junge in die Welt: »Schwabbel« und »Käthy«, »Schrippe« und »Jette«, »Klops« und »Jule«, »Auguste« und »Ottokar«, »Bukama« und »Nante«. Seine zwischen Polen und der Sowjetunion, zwischen den Niederlanden und den USA verstreuten Kinder dankten ihm dieses lobenswerte Engagement mit rund 150 Enkelkindern, und die Deutsche Bundespost ehrte den Sexperten 1977 als erstes Zootier der Welt mit einem eigenen Poststempel.

Der Haken an der Geschichte ist jedoch die lockere Sexualmoral der Dickhäuter. Haben die Menschen der Inzucht aus Gründen der Sitte und der geistigen Gesundheit doch weitgehend abgeschworen, so frönen die Nilpferde mit wachsender Begeisterung der Fortpflanzung unter nahen Verwandten. Knautschke, gegen dessen Erfolg bei den Frauen der französische Herzensbrecher Jean-Paul Belmondo laut der ›Welt‹ »wie der reinste Obersekundaner« wirkt, war in dieser Beziehung

Weltmeister – ein nicht unbeträchtlicher Teil seiner Nachkommenschaft entsprang heißen Nächten mit den eigenen Töchtern, Enkelinnen und Urenkelinnen. Gepflogenheiten, die ihm letztendlich zum Verhängnis wurden. Denn wie der Vater, so der Sohn: Ausgerechnet der zehnjährige Sprößling Nante machte dem Herrn Papa 1987 die langjährige Gefährtin abspenstig und zeugte mit der inzwischen 34 Jahre alten eigenen Mutter Bulette ein Töchterchen, der er also zugleich Vater und Bruder war. Einmal auf den Geschmack gekommen, mochte es Nante auch nicht mehr länger mit ansehen, dass sich ausgerechnet sein leiblicher Vater immer wieder an seine Frau, seine Töchter oder deren Mädchen heranmachte. Also forderte er den Patron zum Duell – und brachte Knautschke eine verheerende Niederlage bei. Obwohl, vom Verlust eines Eckzahnes einmal abgesehen, dem Kampf mit dem Filius ohne äußere Verletzungen entstiegen, war der Patriarch nach dieser fast ödipalen Tragödie nicht mehr derselbe. Er verfiel in Apathie. Verschmähte Rüben, Brot und Heu. Verweigerte den Ausstieg aus dem Wasserbassin. Und war letztendlich derart abgemagert, dass sich die Zoodirektion entschied, den mit 45 Nilpferdjahren (das entspricht umgerechnet etwa 80 bis 90 Menschenjahren) ältesten Flusspferdbullen Europas von seinem Leiden zu erlösen. Am 20. Juni 1988 ließen die Tierpfleger das Wasser aus dem Becken. Und ein Tierarzt – ob es sich dabei um Dr. Dietmar Jaroffke handelte oder um Dr. Reinhard Göltenboth, darüber konnten sich ›Berliner Zeitung‹ und ›BILD‹ in ihrer marktschreierischen Berichterstattung partout nicht einigen – setzte ihm eine mit einer Überdosis Beruhigungsmittel gefüllte Todesspritze in eine Vene im Oberkörper. Eine mögliche Empörung der rüde um ihren Liebling gebrachten Tierfreunde versuchte der damalige Zoosprecher Rudolf Reinhard gleich im Keim zu ersticken – Knautschke habe nicht gelitten, verlautbarte er höchst offiziell, und sei friedlich eingeschlafen.

Die Berliner indes wollten den Verlust nicht wahrhaben.

Sie defilierten zu Hunderten an Knautschkes verwaister Wohnstatt im Nilpferdhaus vorbei. Hinterließen Grußbotschaften und Blumensträuße. Und fanden in ihrer Trauer und ihrem »Knautschke darf nicht sterben«-Trotz Unterstützung durch die ›BZ‹. Das Boulevardblatt aus dem Hause Springer appellierte nur kurz nach dem Dahinscheiden des legendären Tieres an Herz und Portemonnaie seiner Leser und rief zu finanzieller Unterstützung für das »größte Tier-Denkmal der Stadt« auf. Ein nicht eben preiswertes Unterfangen, wie sich schnell herausstellte. Um den zu Lebzeiten mehrere Tonnen schweren Giganten auszustopfen, veranschlagte das mit Präparationen vertraute Institut für Allgemeine Zoologie an der Freien Universität (FU) Kosten von damals rund 35 000 Mark. Doch nachdem Experten der besorgten Bevölkerung versichert hatten, am Ende werde der Knautschke-Korpus nur über eine einzige Naht verfügen und die befinde sich unter dem Bauch und sei für Betrachter schlichtweg unsichtbar, rollte wie erhofft der Rubel. Sechs Jahre später war das Ergebnis der Sammelaktion zu bewundern – der von Präparator Manfred Gräfe in sorgfältiger Arbeit aufbereitete Knautschke war 1988 mit Originalknochen, mit Originalhaut und in Originalgröße wieder auferstanden. Der ausgestopfte Riese fand als so genannte Dermoplastik fortan eine neue Heimat in den Naturwissenschaftlichen Sammlungen Berlin.

Und wurde, da die Leute den so arg vermissten Dickhäuter im Zoo besuchen wollten und nicht im Museum, kurzerhand noch einmal kopiert. Am 6. März 1998, zehn Jahre nach dem Tod des vielleicht berühmtesten Zootiers aller Zeiten, wurde am Eingang des neuen Flusspferdhauses im Berliner Zoologischen Garten eine lebensgroße Bronzeplastik von Knautschke feierlich der Öffentlichkeit übergeben. 15 Zentner schwer und seinerzeit noch gültige 100 000 Mark teuer, erinnert die von Sponsoren finanzierte und von der Berliner Bildgießerei Noack erstellte Figur seither an das erfolgreiche Wirken eines unsterblichen Nilpferdbullen. Und ist sogar, wie auch die als

Springbrunnen dienende Knautschke-Figur am Wolffring im Berliner Bezirk Neu-Tempelhof, zu mehr als nur zum Staunen, Betrachten und wehmütigen Erinnern gut. Da die Ohren des Bronze-Hippos beheizt sind, können sich seit ein paar Jahren kleine und große Zoobesucher am unvergessenen Knautschke nicht nur die Herzen, sondern im Winter praktischerweise auch noch die Finger wärmen.

Das Nilpferd und die Anarchie

Wenn Sie bis hierhin in die Materie vorgedrungen sind, haben Sie den Hippopotamus amphibius in all seinen Facetten, seinen Rollen, seinen Leidenschaften kennen gelernt. Sie sind dem afrikanischen Nilpferd begegnet und dem politischen Nilpferd, dem literarischen Nilpferd und dem musikalischen Nilpferd, dem lustigen Nilpferd und dem werblichen Nilpferd, dem kulinarischen Nilpferd und dem verliebten Nilpferd, dem religiösen Nilpferd und dem verfilmten Nilpferd. Eine hippopotamologische Abart indes habe ich Ihnen bis dato vorenthalten: das anarchistische Nilpferd.

So freundlich und friedlich, so geruhsam und gemütlich, so ruhig und reserviert ein Nilpferd eigentlich auch sein mag: Es gibt Momente, da kriegt der Hippo seine verrückten fünf Minuten. Da rastet er regelrecht aus. Da kehrt er das Unterste zuoberst. Und benimmt sich so was von daneben, dass alle Beteiligten an der guten Nilpferdkinderstube zweifeln, Anstand und Sitte abhaken und bisweilen sogar um ihr Leben fürchten müssen.

In solchen Augenblicken kennt das Nilpferd keine Freunde, keine Grenzen, keine Autoritäten. In solchen Augenblicken kennt es keine Regeln, keine Abmachungen, keine Gesetze. In solchen Augenblicken sprengt es alle Fesseln, alle Ketten, alle Konventionen. Und gibt sich als Anarchist modernster Prägung zu erkennen: Individualistisch und hedonistisch zugleich, kämpft es für ein besseres Leben und eine gerechtere Nilpferd-Gesellschaft.

Wo, zum Beispiel, ist schriftlich niedergelegt, dass ein Nilpferd ausschließlich in afrikanischen Gewässern oder den Zoogehegen dieser Welt auf Tauchgang gehen darf? Hat sich jemals ein Mensch nach den wirklichen Bedürfnissen und Neigungen des Tieres hinsichtlich seiner Schwimmlust erkundigt? Ist jemals erfragt worden, ob es nicht auch einmal in Frei-, Hallen- oder Spaßbädern, in Gebirgsbächen oder Abwasserkanälen herumprusten möchte? Da die Beantwortung dieser Fragen vermutlich noch Jahrzehnte auf sich warten lassen wird, hat so mancher Hippo sein Schicksal einfach selbst in die Hand genommen.

Jenes Exemplar zum Beispiel, dem es angesichts umfänglicher Bauarbeiten auf dem afrikanischen Anwesen des Schauspielers Hardy Krüger plötzlich nach ganz speziellen Badefreuden gelüstete. Der TV-Serienstar schreibt dazu in seinem Buch ›Eine Farm in Afrika‹:

»Das frische Wasser befand sich noch keine drei Tage im frisch reparierten Becken, da gab es eines Nachts ein fürchterliches Geschrei. Das Wasser im Swimmingpool tobte wie das Meer bei einem Orkan. Ein junges Flusspferd war hineingefallen!

Alle Gäste kamen verschlafen und verwundert aus ihren Bungalows. Beim Schein aller Lampen, derer wir habhaft werden konnten, sahen wir den jungen Hippopotamus, der verzweifelt hin und her schwamm und laute Schreie ausstieß. Mit seinen kurzen Beinen gelang es ihm nicht, sich an der steilen Betonmauer hochzuziehen.

Was macht man in einem solchen Falle? Wie hilft man einem Nilpferd aus der Badewanne? Alle unsere Versuche schlugen fehl. Da in Afrika die Lösung sich manchmal über Nacht einstellt, gingen wir alle schlafen. Am nächsten Tage war das Tier verschwunden. Vermutlich ist es von seiner eigenen Welle ans Land gespült worden. Als Andenken hatte es in unserem Becken eine Jauche von Hippo-Kot und Hippo-Urin hinterlassen, die auf Monate hinaus, trotz angestrengter Reinigungsarbeiten, die Benutzung des Swimmingpools unmöglich machte.«

Ist solch unbefugtes Eindringen in den Privatpool eines Pseudopromis nicht im Sinne Michail Bakunins ein wundervolles Beispiel für Propaganda durch die Tat? Ist es nicht ein leidenschaftlicher Appell dafür, die Privatisierung solch kostbarer, leider aber begrenzter Güter wie Wasser nicht mehr länger hinzunehmen und sein eigenes Gerechtigkeitsempfinden, wie Henry David Thoreau es empfahl, über die Gerechtigkeit des Staates zu stellen? Und ist es nicht ein Aufruf zur Solidarität der Kreaturen, wie sie Peter Kropotkin in seiner epochalen Schrift ›Gegenseitige Hilfe in der Tier- und Menschenwelt‹ dereinst vehement gefordert hat?

Weniger radikal gingen ein paar andere Dickhäuter bei der Durchsetzung ihrer ungewöhnlichen Planschwünsche zu Werke. Das eine, »Nilson« mit Namen und seines Zeichens Star des Zirkus »Medrano«, begehrte im April 1990 bei einem Gastspiel seiner Arbeitgeber in Nordrhein-Westfalens Landeshauptstadt Düsseldorf, unbedingt ein paar Bahnen im Rhein zu schwimmen. Der Wunsch wurde ihm gewährt. Clown Pepo achtete darauf, dass sein Schützling nicht vom Beckenrand sprang. Und die örtliche ›Rheinische Post‹ titelte am nächsten Tag über den Badegast mit der wohl größten Wasserverdrängung aller Zeiten: »Da wurde aus dem Nilpferd Nilson ein Rheinpferd.«

Zwei andere Hippos, deren Namen trotz polizeilicher Ermittlungen nicht überliefert sind, hatten sich im Oktober 1986 einen hessischen Schwanenteich als Arena für ihre sportiven Ambitionen ausgeguckt. Ungefragt, ungestüm und ungeduscht nahmen sie Kurs in Richtung Wasserloch – aber lesen Sie selbst, was der lokale ›Gießener Anzeiger‹ seinerzeit schrieb:

»Mit ganz schweren Jungs hatten es zwei Beamte der Gießener Polizeistation kürzlich zu tun. Als sie zu nächtlicher Stunde eine Kontrollfahrt durch die Parkanlagen am Schwanenteich unternahmen, glaubten sie zunächst nicht, was sie da im Scheinwerferlicht sahen. Zwei zentnerschwere Flusspferde wandelten gemächlich in Richtung Teich.

Getrunken hatten die beiden Beamten nichts, sie waren ja schließlich im Dienst, also musste die Vision echt sein. Zunächst verharrten sie einige Zeit im Streifenwagen, denn über das Verhalten von Flusspferden bei Kontakt mit Ordnungshütern fehlte ihnen die Erfahrung. Als die Kolosse eine Zeit lang den Streifenwagen begutachtet hatten, gelangten die Polizisten zu der Erkenntnis, dass ihnen da eine friedliche Spezies gegenüberstand.

Mit gemischten Gefühlen nahmen sie – sie hatten nichts Besseres zur Hand – die berühmte Polizistenkelle und wiesen den beiden Flusspferden den Weg nach Hause. Und tatsächlich, wie es sich für ordentliche Bürger gehört, folgten sie der polizeilichen Weisung und trotteten ganz gemächlich zurück in ihr nicht weit entferntes Gehege auf dem Messeplatz, auf dem ihr Zirkus gastierte.

Als der Zirkusdirektor, der noch nichts von dem nächtlichen Ausflug seiner Flusspferde gewusst hatte, davon hörte, zog er ernsthaft in Erwägung, die Nummer der beiden Gießener Beamten in sein Programm aufzunehmen.«

Die beiden waren für ihre Kollegin »Elsbeth« wohl ein leuchtendes Beispiel. Das abenteuerliche Nilpferdmädchen, von Dompteur Charles Knie einst auf den Job als Star in der Manege vorbereitet, hatte 1990 von den miesen Arbeitsbedingungen im »Zirkus Fliegenpilz« jedenfalls genug und machte sich beim Gastspiel im fränkischen Fürth, ohne mit ihren Vorgesetzten auch nur Rücksprache zu nehmen, kurzerhand aus dem Staub. In der Regnitz fand sie ein gemütliches Ersatzwasserloch, das sie sechs Tage lang nicht mehr verließ. Die Bewohner der Stadt waren angesichts dieses Verhaltens erst irritiert, dann amüsiert. Die hartnäckige Dickmadame, in gewerkschaftlichen Hippo-Kreisen schnell als Rächerin der Enterbten bejubelt, konnte erst durch den Einsatz zahlreicher Rettungstaucher zur Rückkehr in den Schoß der Zirkusfamilie bewegt werden. Für ihre mutige Tat und ihren gewaltfreien Widerstand gegen die Staatsmacht huldigen ihr die Fürther

Bürger noch heute: Ihr zu Ehren heißt jenes Uferstück der Regnitz, das sie seinerzeit zur Flucht auserkoren hatte, seit 1992 – per Straßenschild und Bericht in der ›Süddeutschen Zeitung‹ offiziell beglaubigt – »Elsbeth-Ufer«.

Ein letztes Nilpferd, das sich einen feuchten Dreck um die Einhaltung der Baderegeln scherte, war in Wirklichkeit eine Ente. Ende Juli 1987 nämlich hatten Redakteure der »Welle Nord« des Norddeutschen Rundfunks (NDR) in der Sendung ›Umschau am Mittag‹ vermeldet, im Zuge eines illegalen Tiertransports sei nahe der Stadt Itzehoe ein Nilpferd ausgebüxt, welches sich zur Abkühlung kurzerhand in die Fluten des nahe gelegenen Flüsschens Stör gestürzt habe. Obwohl – wie die ›Kieler Nachrichten‹ tags darauf berichteten – Itzehoes Polizeirevierleiter Klaus Lemke glaubhaft von einer bisher erfolglosen Suche berichtete und mehrmals Warnungen vor einem herummarodierenden Nilpferd über den Äther gingen, war die Geschichte komplett erfunden. »Eine Koproduktion von Polizei und Studio«, erklärte der verantwortliche Radiomann, nachdem der Schwindel aufgeflogen war. Bezahlen wir für solch nilpferdfeindliche Unverfrorenheiten wirklich GEZ-Gebühren?

Absolut wasserdicht und nahezu notariell beglaubigt sind dagegen zwei Versuche querdenkender Nilpferde, die Ketten der Knechtschaft abzuwerfen und sich da aufzuhalten, wo es ihnen und nicht einem Wildhüter, einem Zoowärter oder einem Zirkusdirektor beliebt.

Im Februar 1989 verkündete die ›Salzburger Volkszeitung‹ in großen Lettern: »Nilpferd auf der Autobahn«. Und richtig: ein junger Hippo, auf dem Weg von Polen in seine neue italienische Heimat nahe Rom im Pritschenwagen eines todbringenden Tierhändlers eingepfercht, hatte die Nase voll vom Kapitalismus und seiner menschen- wie tierfeindlichen Tendenz, alles und jeden zu einer Ware zu degradieren. Also rumpelte er im Schutze der Dunkelheit so lange gegen den Holzverschlag im Autoladeraum, bis dieser ebenso wie zwei

Flügeltüren zerbrach, und sprang in Höhe der Gemeinde Golling auf die österreichische Tauernautobahn A 10. Der wohl von einem Batzen Kohle träumende Tierhändler merkte von dem Verschwinden des 250 Kilo schweren Nilpferds zuerst nichts – nachfolgende Autofahrer indes sehr wohl. Die verständigten jedenfalls um 1.35 Uhr die Autobahngendarmerie Golling, zeigten sich biologisch allerdings minderbemittelt und taten den ungläubigen Ordnungshütern das offenbar gelangweilte Herumwatscheln eines merkwürdig ausschauenden Wildschweins auf der Fahrbahn kund. Vier Polizisten, zwei Passanten und der nun doch aufgetauchte Tierdealer stellten dann Stunden später die wahre Identität des Herumtreibers fest und fingen ihn, ganz neuzeitliche Cowboys, mit einem Lasso ein. Wie dem Hippo sein antiimperialistischer Ausflug bekommen ist und warum die fünf mitreisenden Pythons ihn dabei nicht begleitet haben, entzieht sich meiner Kenntnis.

Im Januar 1987 kündete der englischsprachige Dienst der Presseagentur Reuters vom löblichen Versuch zweier Nilpferde im südafrikanischen Phalaborwa, die Welt vom Klassenfeind – in diesem Fall von der Pest snobistischer Golfspieler – zu befreien. Die drei Golfer Kannie Aacherman und Andre van Straaten aus Südafrika sowie Paul Burley aus dem nordenglischen Grimsby hatten während eines mit 65 000 Dollar dotierten Golfturniers am Kap derart dilettantisch drauflos gedroschen, dass ihre Bälle des Öfteren im Wasser eines Nilpferden als Heimstatt dienenden Sees anstatt in den fürs Putten vorgesehenen Löchern landeten. Das ging zwei eher den proletarischen Volkssportarten zugeneigten Hippos derart auf die Nerven, dass sie sich aus ihrer gestörten Mittagsruhe erhoben und den drei Golfnieten ihren Protest mit geöffnetem Maul, erhobener Stimmlage und von Angesicht zu Angesicht kundtaten. Die solcherart angeranzten Sportler und ihre Caddies rannten schreiend in alle Richtungen und begaben sich erst wieder aufs Grün, als sich die siegreichen Nilpferde wieder ins Wasser zurückgezogen hatten. Das Turnier wurde nach längerer Unterbrechung und ein paar kostspieligen Drinks fortgesetzt. Der Name des Siegers ist nicht überliefert.

All diese bisher vorgestellten Aktionen – von der erfolgreichen Poolbesetzung bis zur gelungenen Golfervertreibung – repräsentieren jedoch nur die eine Fraktion der anarchistischen Bewegung. Das andere Lager ist bekanntlich eher auf Rabatz aus, lehnt Gewalt nicht grundsätzlich ab, schreckt gar vor Attentaten nicht zurück. François-Claude Ravachol, Auguste Vaillant oder Emile Henry sind vielleicht die bekanntesten Vertreter dieser radikalen Schule. Einer Schule, die in den letzten Jahren auch unter Hippos zunehmend Anhänger gewonnen hat. Beispiele gefällig?

• Am französischen Toulouse ging laut ›Bild‹ im Sommer 1991 ein drei Tonnen schwerer Nilpferdbulle des örtlichen Zoos ohne Vorwarnung auf seinen Tierpfleger Jean-Marie Cosnard los. Der gute Mann hatte zum Zwecke der Körperpflege an den Fettpölsterchen von Nilpferddame »Irma« herumgerubbelt, worauf der empörte Dickhäutergatte ihn kurzerhand umrannte und dabei lebensgefährlich verletzte.

• Auf dem größten Strom im Süden Afrikas, dem 2660 Kilometer langen Sambesi, wurden im März 1993 Touristen aus Deutschland und Frankreich Opfer einer überraschenden Nilpferdattacke. Die Reisegruppe war mit zwei einheimischen Führern Bötchen fahrend im Hochland Sambias unterwegs, als eine Nilpferddame unvermittelt zur Attacke ansetzte und die Boote zum Kentern brachte. »Urlauber schwammen um ihr Leben«, titelte ›Bild‹ auf der ersten Seite – im Gegensatz zu ihrer professionellen Begleitung taten sie es erfolgreich. Reiseführer Evans Nemasango jedoch ertrank bei der Verteidigungsaktion, sein Kumpan Paul Templer verlor seinen rechten Arm. Der örtliche Polizei-Chefinspektor Ronald Makaure hielt das rabiate Auftreten des Nilpferdweibchens zwar für übertrieben, zeigte gleichwohl aber Verständnis für ihr Handeln: »Sie hatte erst vor kurzem gekalbt und wollte ihr Junges beschützen.«

• Dasselbe Jahr, derselbe Fluss, fast dieselbe Geschichte: Auf dem Sambesi, diesmal allerdings auf seinem tosenden Lauf durch Zimbabwe, biss im April 1993 ein empörtes Nilpferd dem Briten Paul Wietzel ein respektables Loch in die Schulter. Der seinerzeit 47-jährige Übersetzer aus dem südenglischen Oxford hatte 40 Kilometer von den Victoria-Wasserfällen entfernt eine Kanutour unternehmen wollen, was besagtem Hippopotamus überhaupt nicht zusagte. Weil er befürchtete, der Eindringling könne in sein Territorium eindringen, tauchte er einfach unter das Boot des Paddlers und biss sich, da dies der kürzeste Weg zum Ziel zu sein schien, krachend durch den Boden. »Dann packte er mich am rechten Fuß und zog mich unter Wasser«, zitierte der ›Hellweger Anzeiger‹ aus Unna den unfreiwilligen Abenteurer, »erst als ich wieder an die Wasseroberfläche kam, bemerkte ich, dass meine rechte Schulter verletzt war.« Mr. Wietzel setzte seinen Urlaub allen Schmerzen und Verbänden zum Trotz fort.

• In Pessac nahe der westfranzösischen Stadt Bordeaux wurde der Direktor des örtlichen Zoos im November 1999 für seinen allzu anbiedernden Umgang mit den Nilpferden bitter bestraft. Jean Ducuing – laut ›Süddeutscher Zeitung‹ ein junger Mann von 38 Jahren und laut ›Bild‹ ein älterer Herr von 60 Jahren – wurde eines Morgens zu Tode getrampelt im Gehege der Hippos aufgefunden. Nilpferdbulle »Komir« war der Übeltäter. Ein neuer und ihm offenbar nicht genehmer Futtertraktor, so die ermittelnden Behörden, soll ihn zu seiner grausamen Tat animiert haben. Insider jedoch verbreiten eine andere Theorie: Komir, so erzählen sie, habe sich einfach nur für den PR-Gag gerächt, den der Direktor sich auf seine Kosten geleistet habe. Werbeplakate für den Zoo nämlich zeigten den Boss des Tiergartens, wie er, ohne Schaden zu nehmen, den Kopf in Komirs geöffnetes Maul hielt. Die Nilpferde als pure Staffage, der Zoochef dagegen als mutiger Held – solch eine ungerechte Rollenverteilung konnte auf Dauer einfach nicht gut gehen.

Das Nilpferd und das Internet

Wer trotz solcher Horrormeldungen immer noch nicht genug hat von all der Nilpferderei, der brühe sich eine Kanne Tee, nehme sich ein paar Stunden Zeit und begebe sich surfenderweise ins Internet. Die Suchmaschinen mit dem Stichwort »Nilpferd« oder wahlweise »Hippo« füttern – und schon können Sie Ihren Jahresurlaub vor dem Bildschirm verbringen. Wer weniger Zeit investieren möchte, für den gibt's 50 lohnende Klick-Tipps. Viel Vergnügen!

http://members.aol.com/HippoPage

Die Mutter aller Nilpferd-Websites: lustig und lehrreich, bunt und ein wenig bekloppt. Mit der vielleicht größten Link-Sammlung zum Stichwort »Hippo«. Wer sich dort einmal auf Surfreise begibt, landet binnen weniger Minuten bei Nilpferd-Nerds auf allen Kontinenten.

http://www.nilpferdfreunde.de

Homepage des Leverkusener Clubs der Nilpferdfreunde (CdN). Dort kann der Surfer sich hübsche Nilpferdbilder ansehen, ganze Sammlungen plüschener oder porzellanener Hippos käuflich erwerben und sich zu den Internetangeboten bundesrepublikanischer Zoos durchklicken. In welchen allerdings Nilpferde zu sehen und welche bereits hippofreie Zonen sind, das verrät der CdN leider nicht.

http://www.hippokid.com

Homepage des ziemlich abgedrehten Nilpferdsammlers Tim Johnson, der sich »The Hippo Kid« nennt. Fotos, Infos, Spiele und allerlei Verrücktheiten rund ums Nilpferd – aufbereitet für ein begeisterungsfähiges Publikum.

http://www.chunkymonkey.com/howto/hippo.htm

Englischsprachige Anleitung für Comic-Freunde, die immer schon mal ein Nilpferd als Cartoon-Figur hinbekommen wollten. Der erste Schritt klingt selbst für künstlerisch eher unbedarfte Gemüter viel versprechend: Den Kopf müsse man wie eine Vase zeichnen – allerdings wie eine Vase mit Augen dran ...

http://www.usps.gov/moversnet/howtopacka2.html

Sie möchten einen beinharten Hippopotamologen überraschen und ihm zum Geburtstag ein Nilpferd schenken? Nichts leichter als das: Der United States Postal Service erklärt ihnen haarklein, wie Sie ein Nilpferd tunlichst verpacken sollten, damit es beim Transport nicht kaputtgeht.

http://www.hippos.com

Webseite des in den USA ansässigen internationalen Nilpferdclubs »Hippolotofus«. Man kann dort Fotos begucken, Nilpferd-T-Shirts bestellen, Nilpferdkunst ersteigern, schlaue Fragen stellen. Und herausfinden, wo in der Welt eigentlich welches Wort für »Nilpferd« benutzt wird. Ohne ins Detail gehen zu wollen – auf Tschechisch heißt es »Hroch«, auf Estnisch »Joehobune«, auf Hindi »Jal Hasti«, auf Japanisch »Kaba« und auf Swahili »Kiboko«.

http://www.savethehippos.com

Homepage der »Friends of the Hippo«, die es sich zur Aufgabe gemacht haben, das Nilpferd weltweit vor dem Aussterben zu retten. Wie sie sich das vorgestellt haben? Lesen Sie doch einfach selbst ...

http://www.seaworld.org/animal_bytes/hippopotamusab.html

Biologisch-zoologische Fakten über das Nilpferd an und für sich aus einer umfangreichen Tierdatenbank von »SeaWorld/ Busch Gardens«.

http://www.multimania.com/adlh/

Homepage des französischen Nilpferdfanclubs »Association de l'Hippopotame« mit jeder Menge Infos und Kontaktmöglichkeiten.

http://www.sign-lang.uni-hamburg.de/ALex/Lemmata/N_Lemma/Nilpferd.htm

Wenn Sie sich mit einem Gehörlosen einmal über Hippos unterhalten wollen: Das Allgemeine Gebärdenlexikon zeigt in Bildern und ohne Worte, wie »Nilpferd« in der Gebärdensprache aussieht.

http://www.ultimateungulate.com/riverhippo.html

Größe, Gewicht, durchschnittliche Lebensdauer, Verpflegungsvorlieben, Fortpflanzungsverhalten: biologische Rund-um-Information mit einem wunderbaren Foto von Brent Huffman – die »Underwater Ballerinas« hat er im Zoo von San Diego aufgenommen.

http://www.geocities.com/WestHollywood/6014/hippo.html

»Avocadoboy's House of Hippos« lädt zum Stöbern ein und erinnert per Bild an so manchen fast vergessenen Nilpferdhelden.

http://www.oink.demon.co.uk/hippo.htm

Wichtige Antworten auf ungestellte Fragen all jener Zeitgenossen, die sich in der eigenen Häuslichkeit ein Nilpferd halten möchten: Muss ich das Hippo beim Gassigehen anleinen? Sitzt es im Auto besser vorn oder hinten? Und wie kriege ich es stubenrein?

http://www.schools.ash.org.au/elanorah/afhrace.htm

Kieran und Evie aus der Klasse 3S der australischen Elanora Heights Primary School haben aufgeschrieben, was ihnen an Morris Luries Buch ›The Twenty-Seventh Annual African Hippopotamus Race‹ so gut gefallen hat.

http://www.seaworld.org/animal_bytes/hippofc.html

Pferd oder Schwein? Diese Seite bemüht sich um eine unvoreingenommene Antwort.

http://www.sandiegozoo.org/special/zoo-featured/hippo_beach.html

Der Zoo in San Diego nennt seine Nilpferdlandschaft »Hippo Beach«. In deren Mittelpunkt: ein 110 Fuß langes gläsernes Becken, das Besucherblicke mitten ins pralle Unterwasserleben der Dickhäuter erlaubt. Was dort zu sehen ist? Die Zoo-Homepage verrät's ...

http://www.gwu.edu/~gwpres/sjthippo.htm

Seit 1996 steht auf dem Campus der George Washington Universität ein Nilpferd in Bronze, gestiftet seinerzeit als inoffizielles Maskottchen von Uni-Präsident Stephen Joel Trachtenberg. Wieso, weshalb, warum? Gerüchten zufolge soll George Washingtons Angetraute Martha den Tieren dereinst nicht unähnlich gesehen haben ...

http://www.mtholyoke.edu:80/offices/comm/csj/970207/hippos.html

Sie möchten ein Nilpferd nicht nur sehen, sondern auch einmal hören? Bitte schön – Nilpferdforscher William Barklow vom Framingham State College macht's möglich.

http://www.geocities.com/hipheaven/main2.html

Alice Egoyans Hippo-Himmel wird bevölkert von Puppen und kunstgewerblichen Artverwandten. Kommentare zu den Viechern kann man sich verkneifen oder ins »Hippo Lovers Messageboard« eintragen.

http://www.uni-erlangen.de/botanischer-garten/nilpferd.htm

Im August 1999 wurde im Botanischen Garten in Erlangen eine Nilpferdskulptur aus Sandstein aufgestellt, im Juni 2000 wurde das Tier hoch offiziell auf den Namen »Boganil« getauft. Im Internet kann man sich von den verregneten Feierlichkeiten ein Bild machen.

http://www.divernet.com/travel/hippo996.htm

»Die tun nix!« – diesen Satz hört man nicht nur von Kampfhunde-Besitzern, sondern nicht minder häufig auch von Nilpferdfreunden. Dass dies nicht ganz der Wahrheit entspricht, davon kann Joanne Cunningham in aller Ausführlichkeit erzählen. Die Taucherin hatte im Tanganyika-See in dieser Hinsicht ein eher unerfreuliches Erlebnis ...

http://www.5k4u.com/hippofacts.htm

Kompaktes Fachwissen und afrikanische Mythen – zu einer informativen Webseite ordentlich vermanscht.

http://www.wwa.com/~hippo/hippogallery.htm

Ein Nilpferd als Schneemann? Ein Nilpferd als Peacenik? Ein Nilpferd als Pirat oder als Superman? In »Steve's Hippo Cartoon Gallery« findet sich so allerhand – genauer gesagt »A hippo, another hippo und some more hippos also«.

http://www.facstaff.bucknell.edu/rbeard/hippo.html

Was hat ein Nilpferd mit einer Feder gemeinsam? Den sprachlichen Stamm, wie ein findiger Linguist bei einem Parforceritt durch den indogermanischen Sprachraum eindrucksvoll belegt.

http://www.prominent.de/english/news/news01.htm

Englischsprachige Informationen über die Berliner Nilpferdsippe von Knautschke, Bulette und Co.

http://www.ringling.com/menagerie/animals/photo-other_hippo.html

Der Zirkus »Barnum & Bailey« zeigt ein wunderbares Nilpferd namens Zusha im Rahmen seiner Serie »The Magnificent Menagerie«.

http://www. 4adventure.com/conserv/hippo.html

Bericht über eine wissenschaftliche Studie, die sich mit der akustischen Kommunikation unter Nilpferden befasst.

http://www.geocities.com/RainForest/4076/index10.html

Was überzeugte Schamanen dem Nilpferd an positiven wie negativen Schwingungen so alles zuschreiben, steht im »Shamanism Animal Spirit Guidees Core«.

http://www.geocities.com/EnchantedForest/4457/hippo.html

Nilpferdbilder satt in »Tyrel's Hippo Gallery«.

http://www.hippocricket.com

Ein niederländischer Cricketclub hat sich nach Nilpferden benannt. Welcher Gegner kann dagegen ankommen?

http://www.uni-stuttgart.de/FaVeVe/service/nili.htm

Willkommen beim »Hellblauen Nilpferd«, der Info-Plattform der Fachschaftsvertreter-Versammlung an der Uni Stuttgart.

http://www.nudehippo.com/BIO-rogerEBERT.htm

Infos über die Fernsehserie ›The Big Fat Nude Hippo Show‹, die jeweils donnerstags um 19 Uhr auf »Cable-TV 25« in Chicago zu bestaunen ist.

http://www.hip-o-.com

Homepage des Schallplattenlabels »Hip-O Records« mit einem musikalischen Nilpferd als Firmenlogo.

http://www.dani.de/eier/figuren/hippos94.sht

Sie sind vom »Happy-Hippo-Fieber« gepackt und haben ob übermäßigen Schokoladengenusses schon Magenschmerzen? Eine Jammerseite für Leidensgenossen gibt es meines Wissens nicht. Welchen Wert aber welche Überraschungs-Ei-Figur heute hat, das verrät Ihnen diese Homepage.

http://www.tsg-muenchen.de/index.html

Die Tanzsport-Gemeinschaft München ist einer der größten Rock 'n' Roll- und Boogie-Woogie-Clubs Deutschlands. Was ihr Maskottchen ist? Einmal dürfen Sie raten ...

http://homepages.tcp.co.uk/carling/een/cc/cc_13/c13_4040.htm

»The Beauty of the Beast«: Theologische Betrachtungen zum biblischen Nilpferd alias Behemoth.

http://www.thehippo.co.uk

Homepage des karibisch-afrikanischen Restaurants »The Hippopotamus« im englischen Warwick.

http://www.fullmoon.demon.nl/hippo

Stichwortartig ein paar Fakten zum Nilpferd – garniert mit außergewöhnlichen Zusatzinformationen wie dieser: »In poems hippos almost always smiles«. Was erstens grammatikalisch Unfug ist und zweitens nicht stimmt ...

http://www.hippopotamus.fr

Wo die französische Restaurantkette »Hippopotamus« innerhalb und außerhalb von Paris seinen Hippo lächeln lässt – diese Seite für Fast-Food-Feinschmecker verrät's.

http://animaldiversity.ummz.umich.edu/accounts/hippopotamus/h._amphibius.html

Was Sie schon immer über Nilpferde wissen wollten, aber nie zu fragen wagten – das Museum für Zoologie der Universität von Michigan gibt die eine oder andere Antwort.

http://members.surfeu.de/julien.christof/untenfrm.html

Online-Ausgabe von ›Nilpferd‹, der Schülerzeitung des Ganztagsgymnasiums im baden-württembergischen Osterburken.

http://info.exeter.ac.uk/~jastaple/katy/lionhippo.html

Die abenteuerliche Geschichte »Der Löwe und das Nilpferd« – in englischer Sprache erzählt von Katy Staplehurst.

http://home1.swipnet.se/~w-14375/hippo.htm

Der schwedische Nilpferdfreund Anders Hedberg hat den Nilpferdfanclub »Flying Hippos« gegründet und sucht international Mitstreiter. Bisher hat er knapp 70 zusammen – gefunden in den USA und Großbritannien, Malta und Monaco. Das jeweils erste Flying-Hippo-Mitglied eines Landes darf sich mit dem Titel »Hippo Lord« schmücken, den »Supreme World Wide Overlord« Hedberg akribisch verwaltet. Es sind übrigens noch eine Menge solcher Adelstitel zu vergeben.

http://www.netspace.net.au/~hazele/hippo.htm

Die Australierin Hazel Edwards hat zwei im englischsprachigen Raum nahezu legendäre Kinderbücher geschrieben: ›There's a hippopotamus on our roof eating cake‹ und ›My hippopotamus is on our caravan roof getting sunburnt‹. Was sie an Nilpferden so alles liebt, erzählt die Autorin auf ihrer Homepage.

http://members.aol.com/slimhippos

Homepage der amerikanischen Bluesband »Slim Hippos« mit Besetzungsliste, Konzertterminen und ein paar netten Nilpferdbildern.

http://www.euro-net.nl/users/kwab/html

Kleine Reminiszenz an das längst in den Fernseh-Himmel entsandte niederländische Cartoon-Nilpferd »Kwab«.

http://www.geocities.com/Petsburgh/8639

»The New Hippo's Page« – ein fanatischer Sammler öffnet sein Schatzkästlein und plaudert aus demselben.

http://www.thrillingdetective.com/hip.html

»Harder than Rockford, more Frank than Cannon«: Die Lebensgeschichte des 1958 geborenen detektivischen Comic-Nilpferds Hieronymous Flask, den Schöpfer Richard Allen, seine Freunde und seine Feinde allerdings nur respektvoll »Hip Flask« nennen.

http://www.werkbundarchiv-berlin.de/nilpferd-inhalt.html

Treffen Sie das »Nilpferd des höllischen Urwalds« – und fachsimpeln Sie mit Vertretern der situationistischen Internationale über den Spagat zwischen Marxismus und Surrealismus.

http://www.iis.com.br/~kywal/hb/peter/peter.htm

Sie können Portugiesisch? Dann surfen Sie mal nach Brasilien und lesen Sie, was dortige Hippo-Fans an der Cartoon-Figur »Peter Potamus« so fasziniert.

Das Nilpferd im Zoo

Die Spuren des Nilpferds im Internet zu verfolgen, sich von Hippo-Link zu Hippo-Link zu hangeln und die Suchmaschine mit Stichworten wie »Nilpferddung« oder »Darmträgheit bei nicht wiederkäuenden Paarhufern« zu füttern – das ist das eine. Das andere ist, sich die Tiere einmal in freier Wildbahn anzusehen, seinen Jahresurlaub in ein Flugticket nach Afrika zu investieren und die Nähe der liebreizenden Monstren in Tansania oder Kenia, Namibia oder Botswana, Simbabwe oder Südafrika zu suchen. Erstere Variante wird die Spezies der Couchpotatoes ansprechen, letztere die der Adventure-Touristen.

Als Kompromiss empfiehlt sich ein familienfreundliches Mittelding – ein Besuch im nächstgelegenen Zoo. Da muss man seinen Hintern zwar auch hochbekommen, ist aber vor Malaria, Dürrekatastrophen oder Stammesfehden weitgehend geschützt. Doch so einfach, wie eine solche Unternehmung vor ein paar Jahrzehnten noch war, ist sie heute nicht mehr. Zwar gibt es in der Bundesrepublik die recht komfortable Anzahl von rund 50 Tierparks oder Zoologischen Gärten. Doch nur noch eine kleine radikale Minderheit von ihnen ist dazu bereit und in der Lage, den neugierigen Besuchern auch leibhaftige Nilpferde oder zumindest die Bonsai-Ausgabe eines Zwergflusspferds zu bieten. Das mag bei Exoten wie dem »Bayerwald-Tierpark« in 93470 Lohberg oder dem »Tierpark Warder« in 24646 Warder nicht weiter überraschen. Das mag bei thematisch eingegrenzten Unternehmungen wie dem

»Aquazoo« in Düsseldorf oder dem »Zoo am Meer« in Bremerhaven sogar noch Sinn machen. Das mag bei finanziell eher klammen Zoos in strukturschwachen Gegenden wie denen im saarländischen Neunkirchen oder im brandenburgischen Cottbus ja noch einzusehen sein.

Aber selbst renommierte Zoos mit klangvollen Namen haben sich in den vergangenen Jahren aus der Nilpferdpräsentation gänzlich zurückgezogen. Der Hamburger Tierpark »Hagenbeck« oder der »Allwetterzoo« in Münster, der »Zoologische Garten Wuppertal« oder der »Tiergarten der Stadt Nürnberg« – einst mit durchaus nennenswerten Flusspferdpopulationen auffällig geworden, sind sie sämtlich in den letzten Jahren zu nilpferdfreien Zonen mutiert. Selbst der Münchner »Tierpark Hellabrunn« ist seit kurzem bar jedes Hippos – dabei war im Jahr 2000 eine von Michael Kamp und Helmut Zedelmaier in Buchform herausgegebene Geschichte eben dieses zoologischen Gartens noch großspurig ›Nilpferde an der Isar‹ betitelt worden. Zu aufwändig, zu teuer, zu personalintensiv und/oder zu wenig sensationell ist all diesen Einrichtungen die Hippo-Haltung. Als Ersatz zeigen sie – weil all die Viecher weniger Platz wegnehmen, weniger Futter wegspachteln und weniger Kot wegschleudern – wahlweise Ungarisches Zackelschaf (Ovis ammon f. aries) oder Prevost-Schönhörnchen (Calloscirius prevosti), Fleckenmusang (Paradoxurus hermaphroditus) oder Nilgirilangur (Presbytis johnii), Kurzohr-Rüsselspringer (Macroscelides probiscideus) oder Stirnlappenbasilisk (Basiliscus plumifrons).

So kommt es, dass das Nilpferd nicht nur in seiner afrikanischen Heimat, sondern auch im deutschen Exil vom Aussterben bedroht ist. Ganze 18 Tierparks oder Zoologische Gärten in der Bundesrepublik verfügen heute noch über mindestens ein Exemplar eines Hippopotamus amphibius oder wenigstens über einen Vertreter des kleinwüchsigen Zwergflusspferd-Verwandten (Choeropsis liberiensis). Im Einzelnen sind dies:

Zoologischer Garten Berlin
Hardenbergplatz 8
10787 Berlin
Tel.: (0 30) 25 40 10 · Fax: (0 30) 25 40 12 55
Öffnungs- und Fütterungszeiten im Internet:
http://www.zoo-berlin.de
Flusspferde:

Ede (m)	geb. 17. 10. 1995
Bulette (w)	geb. 3. 4. 1952
Polly (w)	geb. 15. 10. 1988
Kathi (w)	geb. 17. 5. 1975
Nicole (w)	geb. 25. 2. 2000
Emilio (m)	geb. 16. 10. 2000

Zoologischer Garten der Stadt Frankfurt am Main
Alfred-Brehm-Platz 16
60316 Frankfurt/M.
Tel.: (0 69) 21 23 37 27 · Fax: (0 69) 21 23 78 55
Öffnungs- und Fütterungszeiten im Internet:
http://www.zoo-frankfurt.de
Flusspferde:

Maikel (m)	geb. 30. 6. 1975
Petra (w)	geb. 24. 4. 1976

Ruhr-Zoo Gelsenkirchen
Bleckstr. 64
45889 Gelsenkirchen
Tel.: (02 09) 98 08 70 · Fax: (02 09) 87 47 82
Öffnungs- und Fütterungszeiten im Internet:
http://www.ruhr-zoo.de
Flusspferde:

Ernie (m)	geb. ca. 1966
Rosel (w)	geb. ca. 1977
Youri (m)	geb. 8. 6. 2001

Opel-Zoo

Königsteiner Str. 35
61476 Kronberg/Taunus
Tel.: (0 61 73) 7 86 70 · Fax: (0 61 73) 7 97 49
Öffnungs- und Fütterungszeiten im Internet:
http://www.opelzoo.de

Flusspferde:

Max (m)	geb. 1995
Tana (w)	geb. 1959

Zoo Hannover

Adenauerallee 3
30175 Hannover
Tel.: (05 11) 28 07 41 12 · Fax: (05 11) 28 07 41 22
Öffnungs- und Fütterungszeiten im Internet:
http://www.zoo-hannover.de

Flusspferde:

Zora (w)	geb. 27. 8. 1961
Kiboko (w)	geb. 1983
Habari (w)	geb. 1993
Cherry (w)	geb. 5. 9. 1998
Victoria (w)	geb. 9. 8. 1998
Himba (w)	geb. 5. 2. 2000

Zoologischer Garten Karlsruhe

Ettlinger Straße 6
76137 Karlsruhe
Tel.: (07 21) 1 33 68 01 · Fax: (07 21) 1 33 68 09
Öffnungs- und Fütterungszeiten im Internet:
http://www.karlsruhe.de/zoo/

Flusspferde:

Platsch (m)	geb. 26. 10. 1986
Käthi (w)	geb. 16. 9. 1986
Nema (w)	geb. 6. 10. 2000

Zoologischer Garten Köln

Riehler Str. 173
50735 Köln
Tel.: (02 21) 7 78 50 · Fax: (02 21) 7 78 51 11
Öffnungs- und Fütterungszeiten im Internet:
http://www.zoo-koeln.de

Flusspferde:

Albert (m)	geb.	28. 8. 1993
Jenny (w)	geb.	18. 9. 1990
Afro-Aurora (w)	geb.	28. 11. 1997

Zoologischer Garten Magdeburg

Am Vogelgesang 12
39124 Magdeburg
Tel.: (03 91) 28 09 00 · Fax: (03 91) 2 80 90 12
Öffnungs- und Fütterungszeiten im Internet:
http://www.zoo-magdeburg.de

Flusspferde:

Rico (m)	geb.	26. 7. 1990

Zoologisch-Botanischer Garten Wilhelma

Wilhelma 13
70376 Stuttgart
Tel.: (07 11) 5 40 20 · Fax: (07 11) 5 40 22 22
Öffnungs- und Fütterungszeiten im Internet:
http://www.wilhelma.de

Flusspferde:

Rosi (w)	geb.	1967
Nilson/Mike (m)	geb.	20. 6. 1985
Ra (m)	geb.	24. 10. 1999

Zwergflusspferde:

Hannibal (m)	geb.	19. 10. 1966
Nero (m)	geb.	28. 11. 1986

Zoo Leipzig

Pfaffendorfer Str. 29
04105 Leipzig
Tel.: (03 41) 5 93 33 00 · Fax: (03 41) 5 93 33 03
Öffnungs- und Fütterungszeiten im Internet:
http://www.zoo-leipzig.de

Flusspferde:

Stenek (m)	geb. 1970
Brandy (w)	geb. 1978

Zwergflusspferde:

Ortwin (m)	geb. 29. 9. 1969
Petty (w)	geb. 28. 9. 1991

Zoo Halle

Fasanenstr. 5 a
06114 Halle
Tel.: (03 45) 5 20 33 · Fax: (03 45) 5 20 34 44
Öffnungs- und Fütterungszeiten im Internet:
http://www.zoo-halle.de

Zwergflusspferde:

Fanny (w)	geb. 19. 7. 1976
Samantha (w)	geb. 29. 11. 1998
Pit (m)	geb. 14. 2. 2000

Zoo Hoyerswerda

Am Haag 20
02977 Hoyerswerda
Tel.: (0 35 71) 45 64 50 · Fax: (0 35 71) 45 64 55

Zwergflusspferde:

Hombori (m)	geb. 26. 7. 1985
Bonga (w)	geb. 17. 2. 1986

Krefelder Zoo

Uerdinger Str. 377
47800 Krefeld
Tel.: (0 21 51) 9 55 20 · Fax: (0 21 51) 95 52 33
Öffnungs- und Fütterungszeiten im Internet:
http://www.krefeld.city.de/zoo/

Zwergflusspferde:

Lothar (m)	geb. 24. 5. 1975
Sophie (w)	geb. 16. 2. 1975

Zoo Duisburg

Mülheimer Str. 273
47058 Duisburg
Tel.: (02 03) 30 55 90 · Fax: (02 03) 3 05 59 22
Öffnungs- und Fütterungszeiten im Internet:
http://www.zoo-duisburg.de

Zwergflusspferde:

Lear (m)	geb. ca. 1971
Quirle (w)	geb. ca. 1972
... (m)	geb. 22. 1. 2002

Tierpark Jaderberg

Tiergartenstr. 69
26349 Jaderberg
Tel.: (0 44 54) 9 11 30 · Fax: (0 44 54) 3 75
Öffnungs- und Fütterungszeiten im Internet:
http://www.jaderpark.de

Zwergflusspferde:

Mano (m)	geb. 21. 12. 1997
Kanga (w)	geb. 20. 4. 1997

Tierpark Berlin-Friedrichsfelde
Am Tierpark 125
10307 Berlin
Tel.: (0 30) 51 53 10 · Fax: (0 30) 5 12 40 61
Öffnungs- und Fütterungszeiten im Internet:
http://www.tierpark-berlin.de

Edeltraut (w)	geb.	1969
Berta (w)	geb. 18. 10. 1984	

Naturtierpark Ströhen
Tierparkstr. 43
49419 Ströhen
Tel.: (0 57 74) 5 05 · Fax: (0 57 74) 10 88
Öffnungs- und Fütterungszeiten im Internet:
http://www.ismer-tierpark-araber.com/kontakt/kon_main.html

Hanny (w)	geb. 1. 1. 1980
Manni (m)	geb. 20. 5. 1981
Conga (w)	geb. 13. 1. 1998

Tier- und Freizeitpark Thüle
Über dem Worberg
26169 Mittelstenthüle
Tel.: (04 495) 255 · Fax: (04 495) 421
Öffnungs- und Fütterungszeiten im Internet:
http://www.tier-undfreizeitparkthuele.de

Molly (w)	geb. 31. 5. 1983
namenlos (m)	geb. 1. 11. 1985
namenlos (m)	geb. 14. 9. 1999

Quellenverzeichnis:
Die Nashorn-Gedichte der Autoren Hans Christoph Buch, Simone Borowiak, Gerhard Köpf, Karen Duve, Eckhard Henscheid (Seiten120 und 121) haben wir mit freundlicher Genehmigung der Redaktion Reihe Hanser im dtv entnommen aus:
Das große Nashornbuch. Hrsg. von Werner Vaudlet (dtv 62054).

Bildnachweis:
Die Fotos auf den Seiten 10, 34, 70, 80, 96, 118, 140, 162, 170, 180, 194, 204 und 214 stammen von Marianne Maier, Wehr; das Foto auf Seite 60 von Werner Krüper, Stadthagen.
Seiten 108 und 150: Foto Ferrero.